ちくま文庫

# 尾崎翠集成(上)

中野翠 編

JN282138

筑摩書房

# 目次

II

# 尾崎翠集成

(上)

# I

# 第七官界彷徨

よほど遠い過去のこと、秋から冬にかけての短い期間を、私は、変な家庭の一員としてすごした。そしてそのあいだに私はひとつの恋をしたようである。

この家庭では、北むきの女中部屋の住者であった私をもこめて、家族一同がそれぞれに勉強家で、みんな人生の一隅に何かの貢献をしたいありさまに見えた。私の眼には、みんなの勉強がそれぞれ有意義にみえたのである。私はすべてのものごとをそんな風に考えがちな年ごろであった。私はひどく赤いちぢれ毛をもった一人の瘦せた娘にすぎなくて、その家庭での表むきの使命はといえば、私が北むきの女中部屋の住者であったとおり、私はこの家庭の炊事係であったけれど、しかし私は人知れず次のような勉強の目的を抱いていた。私はひとつ、人間の第七官にひびくような詩を書いてやりましょう。そして部厚なノオトが一冊たまった時には、ああ、そのときには、細かい字でいっぱい詩の詰まったこのノオトを書留小包につくり、誰かいちばん第七官の発達した先生のところに郵便で送ろう。そうすれば先生は私の詩をみるだけで済むであろうし、私は私のちぢれ毛を先生の眼にさらさなくて済むであろう。(私は私の赤いちぢれ毛を人々にたいへん遠慮に思っていたのである)

私の勉強の目的はこんな風であった。しかしこの目的は、私がただぼんやりとそう考えただけのことで、その上に私は、人間の第七官というのがどんな形のものかすこしも知らなかったのである。それで私が詩を書くのには、まず第七官というのの定義をみつけなければならない次第であった。これはなかなか迷いの多い仕事で、骨の折れた仕事なので、私の詩のノオトは絶えず空白がちであった。

私をこの家庭の炊事係に命じたのは小野一助で、それに非常に賛成したのはたぶん佐田三五郎であったろうと思う。なぜなら、佐田三五郎は私がこの家庭に来るまでの三週間をこの家庭の炊事係としてすごし、その三週間はいろいろの意味から彼にとってずいぶん惨めな月日で、彼は味噌汁をも焦がすほどの炊事ぶりをしたということであった。この家庭の家族は以上の二人のほかに小野二助と、それに私が加わり、私は合計四人分の炊事係であった。みなの姓名を挙げたついでに、私は私自身の姓名などについて言っておこう。私は小野一助と小野二助の妹にあたり、佐田三五郎の従妹にあたるもので、小野町子という姓名を与えられていたけれど、この姓名はたいへんな佳人を聯想させるようにできているので、真面目に考えるとき私はいつも私の姓名にけむったい思いをさせられた。この姓名から一人の痩せた赤毛の娘を想像する人はないであろう。それで私は、もし私の部厚なノオトが詩でいっぱいになったときには、もうすこし私の詩か私自身かに近しい名前を一つ考えなければならないと思っていた。

私のバスケットは、私が炊事係の旅に旅だつ時私の祖母が買ってきたもので、祖母がこのバスケットに詰めた最初の品は、びなんかずらと桑の根をきざんだ薬であった。私の祖母はこの二つの薬品を赤毛ちぢれ毛の特効品だと深く信じていたのである。

特効薬を詰め終ってまだ蓋をしないバスケットに、私の祖母は深い吐息をひとつ吹きこみ、そして私にいった。

「びなんかずら七分に桑白皮三分。分量を忘れなさるな。土鍋で根気よく煎じてな。半分につまったところを手ぬぐいに浸して——いつもおばあさんがしてあげるとおりじゃ。固くしぼった熱いところでちぢれを伸ばすのじゃ。毎朝わすれぬように癖なおしをしてな。念をいれて、幾度も手ぬぐいをしぼりなおしてな」

祖母の声がしめっぽくなるにつれて私は口笛を大きくしなければならなかった。しかし私の口笛はあまり利目がなかったようである。祖母はもうひとつバスケットに吐息を吹きこみ、そして言った。

「ああ、お前さんは根が無精な生れつきじゃ。とても毎朝頭の癖なおしをしてくれぬじゃろ。身だしなみもしてくれぬじゃろ。都の娘子衆はハイカラで美しいというこ
とじゃ」

私は吹いている口笛がしぜんと細くなってゆくのをとどめることが出来なかった。私は台所に水をのみに立って、事実大きい茶碗に二杯の水をのみ、口笛の大きさを立てなおすことができた。

私がしばらく台所で大きい口笛を吹いて帰ってくると、祖母は泪を拭きおさめて、一度バスケットにつめた美髪料をとりだし、二品の調合を一包みずつに割りあてているところであった。障子紙を四角に切った大きい薬の包みを一つ一つ作ってゆきながら祖母は言った。――そうはいっても、都の娘子衆がどれほどハイカラで美しいとて人間は心ばえが第一で、むかしの神さまは頭のちぢれていた神さまほど心ばえがやさしかったというではないか。天照大神さまもさぞかしちぢれたお髪をもっていられたであろう。あにさんたちのいうことをよくきいて、三五郎とも仲よくくらして……そして私の祖母は私の美髪料の包みのなかに泪を注いだのである。

私のバスケットはそんな風でまだ新しすぎたので、それをさげた佐田三五郎の紺がすりの着物と羽織を、かなり古びてみせた。三五郎は音楽受験生で、翌年の春に二度

目の受験をするわけになっていたので、彼の後姿は私の眼にすこしうらぶれてみえた。しかし私は三五郎のこんな後姿を見ない以前から、すでに彼の苦しみに同感をよせていた。三五郎は国もとの私にいくたびか手紙をよこし、受験生のうらぶれた心もちを、ひどく拙い字と文章とで書き送っていたのである。

三五郎と私が家に着いたとき、家のぐるりに生垣になっている蜜柑の木に、さしわたし四分ばかりの蜜柑が葉と変りのないほどの色でつぶつぶとみのり、太陽にてらされていた。この時私ははじめて気がついた。私の手には蜜柑の網袋がひとつ垂れていて、これは私が汽車のなかでたべのこした一袋の蜜柑を、知らないではだかのまま手に垂らして来たものである。それにつけても、この家の生垣は何と発育のおくれた蜜柑であろう。――後になってこの蜜柑は、驚くほど季節おくれの、皮膚にこぶをもった、種子の多い、さしわたし七分にすぎない、果物としてはいたって不出来な地蜜柑となった。すっぱい蜜柑であった。けれどこの蜜柑は、晩秋の夜に星あかりの下で美しくみえ、そして味はすっぱくとも佐田三五郎の恋の手だすけをする廻りあわせになった。三五郎はさしわたし七分にすぎないすっぱい蜜柑を半分たべ、半分を対手にくれたのである。しかし三五郎の恋については、話の順序からいっても、私は後にゆずらなくてはならないであろう。

このような生垣にとり巻かれた中の家というのは、ひどく古びた平屋建で、入口に張られた三枚の名刺が際だって明るくみえるほどであった。小野一助、小野二助、佐田三五郎の三枚の名刺は、先に挙げた二枚だけが活字で、三五郎の分は厚紙に肉筆で太く書いた名刺であった。「受験生とは淋しいものだ。一度受験して二度目にも受験しなければならぬ受験生はより淋しいものだ。こんな心もちは小野一助も、二助も、とっくに忘れているだろう。小野町子だけが解ってくれるだろう」と私に書き送った佐田三五郎は、彼自身の名刺の姓名だけでも筆太に書いて、彼の心を賑やかに保つつもりになったのであろう。

三五郎は玄関わきの窓から家のなかにはいり、じき玄関をあけてくれたので、私はじき名刺をながめることを止して三五郎の部屋にはいったが、しかしついでながらさっきの三五郎の手紙のつづきは次のようであった。

「こんな心もちを小野二助がとっくに忘れている証拠には、彼は僕の部屋と廊下一つだけ隔てた彼の部屋で、毎夜のようにこやしを煮て鼻もちのならぬ臭気を発散させるので、おれは二助の部屋からいちばん遠い地点にある女中部屋に避難しなければならぬ。こやしを煮ることがいかに二助の卒業論文のたねになるとはいえ、この臭気が実にたびたびの事なのだ。しかしそれは我慢することにしても、女中部屋には電気がないので、宵から蒲団をだして寝てしまわなければならないし、用事のあるときは蠟燭の灯でやるほかはない。今夜もおれはこの手紙を女中部屋のたたみの上で書いているのだ。おれは悲しくなる。今夜は殊にこやしの臭いが強烈で、こやしの臭いは廊下をななめに横ぎって玄関に流れ、茶の間に流れ、台所をぬけて女中部屋に洩れてくるのだ。おれは悲しくなって、こんな夜にはピアノをやけむちゃに弾いてやりたくなるよ。

しかしそれも僕は我慢することにしても、女中部屋に先客のあるときはじつに困る。一助氏はふすま一重で二助に隣りあっているので、たいていな臭気には馴らされているようだが、それでもこやしの臭いの烈しすぎる夜には、一助氏がすでに女中部屋に避難して、僕の蒲団のなかで、僕の蠟燭の灯で勉強をしているのだ。そして一助はろくろく本から眼をはなしもせずおれに命じるには、

『なにか勉強があるのなら、蠟燭をもう一つつけて尻尾の方にはいってはどうだい、どうもこやしをどっさり煮る臭いは勉強の妨げになるものだからね。アンモニアが焦げると硫黄の臭気に近づくようだ』

おれは女中部屋から引返し、おれの部屋の窓を二つとも開けはなしておいて銭湯に行く。それから夜店のバナナ売りを、みんな売れてしまうまで眺めているのだ。でなければ窓を二つとも開けはなした部屋に一助の蒲団を運んできて、なるたけ窓の方の空気を吸うように努めながら、口だけあいて声はださない音程練習をしてみるのだ。一助も二助も夜の音楽は我慢ができないから、音楽は昼間みんなのいないうちに勉強しておけというのだ。おれはいつになったら音楽学校にはいれるのだろう。自分なが

ら知らぬ。小野町子の予想を知らしてくれ。町子の書いてくれる考えはおれを元気にしてくれ。

二助はまだこやしを煮止めないから、今夜はもうひとつ大切なことを書こう。これはこのあいだから書こう書こうと思いながら書けないでいた大切なことなんだ。おれはいま、小野町子にだけ打ちあけたいことを持っている。そのつもりでいてほしい。じつはこうなんだ。

このあいだ、分教場の（おれが毎日の午後通っている音楽予備校は分教場という名前の学校なのだ）先生が、おれの音程練習をわらった。おれの半音の唱いかたが際どいといって、おれの耳に『プフン』ときこえたところの鼻音で、一つだけわらったんだ。おれは悲観して分教場を出たので、帰りにマドロスパイプのでかいやつを一本買ってしまった。この罪は、おれの気まぐれの罪ではなくて、おれの音程練習を怒らずにわらった分教場の先生の罪だとおれは思うが、小野町子はどう思うか。人間というものは自己の失敗をわらわれるよりはむしろ怒鳴られた方が常に愉快ではないか！　殊にわらいというものは短いほど対手を悲観させるものではないか！

パイプ屋の店でおれのほしいと思ったマドロスパイプは、おれの想像の三倍にも高価だったので、おれは一助氏から預かっていた『ドッペル何とか』という本の金も、ほとんどパイプにとられてしまったわけだ。以来おれは一日のばしに丸善に寄るのをのばしている。それからおれは一助氏には、毎日丸善にお百度を踏んでいて、丸善にはまだ『ドッペル何とか』が来ていないと言ってあるのだ。

おれはマドロスパイプをまだ一度もすってみないでピアノのうしろにしまっていたので、一助氏も二助氏もいない午前中に通りがかった屑屋にパイプをみせたら、屑屋は三十銭という値をつけた。何ということだこれは。おれは屑屋をうらやましいと思ったり、三十銭で『ドッペル何とか』を買えたらなあと思ったりしたよ。そして最後に僕が願ったのは、小野町子が一日も早く僕のところにきて僕の窮境を救ってくれることだ。もし旅立ちがおくれるようだったら、すぐお祖母さんから町子がもらって、それを僕に送ってくれ。『ドッペル何とか』は多分六円する。僕が一助氏から預かっていたのは六円であった」

この手紙が私の旅立ちを幾日か早めたことは事実である。しかしこれは三五郎の窮境を救うためではなかった。彼の消費は私の旅立つ前すでに補われていて、その補った金というのは、私の祖母が私の襦袢にポケットを縫いつけ、その中に入れてくれた金であった。祖母は言ったのである——都にゆけばじき冬になる。都の冬には新しいくびまきが要るであろう。いなかの店のくびまきは都の娘子衆のくびまきに見劣りのすることは必定であろ。この金で好いた柄のを買いなされ。一人で柄がわからんじゃったら三五郎に歩んでもらって、二人でとっくり品さだめをして、都の衆に劣らぬよい柄のを買いなされ。

襦袢のポケットの金は、丁度私に好都合であった。私はひそかにその紙幣を五円一枚と一円とに替え、そして三五郎のいってよこした定額を紙幣で三五郎への手紙に封じた。それから四枚の一円をもとのポケットに入れ、ホックをかけておいた。祖母は私の襦袢のポケットにホックをもつけてくれたのである。私の祖母はホックというものはたいへん便利なものだといって、私の着古した夏の簡単服のホックをいくつか針箱にしまっていた。

私の旅立ちを早めたのは、漠然としたひとつの気分であった。


三五郎は玄関わきの一坪半の広さをもった部屋に、ピアノと一緒に住んでいた。ピアノはまことに古ぼけた品で、これがもし新築家屋の応接間などにあったら、りっぱな覆布をかけておかなければならなかったであろう。このピアノは家つきの品で、三五郎がこの古びた家屋と共に家主から借り受けているのだといった。ピアノの傍には一個の廻転椅子がそなわっていて、この方は天鵞絨の布よりもはみ出した綿の部分の方が多かった。三五郎はその椅子の上に一枚の風呂敷をかけ、その上に腰をかけ、網袋の蜜柑をたべながら私に話した。私はバスケットの傍で聴いていた。三五郎のうしろには蓋をあけたままのピアノがあって、その鍵の上には一本のマドロスパイプが灰をはたかないままで載っていた。三五郎が話したことは——家つきピアノがあったために こんな古ぼけた平屋を借りてしまったのだが、三週間住んでみて、こんな厄介な家はないと思って居る。小野二助と一緒に住む以上は、二階建でなくてはだめだ。ピアノがなくてもいいからもうすこしは新しい、二階に二室ある二階建をみつけて、二助と一助を二階に住まわせ、階下では僕と町子とで住もうではないか。（三五郎は蜜柑の皮をピアノの鍵の上におき、次の蜜柑をとった）二人で探せばじきすてきな家がみつかるよ。二助は勝手に二階でこやしを煮たらいいだろう。臭気というものは空に昇りたがるものだから、階下に住んでいる僕たちには関係なしだ。もし一助氏が階下に避難する夜には、こやしも試験管で煮るときにはそれほどでもないが、二助が大きい土鍋で煮だすとまったく我慢がならないからね。だから一助氏は当然、ときどきは階下に避難するさ。そしたら僕の部屋を一助に貸すから、僕は町子の部屋に避難しよう。二助たちと階上階下に別れて住むようになれば、僕も夜の音程練習を唱ってもいいしね。今の状態では、午後は分教場に行くし、夜は一助たちから練習を止められているし、まるで僕の勉強時間がないんだ。午前中は、一助氏と二助が出かけてしまうとばかに睡いだけだよ。何しろ毎朝はやく起きて朝飯を作るのは僕にきまっていたんだから。はじめの約束では、二助は、町子の来るまで炊事を手つだってやると言ってながら、一度だって手つだったためしがないんだ。卒業論文の研究で宵っぱりをするという口実の下に、二助くらい朝寝をする人間はいないね。その上しょっちゅう僕にこやしの汲みだしを命じるくらいだ。ともかく今の状態では僕はまた失敗にきまっている。僕は二度とも音楽学校につづけて落っこちたくはない。だから二人でできるだけ早く二階家をみつけることにしよう。一助と二助のいない間にさっさと引越しをして、それには引越しの荷車代がいるけど、町子は持っているだろう。いくらも掛りゃあしないんだ。東京に来たてというものは、誰のポケットにも多少の余裕はあるものだから、もちろん一助と二助には絶対にだまっていて断行するんだ。すっかり荷物をはこび、二階の設備が終ったところで、一助氏の病院と二助の学校とに速達をだしといてやればいいんだ。この家の玄関に移転さきを張りだしとくだけでもいい。彼等はただ自分の部屋が一つあって、勉強だけ出来れば満足しているよ。飯でもよほど焦がさなければ文句はいわないほどだ。二助の試験管や苗床や土鍋の類がとても厄介な荷物だが、それは僕と町子とが手ですこしずつ運ぶんだ、仕方がない。だからあまり遠くには越せないし、したがって引越し代はあまりかからないわけだ。

蜜柑の皮がいくつかピアノの上に並び、網袋の蜜柑がなくなったとき、三五郎はマドロスパイプを喫いはじめた。そして新しい話題に移った。彼のマドロスパイプは手紙に書いてあったほど大きくなかった。――このあいだの金で僕はじつに安心した。すぐ丸善で例の本を買って一助氏にわたし、一助氏はいまその本を研究している。この本の『ドッペル何とか』という名前を日本語になおすと「分裂心理学」というのだ。一助氏のつとめている病院は、この分裂心理というのをもった変態患者だけを入院させる病院で、医者たちはそれ等の患者を単一心理に還すのを使命としている。こんな心理学の委しいことは僕等にはわからないが、一助氏の勉強は二助のように家庭で実験をしないだけは助かる。それからあの金は月末におやじから送ってきたときに返す。

私はもうさっきからバスケットの蓋をあけ、丹波名産栗ようかんのたべのこしや、キャラメルなどをたべていた。もう午すぎで、私は空腹であった。三五郎も私の手から栗ようかんをとって口に運び、また彼はバスケットの中から生ぼしのつるし柿をとりだして私にも分けてくれた。これは祖母が道中用に入れてくれた品で、私はこんな山国の匂いのゆたかなものを汽車のなかでたべることはすこし気がひけたので、たべたいのを忍んでいたつるし柿であった。

見うけたところ三五郎も空腹そうで、彼は煙のたちのぼるマドロスパイプをピアノの上におき、椅子から下りてきて、しきりにバスケットの中を探しはじめた。けれど、三五郎はピアノを粗末に扱いすぎないであろうか。このピアノの鍵はひと眼みただけで灰色とも褐色ともいえる侘しい廃物いろではあったが、ピアノという楽器にはちがいないのである。この楽器の鍵の上には蜜柑の皮につづいて柿のたねがたくさん並び、柿のたねにつづいてパイプが煙を吐いていた。

三五郎は私が浜松で買った四つの折をバスケットの外に取りだし、一つの封を切った。中には焦茶いろの小粒のものがいちめんに詰まっていた。三五郎はつまんでたべてみて、

「ばかにからいものだね。うまくない。もっとうまいものはないのか」

私もはじめて浜松の浜納豆というものをたべてみた。たべてみた結果は三五郎とおなじ意見であった。浜納豆は小野一助が浜松駅で忘れずに買って来るよう私に命じたもので、彼の端書は「数箱買求められ度、該品は小生好物なれば、浜松駅通過は昼間の方安全也と思惟す。夜間は夢中通過の虞あり」と結んであった。

三五郎はついにバスケットのいちばん底にあった私の美髪料の包みをあけた。彼にきかれて私がその用途を話したとき彼はいった。

「そんな手数はいらないだろう。今ではちぢれ毛の方が美人なんだよ。おかっぱにして焼鏝をあてた方がよくはないか」

私は襦袢の胸に手をいれ、かなり長くかかって襦袢のポケットから四枚の一円紙幣をだすことができた。そして三五郎にたのんだ。あの金は返してくれないで、これを足してくびまきを一つ買ってほしい。

「そうか。では預かっておく。合計十円のくびまきだね。もうじき月末には、いい柄のを買いにつれてってやるよ。しかし丁度腹がすいたから昼飯をたべに行こう。さっ

きからすいてるんだが、支度をするのは厄介だし、丁度金がなかったところだ。今月はパイプでひどいめに逢ったからね」

玄関をしめに行った三五郎は、私の草履をとってきて窓から放りだし、つづいて私を窓から放りだした。

炊事係としての私の日常がはじまった。家庭では家族がそれぞれ朝飯の時間を異にしていたので、朝の食事の支度をした私は、その支度をがらんとした茶の間のまんなかに置き、いつ誰が起きても朝の食事のできるようにしておいた。それから私は私の住いである女中部屋にかえり、睡眠のたりないところを補ったり、睡眠のたりている日には床のなかで詩の本をよみ耽る習慣であった。旅だつとき、私は、持っているかぎりの詩の本を蒲団包みのなかに入れたのである。しかしまことに僅かばかりの冊数で、私はそれだけの詩の本のあいだをぐるぐると循環し、幾度でもおなじ詩の本を手にしなければならなかった。

毎朝時間のきまっているのは分裂心理病院につとめている一助だけで、あとはまちまちであった。二助は学校に出かける時間がちっとも一定しなかったが、毎朝きまって出かける十分前まで朝寝をし起きるなり制服に着かえ、洗顔、新聞、食事などの朝の用事を十分間ですますことができた。家庭に最後までのこるのは常に三五郎で、彼は午前中しか勉強時間がないといったに拘らず、午前中朝寝をした。そして彼が午に近い朝飯をたべるときは必ず女中部屋の私をよび、私といっしょに朝飯をたべることにしていた。

佐田三五郎が午後の音楽予備校に出かけた後が私の掃除時間であったが、この古ぼけた家の掃除に私はそう熱心になるわけにはいかなかった。殊に小野二助の部屋に対しては手の下しようもないほどであった。二助は家中でいちばん広い部屋を占め、その部屋は床の間つきであったが、半坪のひろさをもった床の間はいちめんの大根畠で、いろんな器に栽培された二十日大根が、発育の順序にしたがって左から右に並べられ、この大根畠は真実の大根畠と変らない臭いがした。したがって二助の部屋ぜんたいに大根畠の臭いがこもっていた。しかしこの大根畠の上には代用光線の設備があって、夜になると七つの豆電気が光線を送るしかけになっていた。

二助は特別に大きい古机をもっていて、ここもまた植物園をかねていた。古机の上には、紙屑、ノオト、鉛筆、書籍、小さい香水の罎などと共に、私の知らない蘚のような植物が、いくつかの平べったい器の湿地のうえに繁茂し、この湿地もまたこみいった臭気を放っていたのである。

二助の部屋の乱雑さについて、私はいちいち述べるのが煩瑣である。たたみの上には新聞紙に積んだ肥料の山がいくつか散在し、そのあいだを罎につめた黄ろい液体のこやしが綴っていた。三五郎の不満のたねとなっている例の土鍋は、日によって机の上、床の間、椅子の上などに移動し、ピンセット、鼻掃除の綿棒に似た綿棒、玩具のような鍬、おなじくシャベル等の農具一式、写真器一個、顕微鏡一個、その他、その他。

この乱雑な百姓部屋を、どう私は掃除したらいいだろう。これは解決を超えた問題ではないか。一度私は床の間にはたきをかけようとして、いくつかの試験管をならべた台をひっくり返してしまった。私はこの百姓部屋を、普通の部屋なみに扱いすぎたのだ。それ以来二助の部屋の掃除は品物のない部分につもっている塵を手で拾っておくほか仕方がなかった。

私のひっくり返した一組の試験管には、黄ろい液体に根をおろした二つ葉の二十日大根が、たいへんな豊作で繁茂していた。二助は耕作者としてこんなに成功していたのに、私のはたきは、このひとうねの大根を根柢からひっくり返し、試験管をこなごなにし、黄ろいこやしは私の足にはねかかった。そしてこやしをはなれた二十日大根は、幾塊のつまみ菜となってたたみの上に横わった。

その日の夕方学校から帰ってきた二助を、私はつまみ菜の傍に案内しなければならなかった。日ごろの時間どりからいえば、私はもう夕飯の支度を終っている時刻であったが、この夕方の私は夕飯どころの沙汰ではなく、私の顔には泪のあとがのこっていた。二助の失望をどんな心で私はきいたことか。彼は「むうん」とひとこえ、地ひびきにも似たひくい歎声をもらしたのである。それから漸く会話の音声をとりもどして彼は言った。

「この部屋にはたきを使っては、じつに困る。幸いこの試験管は、昨夜写真にうつしておいたから不幸中の幸いだ。（それから彼は私に背中をむけた姿勢で独語した）女の子はじつによく泣くものだ。女の子に泣かれると手もちぶさただ。なぐさめかたに困る。（それから彼はくるりと此方を向いて）この菜っぱを今晩おしたしに作ってみろ。きっとうまいはずだ」

私は急にわらいだしそうになったので、いそいで三五郎の部屋に退いたが、ここでまた私の感情は一旋回した。私は丁度音楽予備校から帰ったばかりの三五郎の紺がすりの腕を泪でよごしてしまったのである。三五郎は新聞紙で私の鼻のあたりを拭いたり、紺がすりの腕を拭いたりして、それから二助の部屋に行った。

廊下一つをへだてた二助の部屋では次のような問答があった。

「へえ、どうしたんだ、この菜っぱは」

「どうも女の子が泣きだすと困るよ。チョコレエト玉でも買ってきてみようか」

「チョコレエト玉もわるくはないが、早く夕飯にしたいな。おれはすっかり腹がすいている」

「おれも腹がすいてるんだが、チョコレエト玉は君の分じゃない。女の子にくれてみるんだ。君は早くこの菜っぱを集めて、おしたしに作ってみろ。おれの作った菜っぱはきっとうまいはずだ。こやしが十分に利いてるからね」

「しかし、こやしに脚を浸けていた菜っぱを――」

「歎かわしいことだよ。君等にはつねに啓蒙がいるんだ。こやしほど神聖なものはないよ。その中でも人糞はもっとも神聖なものだ。人糞と音楽の神聖さをくらべてみろ」

「音楽と人糞とくらべになるものか」

「みろ。人糞と音楽では――」

「そうじゃないんだ、音楽と人糞では――」

「トルストイだって言ってるんだぞ――音楽は劣情をそそるものだ。そして彼は、こやしを畠にまいて百姓をしたんだぞ」

「ベエトオヴェンだって言ってるぞ――」

私はもうさっきから泪をおさめて二人の会話をきいていたが、やがて台所に退いた。

二助のとなりの一助の部屋はずっと閑素で、壁のどてら一枚のほかには書籍と机のある、ありふれた書斎であった。ここでは安心して掃除することができ、また私はときどき私の詩集をよみ飽きたときには一助の部屋にきて、一助の研究している分裂心理というのを私も研究することにした。

「互いに抗争する二つの心理が、同時に同一人の意識内に存在する状態を分裂心理といい、この二心理は常に抗争し、相敵視するものなり」

私はそんな文章に対してずいぶん勝手な例をもってきて考えた。——これは一人の男が一度に二人の女を想っていることにちがいない。この男はA子もB子もおなじように愛しているのだが、A子とB子は男の心のなかで、いつも喧嘩をしているのであろう。

こんな空想は私を楽しくしたので、私は次をよみつづけた。

「分裂心理には更に複雑なる一状態あり。即ち第一心理は患者の識閾上に在りて患者自身に自覚さるれども、第二心理は彼の識閾下に深く沈潜して自覚さるることなし。而して自覚されたる第一心理と、自覚されざる第二心理もまた互いに抗争し敵視する性質を具有するものにして、識閾上下の抗争は患者に空漠たる苦悩を与え、放置する時は自己喪失に陥るに至るなり」

この一節もまた私の勝手な考えを楽しませた。——これは一人の女が一度に二人の男を想っていることにちがいない。けれどこの女はA助を愛していることだけ自覚して、B助を愛していることは自覚しないのであろう。それで入院しているのであろう。

こんな空想がちな研究は、人間の心理に対する私の眼界をひろくしてくれ、そして私は思った。こんな広々とした霧のかかった心理界が第七官の世界というものではないであろうか。それならば、私はもっともっと一助の勉強を勉強して、そして分裂心理学のようにこみいった、霧のかかった詩を書かなければならないであろう。

しかし私の詩集に私が書いているのは、二つのありふれた恋の詩であった。私はそれを私の恋人におくるつもりであったけれど、まだ女中部屋の机の抽斗にしまっていた。私の机は佐田三五郎が四枚の紙幣の中から買ってきてくれた品であった。そして三五郎は粘土をこねて私の机の上に電気スタンドを作ってくれ、のこった粘土で彼のピアノの上におなじ型の電気スタンドを作った。そのために彼は音楽予備校を二日休み、粘土こねに熱中した。彼は女中部屋でその仕事をしたので、そのあいだ私は女中部屋で針金に糸をあみつけた不出来な電気笠を二つ作った。

佐田三五郎の感じかたには、すべてのものごとにいくらかの誇張があった。小野二助がこやしを調合して煮る臭いはそれほど烈しくはなかったし、三五郎が夜ピアノを止められているというのも当っていなかった。三五郎は早寝をしない夜はこやしがたまらないといって女中部屋に避難し、そうでない夜はピアノを鳴らしながらかなり大声で音程練習をした。それから受験に必要のないコミックオペラをうたい、ピアノを掻きならした。けれど三五郎のピアノは何と哀しい音をたてるのであろう。年とったピアノは半音ばかりでできたような影のうすい歌をうたい、丁度粘土のスタンドのあかりで詩をかいている私の哀感をそそった。そのとき二助の部屋からながれてくる淡いこやしの臭いは、ピアノの哀しさをひとしお哀しくした。そして音楽と臭気とは私に思わせた。第七官というのは、二つ以上の感覚がかさなってよびおこすこの哀感ではないか。そして私は哀感をこめた詩をかいたのである。

けれど私は哀感だけを守っていたわけではなかった。三五郎がオペラをうたいだすと、私は詩集を抽斗にしまって三五郎の部屋に出かけ、二人でコミックオペラをうたった。二助が夜の音楽について注意するのは、コミックオペラの声の大きすぎる時だけであった。

「二人とも女中部屋に行ってやれ。そんな音楽は不潔だよ」

三五郎と私とがオペラの譜面とともに女中部屋に来ると、女中部屋では一助が避難していて、私の机で読書している。そして彼は私たちをみると彼の研究書をもって部屋へ帰ってゆく。そして三五郎と私とは、もはやコミックオペラをうたう意志はないのである。

「僕がしょっちゅう分教場の先生から嗤われるのはピアノのせいだよ。まったく古ピアノのせいだよ」

　三五郎は大声でコミックオペラを発散させたのちの憂愁にしずみ、世にもしめやかな会話を欲しているのだ。私もおなじ憂愁にしずみ、しめやかな声で答えた。

「そうよ。まったくぼろピアノのせいよ」

「音程の狂った気ちがいピアノで音程練習をしていて、いつ音楽学校にはいれるのだ。勉強すればしただけ僕の音程は狂ってくるんだよ。勉強しないで恋をしている方がいいくらいだ」

「ピアノを鳴らさないことにしたら――」

「あればしぜん鳴らすよ。女の子が近くにいるのとおんなじだよ」

　三五郎と私とはしばらく黙っていて、それからまた別な話題を話すのである。

「どうもあのピアノは縁喜がわるいんだ。鳴らしてるとつい悲観してしまうようにできているよ。場末の活動写真にだってこんな憂鬱症のピアノはないからね。僕は一度調律師に見せてくれと家主に申しこんだら、家主は、とんでもない！　といったんだ。こんなぼろピアノに一銭だって金をかける意志はありません！　屑屋も手をひいたピアノです！　あの音楽家にはほとほと手をやきましたよ！　あいつが一銭でも家賃をいれたためしがありますか！　その揚句が、やくざなピアノを残して逃げだしてしまったのです！　捨てようにも運搬費がかかるんでもとの場所においてある始末です！　あのピアノが不都合な音をだすとおっしゃるなら、いっさい鳴らさないで頂くほかはない！

僕はピアノの修繕はあきらめて、屋根の穴だけはふさいでくれと頼んだんだ。ピアノを鳴らしていると、丁度僕の頸に雨の落ちてくるところに穴がひとつあいていたからね。

家主はさっそく来て屋根の穴をふさいで、それから生垣の蜜柑の熟れ工合をよくしらべていったよ。おそろしいけちんぼだ。

あのピアノは、きっと音楽学校に幾度も幾度もはいれなかった受験生が、僕の部屋に捨てておいたピアノだよ。その受験生は国で百姓をしているにちがいない。僕も国にいって百姓をしようと思うんだ」

私は鼻孔からかなり長い尾をひいた息をひとつ吐き、ひそかに思った。三五郎が国で百姓をするようになったら、私も国で百姓をしよう。

「しかし悲観しない方がいいね。女の子に悲観されると、こっちも悲観するよ。百姓のはなしは、オペラのうたいすぎた時思うだけだよ。僕はもうコミックオペラをうたわないでまじめに勉強するよ。約束のしるしに、オペラの楽譜をみんな町子にやろう。一枚のこらずやってしまおう」

三五郎は彼の部屋にのこしている楽譜をも取ってきて、オペラの楽譜全部を私にくれた。私は楽譜を机の抽斗の奥ふかくしまい、これで三五郎と私とは、怠けがちな過去の生活に大きいくぎりをつけた気がしたのである。

私は新しい希望が湧いたので三五郎にいった。

「ピアノの蓋に錠をかっておくといいわ。鍵は私が匿しとくから」

「鍵なんか家主だって持ってやしないよ。しかしもう大丈夫だ。僕はもう絶対にピアノは鳴らさない。僕はこれから一生懸命健康な音楽練習をするんだ」

私が誰にも言わなかった一つのことがらを三五郎に打明けたのは、こんな夜のことであった。私は詩人になりたいというひそかな願いを三五郎に打明けたのである。三五郎はまるで私の予期しなかったほどの歓びを爆発させ、私のちぢれた頭を毬のように腕で巻き、更に私を抱きあげて天井に向ってさしあげた。そして私たちは、詩と音楽とを一生懸命に勉強することを誓い、コミックオペラのような不潔な音楽はうたわないことを約束した。

しかし三五郎と私の約束はじき破れた。私たちは幾たびかコミックオペラの合唱をくり返したのである。

月末に、三五郎はくびまきを買ってくれないで却ってたちもの鋏をひとつ私に買ってくれた。

私の祖母の予想ははずれなかったようである。私はバスケットの底の美髪料をまだ一度も使わなかった。それで私の頭髪は鳶いろにちぢれて額に垂れさがり、私はときどき頭をふって額の毛束をうしろに追いやらなければならなかった。私の頭髪はいよいよ祖母の泪にあたいするありさまであった。そんなありさまも三五郎にたちもの鋏を思いつかせる原因になったのであろう。

その夜、三五郎は百貨店の包紙を一個私の部屋にはこんだ。彼は紙の中からたちもの鋏と、まっくろなボヘミアンネクタイとを取りだし、そして私に詫びた。

「くびまきは買えなかったから来月にしてくれないか。今日分教場の先生に嗤われてネクタイをひとつ買ってしまったんだ。先生に嗤われてみろ、きっと何か買いたくなるものだよ。あとで考えると役にたたないものでも、その場では買いたくなるものだよ。それあ僕はボヘミアンネクタイに合う洋服なんか持っていないさ。ただ先生に嗤われると、何か賑やかなやつを買いたくなるんだ。丁度百貨店のエレベーターでボヘミアンネクタイをさげたやつと乗りあわしたから、それで僕も買ったんだよ。くびまきはまだ急がないだろう」

私は三五郎の心理にいちいち賛成であった。まだくびまきのぜひ要る季節ではないし、私の行李のなかには灰色をした毛糸のくびまきがひとつはいっていたのである。

「仕方がないからネクタイはこの部屋の飾りにしよう」

三五郎は女中部屋の釘にボヘミアンネクタイをかけた。私の部屋にはいままで何ひとつ飾りがなかったので、まっくろなボヘミアンネクタイは思いつきのいい装飾品となった。

「女の子の部屋には赤い方がよかったかも知れない。まあいいや、髪をきってやろう。赤いちぢれ毛はおかっぱに適したものだよ。うるさくなくて軽便だよ。きっと美人になるよ」

私はとんでもないことだと思った。そしてはじめて決心した。バスケットの美髪料は毎日使わなければならないし、髪も毎日結おう。

私は急に台所のこんろに火をおこし、美髪料の金だらいをかけた。

私がそのとき頭を解いたのは美髪料でちぢれをのばすためであったにも拘らず、三五郎はそのとき東西文化の交流という理論を私に教えて、ついに私から髪をきる納得を得てしまった。その理論というのは、東洋の法被が西洋にわたって洋服の上衣になったり、西洋の断髪が東洋にきておかっぱになったりするのは、船や飛行機のせいで、これは時代の勢いだから仕方がないという理論であった。そして三五郎はつけ加えた。かずらの薬でちぢれ毛をのばすのは祖母の時代のこのみで、孫たちは祖母のこのみをそのまま守っているわけにはいかないのである。

三五郎はこの理論を教えこむためにかなり時間をとったので、話の中途で台所からものの焦げる匂いがしてきた。金だらいの美髪料がみんな発ってしまったのである。金だらいに水をかけながら私は髪をきってしまおうと思った。

しかし、三五郎が机の上に立てかけた立鏡を私はみたくもなかったので、私は眼をつぶっていた。

「痩せた女の子にはボオイスアップという型がいいんだ」

私は何も答えなかった。私の思ったのはおばあさんはどうしているであろうということであった。

最初のひとはさみで、厚い鋏の音が咽喉の底にひびいたとき、私は眼をひとしお固くし、心臓のうごきが止みそうであった。私の顔面は一度蒼くなり、その次に真赤になった感じであった。

「はなを啜るんじゃない」

三五郎はうつむきがちになってゆく私の上半身を幾度か矯めなおし、このとんでもない仕事に熱中している様子であった。私はつぶった眼から頤にかけて泪をながし、ずいぶん長い時間を、泪を拭くこともならなかった。

左の耳の側で鋏が最後の音を終ると同時に私はとび上り、丁度灯を消してあった三五郎の部屋ににげ込んだ。私の頸は急に寒く、私は全身素裸にされたのと違わない気もちで、こんな寒くなってしまった頸を、私は、暗い部屋のほかに置きどころもなかったのである。——私の頸を、寒い風がいくらでも吹きぬけた。

「おばあさんが泣く」三五郎の部屋のくらがりで、私はまことに祖母の心になって泣いたのである。「おばあさんが泣く」

二助が部屋からでてきて、丁度廊下にやってきた三五郎にきいた。

「どうしたんだ」

「おかっぱにしてやったんだけど、いきなり逃げだしたんだ。まだ途中だし困ってしまうよ」

「よけいなもの数奇をするからだよ。ともかくあかりをつけてみろ」

三五郎が電気をつけた。私はピアノの脚部の隅っこに頸をかくしていた。

「みてやるから、よく見えるところに出てごらん」と二助がいった。彼は制服の上にしみだらけの白い上っぱりを着て、香水の匂いをさせていた。彼はこやしをいじりながらときどき香水の罎を鼻にあてる習慣であった。

二助は私の頭の周囲を一廻りした後、

「平気だよ。丁度いいくらいだ。女の子の頭はさっぱりした方がいいんだよ。そんなに泣くものじゃない」

そして二助は香水の罎から私の頭に香水をたっぷり振りかけてくれた。

一助もいつしか部屋の入口に立っていて、彼も私の頭について一つの意見をのべた。

「おかっぱはあまりいいものじゃないよ。しかしじき伸びるだろう。すこしのあいだ我慢しなさい」

そして彼は部屋に帰っていった。

二助は私のうしろに立っていて三五郎に命じた。

「この辺の虎刈りをすこし直してやったらいいだろう。この部屋では電気が暗いから、僕の部屋でやったらいいだろう」

二助の部屋では、かなりの臭気がこもっていたけれど、部屋のまんなかに明るい電気が下っていて、頸の刈りなおしに適していた。二助はその上に大根畠の人工光線をもつけ、新聞紙の肥料の山を二つほど動かし、その跡に土鍋のかかった火鉢を押しやった。これはみんな二助が三五郎に腕前をふるわせるための設備で、彼は虎刈りはみっともないということを二度ばかり呟いた。私の頸にはよほど眼につくだんだらがついていたのであろう。

三五郎は部屋のまんなかに私を坐らせ、丁度電気の真下で刈込みをつづけることになった。二助は上っぱりのポケットから垂れていたタオルをはずして私の肩を巻き、香水の罎を私の横において三五郎にいった。

「今夜はすこし臭くなるつもりだから、ときどき香水を当てたらいいだろう。女の子にもときどき当ててやれ」

三五郎は私の頸に櫛を逆にあて、鋏の音をたてた。彼は折々臭気を払うために鋭い鼻息を吐き、それは一脈の寒い風となって私の頸にとどいた。しかし私はもう泣いていなかった。ひととおり泣いたあとは心が凪ぎ、体は程よく草臥れていたのである。ただ私の身辺はいろんな匂いでかためられていて、肩のタオル、私の頭から遠慮もなく降りてくるゆたかな香水の香、部屋をこめている空気などが私を睡らせなかった。

二助は土鍋をかき廻し、試験管を酒精ランプにかざし、土鍋の粉に肥料を加え、また鑵のこやしを加え、団扇でさましたこやしを蘚の湿地に撒き、顕微鏡をのぞき、そしてノオトに書き、じつに多忙であった。

睡りに陥りそうになると私は深い呼吸をした。こみ入った空気を鼻から深く吸いいれることによってすこしのあいだ醒め、ふたたび深い息を吸った。そうしてるうちに、私は、霧のようなひとつの世界に住んでいたのである。そこでは私の感官がばらばらにはたらいたり、一つに溶けあったり、またほぐれたりして、とりとめのない機能をつづけた。二助は丁度、鼻掃除器に似た綿棒でしきりに蘚の上を撫でているところであったが、彼の上っぱりは雲のかたちにかすみ、その雲は私がいままでにみたいろんなかたちの雲に変った。土鍋の液が、ふす、ふす、と次第に濃く煮えてゆく音は、祖母がおはぎのあんこを煮る音と変らなかったので、私は六つか七つの子供にかえり、祖母のたもとにつかまって鍋のなかのあんこをみつめていたのである。——丁度二助がそばにやってきたので、私はつとめて眼をあけた。二助は私の肩のタオルを彼の手ふきにも使うために来たので、彼は熱心に手を拭いたのち、さっさと行ってしまった。二助が机のそばに行ってしまうと、私の眼には机の上の蘚の湿地が森林の大きさにひろがった。二助はふたたび綿棒をとって森林の上を撫で、箒の大きさにひろがった綿棒をノオトの上にはたいた。

それから二助が何をしたのかを私は知らない――私の眼には何もなく、耳にだけあんこの噴く音が来たのである。私が次に眼をあいたのは三五郎の不注意から私の頸に冷たいたちもの鋏が触れたためで、そのとき二助はしきりに顕微鏡をのぞいていた。「蘚の花粉というものは、どんなかたちをしたものであろう」私は心理作用を遠くに行かせないために、努めて学問上のむずかしいことを考えてみようとした。「でんでん虫の角のかたちであろうか」しかしじき心は遠くに逃げてしまい、私の耳は、二助のペンの音だけを際だって鮮かにきいた。

「うつむきすぎては困る。また泣きだすのか」

三五郎の両手が背後から私の両頬を圧した。それはだんだん前屈みになってゆく私の姿勢をなおすためであったが、彼の右手はたちもの鋏を置かないままだったので、鋏のつめたい幅がぴたりと私の頬を圧し、鋏の穂は私の左の眼にたいへんな刃物にみえてしまった。私はたちまち立ちあがり、二助のそばに行った。しかし二助のそばに立ったときもう私は睡くなっていた。私はただ睡いのである。それで、中腰になって顕微鏡をのぞきながらノオトを書きつづけている二助の背中に睡りかかった。二助は姿勢を崩さないで勉強をつづけた。

「どうしたんだ。我儘は困る」と三五郎が言った。「すこしだけだんだらが残っているんだ。あと五分だけ我慢しろ」

「睡いんだね。夢でもみたんだろう」二助はやはりペンの音をたてながら言った。「すこしくらいの虎刈りは、明後日になれば消えるよ。ともかくおれの背中からとってくれなければ不便だ。伴れてって寝かしてやったらいいだろう」

私は二助の背中から彼の足もとに移り、たたみに置いた両腕に顔をふせてただ睡ってしまいそうであった。

「もう一つだけだんだらを消せば済むんだ。消してしまおう」

三五郎はそのために二助の足もとにきた。

私はそれきり時間の長さを知らなかったが、そのうち三五郎の手で女中部屋に運ばれた。つめたい部屋に運ばれた時に、私はすっかり睡気からさめた。

三五郎はすでに寝床としてのべてあった掛蒲団のうえに私を坐らせ、彼自身は私の机に腰をかけていて言った。彼は組んだ脚の上に一本の肱をつき、そのてのひらに顔をのせていたので、抑えつけられた唇から無精な発音がでた。

「さっぱりした頭になったよ。重そうでなくて丁度いい。頸の辺はむしろ可愛いくらいだよ。明日は一助氏の鏡をもってきて、二つの鏡で頸を映してみせてやろう。おやすみ」

三五郎は机から立ちあがり、また腰を下し、前とおなじ姿勢をとり、そして前とおなじ発音で言った。

「今夜はたぶん徹夜だよ。二助がこやしを二罎ほど汲みだせと命じているし、二助の蘚が今晩から恋をはじめたんだ。おれは徹夜で二助の助手をさせられるにちがいない。おやすみ」

しかし、三五郎はやはりてのひらに顔をのせていて、立ちあがろうとはしなかった。しばらくだまっていたのちに、三五郎は頬杖を解いて腕ぐみになおし、腕の環に向って次のようなとりとめのないことを言ったのである。

「こんな晩には、あれだね、あのう、植物の恋の助手では、あれなんだよ。つまり、つまらないんだよ。しかし、あのう、じつはこうなんだ。蘚の恋愛って、変なものだね。おやすみ」

彼はいきなり私の頸に接吻をひとつした。それから私を抱いたまま机に腰をかけ、私の耳にいった。

「泣くんじゃないよ。今晩二助は非常に忙しいし、二助くらい女の子に泣かれるのを怖れている人間はいないからね。二助は泣いてばかしいる女の子に失恋したことがあるんだ。それ以来二助は植物の恋愛ばかし研究しているし、女の子に泣かれるのは大きらいなんだ。今晩も町子に香水をかけてくれたり、タオルをかけてくれたりしたろう。二助は女の子には絶対に泣かれたくないんだよ。だから泣くんじゃない」

私は泣きだしそうではなかったので、三五郎の胸のなかでうなずいた。

「しかし、女の子というものは、こんな晩には、あとで一人になってから、いつまでも泣いてるものではないのか。（私は三五郎の胸のなかで頭をふった。私はあとで泣きそうな不安を感じなかったのである）ならいいけど、もし泣きだされると、二助はきっと恐怖して、どうしたんだときくからね。きかれたって僕は訳をはなしたくない。こんなことがらの訳は、一助氏にも二助にも話さないでおいた方が楽しいにきまっているだろう」

私は三五郎の胸のなかでうなずいた。それで三五郎は私の耳からすこし遠ざかった。

「なんしろ二助は今晩蘚の恋愛の研究を、一鉢分仕上げかかっているんだ。二助の机の上では、今晩蘚が恋をはじめたんだよ。知ってるだろう、机のいちばん右っ側の鉢。あの鉢には、いつも熱いくらいのこやしをやって二助が育てていたんだ。熱いこやしの方が利くんだね、今晩にわかにあの鉢が花粉をどっさりつけてしまったんだ。蘚に恋をはじめられると、つい、あれなんだ、つまり――まあいいや、今晩はともかくそんな晩なんだ。僕は蘚の花粉をだいぶ吸ってしまったからね。

ともかくいちばん熱いこやしが、いちばん早く蘚の恋情をそそることを二助は発見したんだ。熱くないこやしと、ぬるいこやしと、つめたいこやしとをもらっているあとの三つの鉢は、まだなかなか恋をする様子がないと二助は言っていたよ。町子は二助の論文をよんだことがあるか。（この問いに対して、私は、かすかに、自信のない頭のふりかたで答えた）そうか。しかし僕は町子も一度よんでみた方がいいと思う。二助の机の上にノオトが二つあるだろう。一つが二十日大根の論文で一つが蘚の論文なんだ。二十日大根の方は序文がおもしろいだけで、本論の方はそうおもしろくない。蘚の方はとてもおもしろいから僕はときどき読むことにしてあるんだ。植物の恋愛がかえって人間を啓発してくれるよ。二助氏は卒業論文に於てはなかなか浪漫派なんだ。ただ僕にしょっちゅうこやしの汲みだしを命じるから困る。汲みだしといえば僕なんだ。仕方がないから僕は垣根のすっぱい蜜柑をつづけさまに二つもたべてから汲みだしをやるんだ」

しかし、私はさっき三五郎の胸のなかで嘘をひとつ言った。私は、もう以前から二助の論文のノオトを二つとも読んでいたのである。「荒野山裾野の土壌利用法について」というのが二十日大根の方の研究で、その序文は二助の抒情詩のようなものであった故に私の心を惹き、「肥料の熱度による植物の恋情の変化」（これが蘚の研究であった）は、私のひそかな愛読書となっていた。けれど私はそれ等の論文をよんだことを、何となく三五郎に打ちあけてしまうことができなかった。蘚の論文は、丁度、よんだことを黙っていたい性質の文献で、「植物ノ恋情ハ肥料ノ熱度ニヨリテ人工的ニ触発セシメ得ルモノニシテ」とか「斯クテ植物中最モ冷淡ナル風丰ヲ有スル蘚ト雖モ遂ニソノ恋情ヲ発揮シ」とか、「コノ沃土ニ於ケル蘚ノ生殖状態ハ」などという箇処によって全文が綴られていたのである。

二十日大根の序文は、これはまったく二助の失恋から生れた一篇の抒情詩で、「我ハ曾ツテ一人ノ殊ニ可憐ナル少女ニ眷恋シタルコトアリ」という告白からはじまっていた。「噫マコトニ泪多キ少女ナリキ。余ノ如何ナル表情ニ対スルモ常ニ泪ヲ以テ応エ、泪ノホカノ表情ニテ余ニ接シタルコトアラズ。哀シカラズヤ、余ハ少女ノ泪ヲ以テ、少女ガ余ニ対スル情操ノ眼瞼ヨリ溢ルルモノト解シタルナリ。サレド少女ニハ一人ノ深ク想エル人間アリテ、ソハ余ノホカノ青年ナリキ。而ウシテ少女ノ泪ハ、少女ガ余ノ悲恋ヲ悲シム泪ナリキ。余ハ少女ノ斯ル泪ヲ好マズ。乃チ漂然トシテ旅ニ出ヅ。

余ハ荒野山三合目ノ侘シキ寺院ニ寄寓シ、怏々トシテ楽マズ。加ウルニ山寺ノ精進料理トイウモノハ実ニ不味ニシテ、体重ノ衰ウルコト二貫匁ニ及ビタリ。

一日麓ノ村ヨリ遥々余ニ面会ヲ求メ来レル一老人アリ。彼ハ荒野村ノ前々村長トカニテ、彼ハ白面ノ余ヲ途方モナキ学究ト誤認シ、フトコロヨリ一個ノ袋ヲ取リ出ダシテ余ノ面前ニオキ、礼ヲ厚クシテ余ニ一ツノ懇願ヲ提出セリ。袋ノ中味ハ黄色ッポイ土ニシテ、老人曰ク、コハ荒野山裾野ノ荒蕪地ナリ。貴下ハ肥料学御専攻ノ篤学者ニアラセラルル由、何卒貴下ノ御見識ニテ裾野一帯ノ荒蕪地ヲ沃土ト化サシメ給エ。ワガ裾野一帯ハ父祖ノ昔ヨリ広漠タル痩土ニシテ、桑ハ固ヨリ、大根モ牛蒡モ稗モ実ラヌ荒蕪ノ地ナリ。先年村民合議ニヨリ、先ズ稗ノ種子ヲ撒キテ稗ヲ実ラセ、実リタル稗ニ鳥雀ノ類ヲヨビヨセ、鳥雀ノ残シユク糞ニテ荒野ヲ沃土ト化サム決議イタシ、第一着手トシテ稗ノ種子幾石ヲ撒キタレド、アア、稗ノ芽モ出ネバ鳥雀ノ類モ集ラズ、稗ノ種子幾石ハ空シク痩土ニ委シタル次第ナリ。モシ貴下御専攻ノオ力ニヨリテ、ヨキ肥料御教示ヲ給ワランニハ、ワガ歓ビ如何バカリナラン。村民共ノ歓喜、アア、如何バカリニ候ワン。ヨキ智恵ヲ垂レ給エ。猶願クバ村民一同ニ一場ノ御講演ヲモ給ワリタク、御研究ニテ御多忙ノ折カラ、万一御承諾ヲ得タラムニハ、老人コレヨリ馳セ帰リテ村内ニフレ廻リ、折返シ迎エノ若者ヲモ差シツカワシ申スベシ。枉ゲテ御承諾ヲ給エ。

余ハ茫然トシテ、老人ノ紋ツキ羽織ニ見トルルコトシバラクナリキ。

ソノ日、余ハ宵闇ニマギレテ侘シキ山寺ヲ出発セリ。住職ハ余ノ村人ニ発見サルルヲ気ヅカイテ、余ニ隠簑ノ如キ一枚ノ藁製ノ外套ヲ貸与ス。余ハコノ外套ヲ頭ヨリ被リテ村ヲ抜ケ、村ハズレノ柿ノ木ニ尊キ外套ヲ懸ケオキタリ。

余ガ東京ノ下宿ニ着キタル時ハ、恰モ小野一助ガ彼ノ下宿ヨリ来リテ余ヲ待チタル時ニ相当シ、一助ハ余ニ一週間ノ入院ヲ強請セリ。余ハ憤然トシテぽけっとヨリ土袋ヲ取リイダシ、荒蕪地ヲ沃土ニ変エム決心ヲ為シタリ。余ハ仮令失恋シタリトハイエ、分裂病院ニ入院スル必要ヲ毫モ認メザルナリ。

其後一助ハ佐田三五郎ニ命ジテ、廃屋ニモ等シキ一個ノ家ヲ借リウケ、一助、余、三五郎ハ、各々下宿生活ヲ解キテ廃屋ノ住者トナル。余ハワガ居室ノ床ノ間ヲ大根畠ニ仕立テ、荒野山麓ノ痩土ニ種種ノ肥料ヲ加エテ二十日大根ノ栽培ニ努ム。ソノ過程ハ本論ニ於テ述ベムトス。序論終リ」

さて、私は二助の論文のことでいくらか時間をとってしまったけれど、私はここでもとの女中部屋の風景に還らなければならないであろう。

女中部屋の机の上では、やはり三五郎と私とがいて、三五郎の膝の上での私の心理は、私がすでに二助の抒情詩をよんだことと、そして蘚の論文をもよんでいたことを、三五郎にだまっていたい心理であった。これはまことに若い女の子が祖母や兄や従兄に対して持ちたがる心理で、私はすでに蘚の花粉なぞの知識を持っていたことをやはり自分一人のひそかな知識としておいて、三五郎には蔽っておきたかったのである。

二助の部屋の臭いが廊下にながれ、茶の間を横ぎり、台所にきて、それから女中部屋の私たちを薄く包んだ。しずかな晩であった。

三五郎はしずかな声でいった。

「しかし、垣根の蜜柑もいくらかうまくなったよ。おやすみ」

三五郎はふたたび私に接吻した。それから私を掛蒲団の上におき二助の部屋に出かけた。

これは私が炊事係になって以来はじめての接吻であった。しかし私は机に肱をつき、いまは嘘のように軽くなってしまった私の頚を両手で抱え、そして私は接吻というものについて考えたのである。——接吻というものは、こんなに、空気を吸うほどにあたりまえな気もちしかしないものであろうか。ほんとの接吻というものはこんなものではなくて、あとでも何か鮮かな、たのしかったり苦しかったりする気もちをのこすものではないであろうか。

三五郎と私との接吻は、十四の三五郎が十一の私に与えた接吻とあまり変りのないものであった。十四の三五郎と十一の私とは、祖母が檐下に干していた一聯のつるし柿をほしかったので、三五郎は私を肩ぐるまにのせ、私が手をのばしてうまくつるし柿を取ることができた。そのとき三五郎は胸いっぱいにつるし柿を抱えている私を地上におろし、歓喜のあまり私に接吻をしたのである。それから十七の三五郎が祖母の眼の前で十四の私に接吻をしたとき、祖母はいった。ああ、仲のよい兄妹じゃ、いつまでもこのように仲よくしなされ。——三五郎と私とは、幼いころからいったいにこんな接吻の習慣をもっていたのである。

私たちの家族が隣人をもったのは、佐田三五郎が私の髪をきってしまった翌日のことであった。その朝、私はまず哀愁とともに眼をさました。台所から女中部屋にかけて美髪料を焦がした匂いが薄くのこり、そして私を哀愁にさそったのである。もし祖母がいたならば、祖母は私のさむざむとした頸に尽きぬ泪をそそいだであろう。そして祖母は頭髪をのばす霊薬をさがし求め、日に十度その煎薬で私の頭を包むであろう。私は祖母の心を忘れるために朝の口笛が必要であった。口笛を吹き吹き、私は釘から一枚の野菜風呂敷をはずし、机の上の立鏡に向って頭を何でもない風にかくす工夫をめぐらした。しかし、私の口笛は心の愉しいしるしとして三五郎の耳にとどいたようである。三五郎は彼の部屋から私のコミックオペラに朝の伴奏を送ってよこした。彼はもともと侘しい音程をもった彼のピアノをなるたけ晴れやかにひびかせるために音程の狂った箇処を彼自身の声楽で補った。この伴奏のために私達の音楽はいつもよりずっと愉しそうな音いろを帯び、そして意外な反響を惹きおこした、小野二助の部屋から、二助自身の声楽が起ったのである。二助は私達といっしょになって早朝のコミックオペラをうたいだした。これはまことに思いもかけない出来ごとで、私が二助の音楽を聴いたのはこの朝が最初であった。しかし、私は、なんという楽才の兄を持っていたことであろう。私は口笛をやめ、野菜風呂敷を安全ピンで頭に止めようとしていた作業をやめて二助の声に耳をかたむけないわけに行かなかった。二助のコミックオペラは家つきの古ピアノの幾倍にも侘しく音程が狂い、葬送曲にも似た哀しさを湛えていたのである。しかし、二助自身はなかなか愉しそうな心でうたいつづけた。三五郎が急に伴奏をやめても、二助は独唱でうたいつづけた。伴奏がなくなると、二助のうたっている歌詞は彼の即興詩であることがわかった。「ねむのはなさけば、ジャックは悲しい」とうたわなければならないところを、二助は「こけのはなさけば、おれはうれしい、うれしいおれは」などとうたっていた。

私は伴奏をやめてしまった三五郎の心理を解りすぎるくらいであった。伴奏を辞退した彼は、ピアノに肱をつき、二助が音楽の冒瀆を止めるのを待っていることであろう。私も女中部屋でおなじ心理を持っていた。

独唱がやんだと思うと二助は彼の部屋から三五郎に話しかけた。

「植物の恋愛で徹夜した朝の音楽というものは、なかなかいいものだね。疲れをさしてよろこびを倍加するようだ。音楽にこんな力があるとは思わなかったよ。僕もこれからときどき音楽を練習することにしよう。五線のうえにならんでるおたまじゃくしは、何日くらいで読めるようになるものだい。二週間あればたくさんだろう。二つめの鉢が恋愛をはじめるまでに二週間ある予定だから、そのあいだに僕はおたまじゃくしの研究をしよう」

三五郎は返事のかわりにピアノをひどくかき鳴らし、それから別のオペラを弾きはじめた。彼は二助のあまり知らないような唄を選んだにも拘らず、この朝の二助は決してだまっていなかった。二助はひどい鼻音の羅列でピアノについてきたのである。こんな時間のあいだに私はもはや祖母の哀愁を忘れ、そしてむろん合唱の仲間に加わった。

早朝の音楽はついに小野一助の眼をさました。一助は、彼の部屋で、眼をさましたしるしに二つばかり咳をし、それから呟いた。

「じつに朝の音楽は愚劣だ」

一助はさらに咳を二つばかり加えた。

「今日はいったい何の日なんだ。みんな僕の病院に入れてしまうぞ。僕はまだ一時間十五分も睡眠不足をしている」

三人のうち誰も合唱をよさなかったので、一助はいくらか声を大きくした。

「三人のこらず僕の病院に入れてしまいたいな。三五郎、ピアノをよして水をいっぱい持ってきてくれ。食塩をどっさり入れるんだ。朝っぱらの音楽は胃のために悪いよ。君たちの音楽は、ろくな作用をしたためしがない」

三五郎が台所で食塩水の支度をしているあいだに、一助と二助とは部屋同志で話をはじめた。二人とも寝床にいる様子であった。それで三五郎はコップの水を持ったまま私の部屋に道よりした。三五郎は女中部屋の入口でコップの水を半分ばかりのみ、それから私の机にきて腰をかけた。徹夜のためであろう彼はよほど疲れていて、憤りっぽい顔でほとんど机いっぱいに腰をかけ、そして無言であった。私は二本の安全ピンで野菜用の風呂敷を頭にとめたままこの作業を中止していたため、風呂敷ののこった端は不細工なありさまで私の肩に垂れ、幾本かの安全ピンは三五郎のお尻のしたに隠されてしまった。私は一時も早く安全ピンを欲しいと思っているにも拘らず、三五郎は私の安全ピンを遮っている事実をすこしも知らないありさまで、彼はただ膝のうえのコップをながめ、そしてときどきまずそうにコップの塩水をなめた。三五郎の様子では、彼はどうもまた国へいって百姓をすることでも考えているようであった。この想像は、私にしぜん遠慮がちなためいきをひとつ吐かせてしまった。すると三五郎もののみかかっていたコップに向って、よほど大きいためいきをひとつ吐いた。

こんな時間のあいだに、一助と二助とは彼等同志の会話をすすめていた。一助はもはや音楽の悪い作用のことや、食塩水のことも忘れはてた様子で、たいへん熱心に話しこんでいた。

「人間が恋愛をする以上は、蘚が恋愛をしないはずはないね。人類の恋愛は蘚苔類からの遺伝だといっていいくらいだ。この見方は決してまちがっていないよ。蘚苔類が人類のどおい祖先だろうということは進化論が想像しているだろう。そのとおりなんだ。その証拠には、みろ、人類が昼寝のさめぎわなどに、ふっと蘚の心に還ることがあるだろう。じめじめした沼地に張りついたような、身うごきのならないような、妙な心理だ。あれなんか蘚の性情がこんにちまで人類に遺伝されている証左でなくて何だ。人類は夢の世界に於てのみ、幾千万年かむかしの祖先の心理に還ることができるんだ。だから夢の世界はじつに貴重だよ。分裂心理学で夢をおろそかに扱わない所以は――」

一助があまり夢中になりすぎたので、二助はひとつの欠伸で一助の説を遮り、そしていった。

「蘚になった夢なら僕なんかしょっちゅうみるね。珍らしくないよ。しかし、僕なんかの夢はべつに分裂心理学の法則にあてはまっていないようだ」

「どんな心理だね、その蘚になったときの心理は。いろいろ参考になりそうだ。委しくはなしてみろ」

「しかし、言ったとおり、僕はべつに分裂医者の参考になるような病的な夢はみないつもりだ。それより僕は徹夜のためじつに睡くなっている」

「僕だって睡眠不足をがまんして訊いてるんだ。分裂心理学では、人間のあらゆる場合の心理が貴い参考になるんだぞ。いったい二助ほど分裂心理の参考にされるのを厭う人間はいないようだ。それも一種の分裂心理にちがいない」

「そんな見方こそ分裂心理だよ。人間を片っぱし病人扱いにするのはじつに困った傾向だ」

「みろ、そんな見方こそ分裂心理というものだ。ひとの真面目な質問に答えようとはしないでただ睡ることばかしを渇望している。僕の病院にはそんな患者がどっさり入院しているよ。こんなのを固執性というんだ」

「いくら病名をおっ被せようとしても僕は病人ではないぞ。そのしるしには、僕はどんな質問にでも答えてやれる。僕は何を答えればいいんだ」

「さっきも訊いたとおり、小野二助が蘚になった夢をみたときの、小野二助の心理を、誇張も省略もなく語ればいいんだよ」

「どうも、心理医者くらいものごとを面倒くさくしてしまうものはいないようだ。こんな家庭にいることは、僕は煩瑣だ。下宿屋の女の子は年中僕の前で泣いてばかしいたにはいたが、心理医者ほど僕を苦しめはしなかったと思う。僕はいっそ荷物をまとめて、あの下宿屋にまい戻ろうかしら」

「変な思い出に耽るんじゃない。僕はもうさっきからノオトとペンを用意して待っているんだぞ。あまり早口でなく語ってみろ」

「僕は、ただに、もとの下宿に還りたくなった。そこには、僕の――」

「いまだにそんな渇望をもっているくらいなら、即日入院しろ。僕が受持になって、下宿屋の女の子のことなんか一週間で忘れさしてやるとも。丁度第四病棟の四号室があき間になっている。昨日までやはり固執性患者のいた部屋だ」

「僕はあくまで病人ではないぞ。蘚や二十日大根をのこしておいて僕がのんきに入院でもしてみろ。こやしは蒸れてしまうし、植物はみんな枯れてしまうにちがいない」

「もし二助が健康体なら、この際僕にさっさと夢の心理を語るはずだよ」

「語るとも。こうなんだ。僕が完全な健康体としてしょっちゅうみる蘚の夢というのは、ただ、僕自身が、僕の机のうえにある蘚になっている夢にすぎないよ。だから僕は人類発生前の、そんな大昔の、人類の御先祖に当るような偉い蘚の心理には、夢の中でさえ還ったためしがない。それだけの話しだよ。僕はもう睡ってもいいだろう」

「もっと、ありったけを言ってしまうんだ。どうも二助の識閾下には、省略や隠蔽の悪癖が潜んでいるにちがいない」

「僕は、僕の識閾下の心理にまで責任をもつわけにはいかないね。じつに迷惑なことだ」

「だから識閾下の問題は僕がひき受けてやるよ。それで、いま僕の知りたいのは、さっきから幾度となくきいているとおり、二助が蘚になっている夢の中の蘚の心理だ。

隠蔽しないで言ってみろ。僕の病院では、隠蔽性患者の共同病室だってあるんだぞ。十六人部屋で、野原のようにひろい病室なんだ。たしか寝台が二つほどあいていたと思う」

「僕はそんな寝台に用事のないしるしに、夢の心理をはなすよ。いいか。僕は、僕の机のうえの、鉢のなかの蘚になっているんだ。だから小野二助という人物は、僕のほかに存在しているんだ。そして僕は、ただ、小野二助が僕に熱いこやしをどっさりくれて、はやく僕に恋愛をはじめさしてくれればいいと渇望しているのみだよ。そのほかの何でもありゃしないよ。僕はただ、一刻もはやく恋愛をはじめたいだけだよ」

「それから」

「そして眼がさめると、僕はもとの小野二助で、蘚は二助とは別な存在として二助の机の上にならんでいるんだ。僕の夢についてはこれ以上語る材料がないから僕はもう寝る。これ以上に質問はないだろう」

「あるとも。次の質問の方が貴重なくらいだ」

「僕はいっそ女中部屋に避難したいくらいだ。迷惑にもほどがある。今日は午後一時から肥料の講義をききのがしてはならない日だ。僕は肥料のノオトだけにはブランクを作りたくない」

「じつはこうなんだ。僕の病院に——」

「僕はどんな病室があいていたって一助の病院に入院する資格はもっていないぞ」

「入院のことでないから安心しろ。じつはこうなんだ。僕の病院に、よほどきれいな——（一助はここでよほどしばらく言葉をとぎらした）——人間がひとり入院しているんだよ」

「その人間は、男ではないだろう」

一助は返辞をしなかつた。

このとき、女中部屋では佐田三五郎がコップの塩水をかなり多量に一口のみ下し、そして三五郎は私にいった。

「僕はじつに腹がすいている。何かうまいものはないのか」

私ははじめて解ることができた。今朝からの三五郎の不機嫌はまったく空腹のためであった。

私は女中部屋の窓の戸をあけ、窓格子のあいだから外にむかって手をのばした。私の手が漸く生垣の蜜柑にとどいたとき三五郎はいった。

「蜜柑は昨夜のうちに飽食した。僕はいま胃のなかがすっぱすぎているんだ。僕と二助とはどうも蜜柑の中毒にかかるにちがいない。こんどから、二助が徹夜を命じたら炊事係も徹夜しなければ困る。徹夜くらい腹のすくものがあるか。何かうまいものはないのか」

私はくわいの煮ころがしがいくつか鍋にあることを思いだしたので、台所に来た。そしてついに鍋は見あたらなかった。

「何かないのか」

私は炊事係として途方にくれた。昨夜の御飯がいくらかのこっているはずの飯櫃さえもなくなっていたのである。

「そんなものはむろん昨夜のうちに喰べてしまったよ。あの飯櫃はよほどながく大気のなかにさらして、中の空気を抜かないとだめだ。二助の部屋にすこしでも置いたものは、何でもそうだ。何かうまいものはないのか」

私は戸棚をさがして漸く角砂糖の箱と、お茶の罐をひとつ取りだすことができた。私の台所には、そのほかにどんな食物があったであろう。お茶の罐のなかには二枚の海苔がはいっていた。

三五郎は角砂糖をたべては塩水をのみ、海苔をたべては塩水をのんだ。彼はずいぶんまずそうな表情でこの行動をくり返した。

こんな時間のあいだに、一助と二助はふたたび会話をはじめた。

「この際睡ってしまわれては困る」と一助がいった。「僕はぜひ今朝のうちにきいておきたい質問をもっているんだ。もうすこしだけ我慢できるだろう」

二助は返辞しなかった。

「睡ってしまったのか」一助はいくらか声を大きくした。

「僕は睡るどころではない。さっきも訊いたとおり、その人間は男ではないだろう」

「そんな興味はよした方がいいだろう。悪癖だよ。話の中途で質問されることは僕は迷惑だ」

「一助氏こそ隠蔽癖をもっているようだ。僕は睡ることにしよう」

「睡られては困るよ、じつはこうなんだ、その人間は男ではない患者で、蘚のようにひっそりしていて、僕の質問に決して返辞をしないんだ」

「その質問はどんな性質のものか、やはりききたいね」

「それあ、いろいろ、医者として、治療上の質問だとも。治療以外のことで僕はその患者に質問したためしがない。二助はどうも穿鑿性分裂におちいっているようだ。主治医と患者のあいだの問答は当事者二人のあいだの秘密であって、二助の穿鑿はじつに迷惑だ」

「そんなおもしろくない話に対しては、僕はほんとに寝てしまうぞ」

「じつはこうなんだ」一助は急に早口になった。「その患者は僕に対してただにだまっていて、隠蔽性分裂の傾向をそっくり備えているんだ。これは、よほど多分に太古の蘚苔類の性情を遺伝されているにちがいない。典型的な蘚の子孫にちがいない」

「平気だよ。種がえりしたんだ。僕は動物や人間の種がえりの方はよく知らないが、なんでも、いつか、何処かで、尻尾をそなえた人間が生れたというじゃないか。医者がその尻尾をしらべてみたら、これはまったく狐の尻尾であって、これは人間が進化論のコオスを逆にいったんだという。じつにうなずけるじゃないか。人間が狐に種がえる以上は、人間の心理が辞に種がえるのも平気だよ」

「僕は平気ではないね。なぜといって、よく考えても見ろ、主治医が病室にはいっていっても、笑いも怒りもしないんだよ。僕はまるで自信をなくしている」

「泣きもしないのか」

二助の質問はたいへん乗気であったのに対して、一助はひどくしょげた答えかたをした。

「泣いてくれるくらいなら、僕はいくらかの自信を持ち得たろうに」

「しかし、泣く女の子には、あらかじめ決して懸念しない方がいいね。ひとたび懸念してしまうと忘れるのになかなかの月日が要るものだし、そんな月日の流れはじつにのろいものだよ。僕は――」

二助の会話はしだいに独語に変り、ききとれない呟きはしばらくつづいた。

一助は二助の呟きに耳をかたむけている様子であったが、しばらくののち彼は急いで二助の呟きを遮った。

「そんな推測は僕には必要ではない。決して必要ではない。僕はただ、一人の主治医として患者に沈黙されていることが不便なだけだ。僕たちの臨床では、主として主治医と患者との問答によって病気をほぐして行くんだ。そこにもってきて患者に沈黙されることは、主治医としてよほどの痛手ではないか。察してもみろ、患者が識閾の下で何を渇望しているかを知る手段がないのだぞ。そこにもってきて、主治医以外のもう一人の医員がいうには、これはおお、何という典型的な隠蔽性分裂だ！ 僕もこの患者を研究することにしよう！ といったんだ。しかしこれは口実にきまっている。そのしるしには、あいつはしばしば僕の患者にむかって、ひとつの質問をくり返しているんだ。もう長いことくり返しているんだ。この質問は治療上にはちっとも必要のない質問で、患者をくるしめるに役だつ質問なんだ。僕にしろ、こんなおせっかいをされたくない。患者がたった一度だけ口をひらき、そしてあいつにむかって拒絶してくれたら、僕はじつに安心するだろうに」

「女の子というものは、なかなか急に拒絶するものではないよ。拒絶するまでの月日をなるたけ長びかせるものだよ。あれはどういう心理なんだ、僕は諒解にくるしむ」

「僕の場合は病人だから、健康体の女の子とおんなじに考えられては困る。非難は医員のやつに向けろ。あいつは主治医のいないときに限り病室にはいって行くんだぞ。悪癖にもほどがある。僕はいずれあの医員の分裂心理もほぐしてやらなければならないだろう。

それで、主治医にしろ、自分の患者をだらしのない医員に任しておくわけにはいかないだろう。だからあいつが病室にはいって行くたびに、主治医も病室に行くんだ。するとあいつは手帖にむかい、鉛筆をなめるふりをしているんだ。その手帖は、じつに主治医の関心にあたいする手帖で、主治医はあいつの手帖をみてやりたいんだ。じつに見てやりたいんだ。しかしあいつは手帖を一度だってポケットのそとに置きわすれたためしがない。そのくせあいつは主治医が病室に持ってきた診察日記を主治医の手からとりあげ、よほど深刻な表情でしらべるんだ。これはあいつが主治医と患者とのあいだの心の進展をしらべるためなんだ。

僕の病院では、毎日こんな日課がくり返されている。僕は、毎日がまるでおもしろくない」

「そんなとき、人間はあてどもない旅行に行きたいものだよ」

「僕は、むしろ、あてどもない旅行に行きたい」

「僕は家族の一人にそんな旅行に行かれることを好まないね。のこった家族は、たれ一人として勉強もできないにきまっている」

「僕にしろ、二助の旅行中には本を一ペエジもよめなかった。診察日記もかけなかったほどだ。僕はそれをがまんしてきたんだぞ。こんどは二助ががまんしろ」

「ともかく、一度患者の女の子にものを言わせて見ろ。そのとき、女の子の返辞が受諾なら、あてどもない旅行に行かなくてもいいだろう」

「そんな幸福を、僕は、思って見たためしがない。僕は旅行に行ってしまおう」

「被害妄想はよせ。そんな被害性分裂におちいっていると、却って一助氏を病院に入れてしまうぞ。旅行に行くのは拒絶された上でたくさんだ。そのときは荒野山のお寺に行くといいね。僕はお寺の坊さんに紹介状をかくことにしよう。あのお寺は精進料理だけど、庫裡の炉のそばに天井から秤を一本つるしてあって、体重をはかるに不便しないからね。精進料理というものは、どうも日課として体重をはからせたくするようだ」

「それは料理のせいではなくて失恋のせいだよ。失恋者というものは、当分のあいだ黙りこんで肉体の痩せていく経路をながめているものだよ」

「はじめ、秤の一端に手でつかまってぶらさがったとき、いくらか塩鮭になったような気がするが、向うの一端では坊さんが分銅をやったり戻したりして、じつに長い時間をかかって、正確に体重をはかってくれるよ。丁度ぶらさがっているとき炉の焚火がいぶって、燻製の鮭の心境を味わうこともできるよ。それからその鮭をたべたくなるんだ。あれは僕の心理が、鮭の心理と、小野二助の心理と二つに分裂するにちがいない。

それから、麓の村から一人の老人がたずねてくるにきまっているからね、僕は一助氏に伝言をひとつ托することにしよう。荒野山の裾野の土壌は絶望です、と伝えてほしい」

「この際絶望という言葉はよくないだろう。僕ならもうすこしのぞみのありそうな言葉を選ぶつもりだ。縁喜《えんぎ》のわるいにもほどがある」

「言葉だけかざっても仕方がないよ。あの裾野の土壌は、ただ地球の表面をふさいでるだけで、耕作地としては絶望だよ。僕の二十日大根がこんなに育ったのは、裾野の土のせいではなくて、僕の調合したこやしのせいだからね。僕はあの老人の参考のために、一助氏に処方箋を一枚托することにしよう、僕の調合したこやしの処方箋を。そしたらあの老人は僕の調合したこやしがどんなに高価なものかを知って、裾野の利用法をあきらめるにちがいない」

「僕は山寺にゆくことをよそう。老人は裾野の土地を愛しているんだ。何をもってしてもあきらめきれない心理で愛しているんだ。僕はそんな老人の住む土地に出かけていって、同族の哀感をそそられたくないよ」

「僕の調合した処方箋で、老人がなおあきらめをつけない様子だったら、一助氏は老人を診察する必要があるよ。したがって氏はぜひお寺に出かけなければならないわけだ。老人は、どうも偏執性分裂をもっているよ。ともかく僕は二十日大根の研究をうち切ることにしよう。大根畠をとりはらって、床の間には恋愛期に入った蘚の鉢をひとつずつ移していくんだ。僕はそうしよう。僕はうちの女の子に大根畠の掃除を命じることにしよう。僕の勉強部屋は、ああ、蘚の花粉でむせっぽいまでの恋愛部屋となるであろう。

二十日大根のノオトは、どうも卒業論文にあたいしないようだ。卒業論文にしろ恋愛のある論文の方がおもしろいにきまっている。さて僕は睡ることにしよう。

「僕は、今朝から、まだ早朝のころから、じつに貴重な質問をききのこしている」一助はひどく急きこんでいった。「こうなんだ、あれほどにおもい隠蔽性患者は、十六人部屋に移して共同生活をさした方がいいんだが、患者自身が決して一人部屋から出ようとしないんだ。あれは、やはり、人間の祖先であった太古の蘚苔類からの遺伝であって、蘚苔的性情を遺伝された人間というものは、いつもひとところにじっと根をおろしていたい渇望をもっているんだ。じつに困る。一人部屋は主治医にとって都合がいいが、同時にもう一人の医員にとっても都合がいいんだよ」

「どうも、恋愛をしている人間というものは、話をその方にばかり戻したがって困る。むしろ女の子を退院させろ」

一助は返辞のかわりとして深いためいきをひとつ吐いた。それで二助は次のようにいった。

「僕はのろけ函をひとつ設備することにしよう。僕の友だちに一人の男がいて、彼はとても謹厳な男なんだぞ。その部屋にはのろけ函という函をひとつそなえてあるんだ。一度金を入れたら、決して金の還ってこない函なんだぞ。訪問者のはなしの性質によっては五十銭玉を二つでも入れなければならない意味の函なんだ。僕の友だちは絶えずこの函を鍵であけ、それから映画館に行くことにしている。そして彼は一年中映画女優に恋愛をしているんだ」

「彼の罰金は、何処ののろけ函に入れるのか」

「僕の友だちは、肉体をそなえた女に恋愛をするのは不潔だという思想なんだ。だから映画の上の女優に恋愛をしても罰金はいらないにきまっている」

「どうもその男はすばらしい分裂をもっているようだ。僕はぜひその男を診察することにしよう。今日のうちにその男を僕の病院につれてきてくれないか」

「僕は年中こやし代に窮乏している。僕はのろけ函の収益でこやしを買うことにしよう」

「僕の質問は学問に関する質問であって、まるでのろけ函にあたいしない質問なんだ。僕はいよいよきくことにしよう。こうなんだ、昨夜二助が徹夜をして一鉢分をしあげた蘚の恋愛は、どんな調子のものだろう。僕が非常に委しく知りたいのはこの問題なんだ。僕は蘚にそっくりの性情をもった患者の、不幸な主治医だろう。それで、僕は蘚の恋愛を僕の患者の治療の参考にしたいと思うのだが、やはりあれだろうか、二助の机のうえの蘚は、隠蔽性を帯びた黙った恋愛をしたり、二人のうちどっちを恋愛しているのか解らないような分裂性の恋愛をしたであろうか」

「僕の蘚は、まるで心理医者の参考になるような恋愛はしないよ。僕の蘚はじつに健康な、一途な恋愛をはじめたんだ。蘚というものはじつに殉情的なものであって、誰を恋愛しているのか解らないような色情狂ではないんだ。こじつけにもほどがある」

「ああ、僕は治療の方針がたたなくて困る。二助の蘚はA助とB助のうち、しまいにA助の方だけを恋愛していたことが解るような、そんな方法はないのか。あったら実験してみてくれないか。そしたら僕は二助の方法を僕の患者に応用することが出来るんだ」

「みろ、僕の部屋は蘚の花粉でむせっぽいほどだ。これは蘚が健康な恋愛をしているしるしで、分裂心理なんか持っていないしるしなんだ」

「二助は蘚の分裂心理を培養してみてくれないだろうか。熱いこやしとつめたいこやしをちゃんぽんにやったら、僕の治療の参考になる蘚ができないだろうか」

「なんということを考えつくんだ。僕がそんな異常心理をもった蘚を地上に発生させるとは、もってのほかだ。ひとたび発生さしてみろ、その子孫は、彼等の変態心理のため永久に苦しむんだぞ。僕は一助氏一人の恋愛のために植物の悲劇の創始者になることを好まない。まるでおそろしいことだ。僕は睡ることにする」

「こんな際にねむれるやつはねむれ。豚のごとくねむれ。ああ、僕は眼がさめてしまった」

一助の深い歎息とともに会話は終りをつげた。

一助と二助の会話はよほどながい時間にわたったので、このあいだに私は朝飯の支度を終り、金だらいの底をもみがくことができた。そして三五郎はもう以前に私の部屋で深い睡りに入っていたのである。

一助はもう朝の食事をしなければならない時刻であったが、彼は起きてくる様子はなくて、彼の部屋からは幾つかの重い息が洩れてきた。最後に彼は小さい声で独語をひとつ言い、それから家中がひっそりした。

「僕は治療の方法をみつけることができなかった。ああ、ひと朝かかってみつけることができなかった。僕は今日病院を休んでしまおう」

このとき、私の勉強部屋は三五郎の寝室として使われていたので、私は本を一冊茶の間にもちだし食卓の上で勉強していた。しかし私の頭工合は軽いのか重いのか私にもわからない気もちで、私は絶えず頭を振ってみなければならなかった。そして読書はなかなかはかどらなかったのである。私の頭髪は長い黒布で幾重にも巻きかくされ、黒布の両端はうしろで結びさげにしてあって、丁度私の寒い頸を保護するしかけになっていた。しかし、私の頭は何と借りものの気もちを感じさせるのであろう。——私はいくたびか頭をふりそして本はいつまでもおなじペエジを食卓のうえにさらしていた。私はちっとも勉強をしないで、却って失恋についての考察に陥ったのである。

私の頭を黒いきれで巻いたのは佐田三五郎の考案であって、彼は角砂糖と海苔とでいくらか徹夜のつかれをとりもどし、それとともに私の頭の野菜風呂敷をにがにがしく思いはじめたのである。彼は私の頭をまるで不細工なことだといい、もっとも野蛮な土人の娘でもそんな布の巻きかたはしないものだといった。彼はそんな呟きのあいだに私の頭から二本の安全ピンをのぞき、風呂敷をとってしまった。

「泣きたくても我慢するんだ。女くらい頭髪に未練をかけるものはないね。じつに厄介なことだ。一助氏の鏡をかりてきて二つの鏡で頭じゅうをみせてやったら、泣くどころじゃないんだがなあ。みろ、一助氏はいま失恋しかかっているんだぞ。（このとき一助と二助とはまだ会話の最中であった）僕はこの際一助氏の部屋に鏡をとりに行くことを好まないよ。だから、目下のところは、鏡をみてしまったつもりで安心していればいいんだ。その心理になれなくはないだろう」

私はやはり頭を包むものをほしかった。外ではすでに朝がきていて、もしむきだしの頭で井戸に水をくみに行くならば、晩秋の朝日はたちまち私の頸をも照らすであろう。そして私はこんな頭を朝日にさらす決心はつかなかったのである。

私がふたたび野菜風呂敷をとり膝のうえで三角に折っているとき、三五郎はついに立ちあがって釘の下に行った。そして彼が釘のボヘミアンネクタイに向って呟くには、「せっかくのおかっぱをきれいで包んでしまうとは、これはよほどの隠蔽性にちがいない。じつに厄介だ。僕はまるで不賛成だが、しかし、女の子の渇望には勝てそうもない」

そして三五郎はネクタイのむすび目を解き、ボヘミアンネクタイを一本の長い黒布として、私の頭髪を巻いたのである。

「こんな問題というものは」三五郎は私の頸にきれの房を垂れながらいった。「外見はむしろ可愛いくらいであるにも拘らず、外見を知らない本人だけが不幸がったり恥しがったりするんだ。女の子というものは感情を無駄づかいして困る。それから、はやく飯を作って一助を病院にやってしまわないと僕は睡れなくて困る。なにか失恋者どもをだまらせる工夫はないのか。せめて僕はこの部屋で睡ってみることにしよう」

このとき一助と二助とはまだ会話の最中であった。そして三五郎は床にはいるなり睡ってしまった。

佐田三五郎は睡り、小野二助は睡り、そして小野一助はだまってしまった後では、家の中がしずかになり、朝飯の支度を終った私が失恋について考えるのに適していた。この朝は、私の家族のあいだに、失恋に縁故のふかい朝であって、私の考えごとはなかなか尽きなかった。しかし、私はどうも頭の工合が身に添わなくて、失恋についてのはっきりした意見を持つわけにはいかなかったのである。私はついに自信のない思いかたで考えた――失恋とはにがいものであろうか。にがいはてには、人間にいろんな勉強をさせるものであろうか。すでに失恋してしまった二助は、このような熱心さでこやしの勉強をはじめているし、そして一助もいまに失恋したら心理学の論文を書きはじめるであろうか。失恋とは、おお、こんな偉力を人間にはたらきかけるものであろうか。それならば（私は急に声をひそめた考えかたで考えをつづけた）三五郎が音楽家になるためには失恋しなければならないし、私が第七官の詩をかくにも失恋しなければならないであろう。そして私には、失恋というものが一方ならず尊いものに思われたのである。

私がこんな考察に陥っていたとき、ふすま一枚をへだてた一助の部屋で、一助が急に身うごきをはじめた。彼は右と左と交互に寝がえりをくり返している様子で、そして彼は世にも小さい声で言ったのである。

「僕はこんな心理になろうと思って僕の病院を休んだのではない。人間の心理くらい人間の希望どおりにいかないものがあるか。あたまをひとつ殴りつけてやりたいほどだ。心臓を下にして寝ていると、脈搏がどきどきして困る。これは坊間でいうところの虫のしらせにちがいない。心臓を上にして寝てみると、からだの中心がふらふらして困る。これはやはり虫のしらせの一種にちがいない。僕はまるで乏しい気もちだ。

何かたいせつなものが逃げてゆく気もちだ。ふたたび心臓を上にしても、みろ、やはり虫のしらせがおさまらないじゃないか。これは、よほど、病院の事態に関する虫のしらせにちがいない。僕は今にして体験した。人間にも第六官がそなわっているんだ。まちがいなくそなわっているんだ。人間の第六官は、始終ははたらかないにしろ、ひとつの特殊な場合にはたちまちにはたらきだすんだ。それは人間が恋愛をしている場合なんだ。僕はもういちど心臓を下にしてみることにしよう。みろ、依然として第六官の脈搏が打つじゃないか。僕はまるっきり乏しい気もちだ。ああ、僕の患者は、いまどうしているだろう。誰がいま、僕の患者の病室にはいっているであろう。僕はこうしてはいられない。（一助は急にとびあがった）僕は病院にいってみなければならない」

一助が茶の間にでてくる前に私は台所に避難していた。黒布で巻かれた私の頭を一助の眼にさらしたくなかったのである。私はさらに女中部屋に避難しなければならなかった。一助は台所にきて非常に急いだ洗顔をし（彼は洗面器を井戸ばたに持ってゆく時間を惜しみ、丁度私がみがいておいた小さい金だらいで洗顔した）じき茶の間に引返した。私は熟睡をつづけている三五郎の顔のそばから台所に引返した。

私は一助からいちばん遠い台所の一隅に坐り、いま女中部屋からとってきた私の蔵書の一冊を読むことにした。けれど此処でも私の読書は身に添わなかった。障子一枚の向うで、一助が曾つていつたことのない食事の不平を洩らしたからである。「どうもこの食事はうまくない。じつにわかめと味噌汁の区分のはつきりしない味噌汁だ。心臓のどきどきしてるときにこんな味噌汁を嚥むのは困る」

私はこんな際に一枚の海苔もなくなつていることを悲しみ、戸棚をあけてみた。丁度戸棚のいちばん底に、浜納豆の折がひとつのこつていた。これは私がとつくに忘れていた品で、振つてみると乏しい音がした。私は腕のとおるだけの幅に障子をあけ私の腕を五寸だけ茶の間の領分にいれ、漸く浜納豆の折を茶の間におくことができた。

浜納豆は急に一助の食慾をそそり、一助はこの品によつて非常に性急な食事を終り、そして食後の吐息とともに意見をひとつのべた。

「浜納豆は心臓のもつれにいい。じつにいい。もつれた心臓の消化を助ける。僕は僕の病院の炊事係にこの品の存在を知らして、心臓のもつれた患者の常食にさせよう。これはじつにいい思いつきであつて、心臓のほぐれたときにのみ浮ぶ心理なんだ。心臓のほぐれは浜納豆を満喫した結果であつて、僕はこの品の存在をぜひ僕の病院の炊事係に知らせ――しかし、僕は、食後、急にのんびりしたようだ。病院の事態を思えばのんびりしすぎては困る。僕はこうしてはいられない」

そして一助はあたふたと勤めに出かけた。

のこつた二人の家族は熟睡をつづけ、私は茶の間にかえり、私の家庭はじつに静寂であった。この静寂は私の読書をさまたげ、却って睡りをさそった。三五郎の部屋では、寒い空気のなかに、丁度三五郎の寝床がのべてあった。私は早速睡りに入ろうとしたが、二助の部屋からつづいている臭気のなごりと寒さとのために、私はただ天井をながめているだけであった。丁度私の顔の上に天井板のすきまがひとつあって、その上に小さい薄明がさしていた。三五郎の部屋の屋根の破損は丁度垣根の蜜柑ほどのさしわたしで、私は、それだけの大きさにかぎられた秋の大空を、しばらくながめていた。この閑寂な風景は、私の心理をしぜんと次のような考えに導いた――三五郎は、夜睡る前に、この破損のあいだから星をながめるであろうか。しばらく、星をながめているであろうか。そして午近くなって三五郎が朝の眼をさましたとき、彼の心理にもこの大空は、いま私自身の心が感じているのとおなじに、深い井戸の底をのぞいている感じをおこさせるであろうか。第七官というのは、いま私の感じているこの心理ではないであろうか。私は仰向いて空をながめているのに、私の心理は俯向いて井戸をのぞいている感じなのだ。

そのうち私は睡りに陥った。

この日の午後に、三五郎と私とは、二助の大根畠の始末にとりかかった。この仕事を私たちに命じたのは小野二助で、そのために三五郎は音楽予備校を休んだのである。三五郎の部屋で私は意外に寝すごしてしまったので、二助は私をおこすのによほど骨折った様子であった。私が夢のさかいからとびおきて蒲団の上に坐ったとき、私の眼のまえに二助が立っていて、二助は肥料学の講義に遅刻することをたいへん恐怖しながら（そのしるしは彼の早口にありありとあらわれていた）命じた。

「今日のうちに二十日大根の始末をしといてくれ。たいせつなことは……寝ぼけていては困る。しっかりと眼をあくんだ。僕はまるで風と話しているようだ。たよりないにもほどがある。（しかし私はあながち寝ぼけていたのではなく、一方では頭の黒布を二助に対して気兼ねに感じていたのである。ボヘミアンネクタイは私が睡っていたあいだにかなりゆるんでしまい、布の下からは頭髪が遠慮なくはみだしているようであった）たいせつなことは、今日こそ、菜っぱを、一本もむだにしないで、おしたしに作ることだ。解ったのか。（私はうなずいた）僕はぜひ僕の処方箋のもとに栽培した菜っぱの味を味ってみる必要があるんだ。これは僕の肥料処方箋が人間の味覚にどうひびくかの実験だから、菜っぱを捨てられてはじつに困る。ごまその他の調味料は最少限の量を用い、菜っぱ本来の味を生かすおしたしを作ってみろ。ああ、僕はいま、たいせつな講義に遅刻しかかっている。それから、大根畠をよした床の間は、発情期に入った――（ここで二助は急に言葉をきり、ひどくあわてている気配であった）いや、そうじゃないんだ。どうも、徹夜の翌日というものは、ありのままの用語をつかいすぎて困るようだ。じつに困る。ともかく、僕の部屋の床の間は、蘚のサロンになるということなんだ。三五郎に命じてくれ、例の鉢を、そういえば三五郎は知っているからね、そのひと鉢を非常に鄭重に床の間に移す——しかし、僕は、ついに遅刻しかかっている。僕はとてもこうしていられない」

そして二助はあたふたと学校にでかけた。

私はよほどたくさんの仕事をひかえている気もちで責任がおもかったので、三五郎のところに来てみた。私が女中部屋の入口に坐ったときは、女中部屋の入口に位置している三五郎の顔が眼をさましたときであった。私は三五郎に相談した。

「大根畠をとってしまわなければならないの。けれど——」

私がわずかにこれだけ話しかかったとき三五郎はいった。

「何ということだこれは。あの百姓部屋から大根畠をとってしまうとどうなるんだ。大根畠のない室内に、こやしだけ山積してみろ、こやしの不潔さが目だつだけじゃないか。きたないにもほどがある」

「床の間を、蘚のサロンにしておけって二助氏がいったの——」

「すてきなことだ。これはすてきなことだ。二助氏の考えはじつにいい。もともと二助の部屋は百姓部屋すぎるよ。大根畠と人工光線の調和を考えてみろ。不調和にもほどがある。豆電気というものは恋愛のサロンにのみ適したものなんだ」

「でも、分教場をあんまりたびたび休んでもいいの」

「休むとも。僕は絶えずその方が希望なんだ」

三五郎はとび起きて身支度をした。彼は台所に行き、私が炊事用の手ふきとして使っている灰色の手ぬぐいを頭に結んだのである。三五郎の態度は私を刺戟した。私もゆるんでいる頭ぎれを締めなければならないであろう。

私がボヘミアンネクタイの結びめを解こうとあせっているとき、三五郎は一挙に私の頭ぎれをもぎとり、皺になったボヘミアンネクタイをながながと女中部屋の掛蒲団のうえに伸べた。

「そっちの端をしっかりつかまえているんだ。頭ばかし振るんじゃない。まるで厄介なことだ」

三五郎は私の机の下から結髪用の櫛をとりだして私に与えた。そして私は漸く額の毛束をとめることが出来た。

掛蒲団の上では、三五郎と私とが、両端をおさえているボヘミアンネクタイをぱたぱたと叩いた。これは私の頭ぎれの皺をできるだけのばすためで、私たちはたいへん熱心に叩いた。

三五郎と私との朝飯はもう午をすぎていて、二人とも頭ぎれを巻いた食事であった。けれど三五郎は何を考えはじめたのであろう、彼はさっきとび起きたときの勢いに似合わず黙りこんでしまい、そして考え考えたべている様子であった。私はこのような沈黙時間を好まなかったので、今私の心でいちばん重荷になっている二十日大根の始末について三五郎に相談した。よほどたくさんある筈のつまみ菜を、私は最初どんな器で洗ったらいいのであろう。これは炊事係にとってじつに迷いの多い仕事であった。

「水汲みバケツのなかでこやしのついた品を――」

「食事中によけいな話題をだすんじゃない。こんな時にはこやしに脚をつけている大根のことなんか考えないで、しずかに蘚のことを考えるんだ。蘚の花粉というものは……」

三五郎は急に番茶を一杯のみ、急にはものを言わなかった。私はこのような話題をつづけられることを好まなかったので、丁度三五郎が沈黙に陥っているあいだに三五郎のそばを去り、二助の部屋の雨戸をあけに行った。若い女の子にとっては、蘚の花粉などの問題は二人同志の問題としないで、一人一人で二助のノオトを読めばよかったのである。

私が縁の雨戸をあけ終って二助の部屋にはいったとき三五郎はやはり私にとっては好ましくない状態にいた。彼は二助の椅子に腰をかけ、机に二本の頬杖をつき、そして蘚の鉢をながめていたのである。二本の肱のあいだにはペエジを披いた論文があった。

こんな状態に対して私はさっさと仕事をはこぶ必要があったので、私は障子ぎわに立っていて室内を見わたした。けれど、二助の勉強部屋は何と手のつけられないありさまであろう。室内はまったく徹夜ののちの混乱に陥り、私は、何から手をつけたらいいか解らないのである。私はついに飯櫃のそばにぼんやりと立ちつくし、そして混乱した室内風景のなかに、私の哀愁をそそる一つの小さい風景を発見した。三五郎のかけている椅子の脚からこやし用の土鍋のある地点にかけて、私の頭髪の切屑が、いまは茶色っぽい粉となって散り、粉のうすれたところに液体のはいった罎があり、粉のほとんどなくなった地点に炊事用の鍋があった。そして私はいまさらに祖母のことや美髪料のことを思い、ボヘミアンネクタイに包まれた私の頭をふったのである。

三五郎はやはりおなじ状態をつづけていて蘚をながめ、それからノオトをながめ、また蘚をながめて取りとめのない時をすごしていたが、不意に私に気づいた様子で言った。

「何だってはなを啜るんだ」

そして三五郎はすこしのあいだ私の顔をながめたのち、初めて私のみている地点に気づいたのである。三五郎は頭をひとつふり、やはりたたみの上をみていて呟いた。

「どうも僕はすこし変だ。徹夜の翌日というものは朝から正午ごろまで睡っても、まだ心がはっきりしないものだろうか。僕は大根畠の排除にはちっとも気のりしないで、却ってぼんやりと蘚のことを考えていたくなったんだ。女の子と食事をしているときふっとそんな心理になってしまったんだ。しかし、たたみのうえにこぼれている頭髪の粉って変なものだな。ただ茶色っぽい粉としてながめようとしても決してそうはいかないじゃないか。女の子の頭髪というものは、すでに女の子の頭から離れて細かい粉となっても、やはり生きているんだ。僕にはこの粉が生きものにみえて仕方がないんだ。みろ、おなじ粉でも二助の粉肥料はただあたりまえの粉で、死んだ粉じゃないか。麦こがしやざらめ砂糖と変らないじゃないか。しかし頭髪の粉だけは、そうはいかないんだ」

三五郎は何かの考えをふるい落す様子で頭を烈しく振り、そしてふたたびノオトに向った。

三五郎の様子では大根畠の始末はいつ初まるのか見当もつかなかったので、私は飯櫃の蓋をあけてみた。飯櫃のなかには一粒の御飯もなくて二本の匙がよこたわり、二本の匙は昨夜二助と三五郎とがどんな食べかたをしたかを示すに十分であった。それから私は炊事用の鍋の蓋をあけてみた。そして私は此処でも徹夜者たちの空腹を十分に偲ぶことができた。鍋のなかには、くわいの煮ころがしのお汁までも完全になくなっていたのである。私は飯櫃のなかに鍋をいれ、そして台所にはこんだ。

私が雑巾バケツをさげて帰ってきても、三五郎はやはり机についていて、熱心な態度で蘚の論文をよんでいた。そして私は一人で大根畠の始末にとりかかった。私は右手で試験管一個分の二十日大根をつまみあげ、左手にさげたバケツの水のなかに浮かせ、次の試験管にかかり、そしてしばらくこの仕事をつづけた。

三五郎と私は丁度たたみを一畳半ほどへだてて背中をむけ合った位置にいてそれぞれの仕事をつづけていたが、雑巾バケツの水面が二十日大根で覆われたころ、三五郎はたたみの上にノオトを放りだし、そして向うをむいたままで言った。

「今日のうちに引越しをしてしまおうじゃないか。丁度大根畠は今日でなくなるし、引越しをするにはいい機会だよ」

私は雑巾のバケツをさげたまま三五郎の背中をみた。彼は頭を両手で抱え、それを椅子の背に投げかけた怠惰な姿勢をとっていた。

三五郎は私の返辞をまたないで次のやうな独語をつづけ、そして私は彼の独語のあいだ彼の背中をながめることを止したり、またながめたりしていた。

「僕は、なんだか、あれなんだ、たとえば、荷物をうんと積んだ引越し車を挽いてやりたい心理状態なんだ。何しろ今日は昨夜の翌日で、昨日は二助の蘚が恋をはじめたり、花粉をつけたり、ひいては僕が花粉をどっさり吸いながら女の子の頭を刈ってやったり、それから……ああ、女の子は昨夜がどんな日であったかを覚えていないのか。女の子というものはそんな翌日にただ回避性分裂に陥っているものなのか。僕は二助のノオトを持っているのに、女の子の方では二人で蘚の論文を読もうとはしないで却って雑巾バケツを持ちだして来るじゃないか。だから僕は大根畠の試験管を叩きこわしてやりたい心理になるんだ。僕はぼろピアノを叩き割っても足りないくらいだ。僕は結局あれなんだ、何かを摑みつぶしてやりたいんだ。だから僕は、摑みつぶす代りとして引越し車の重たいやつを挽くんだ」

三五郎は急に椅子から立ちあがり、さっき放りだしたノオトを拾った。そして彼は披いたノオトを楽譜のつもりで両手にもち、曾つて出したことのない音量でコミックオペラをうたったのである。けれど三五郎の音楽はただ破れるほどの大声で何かの心理を発散させるための動作で、ただ引越し車を挽く代りの動作であった。そして三五郎はつねに大根畠の方に背を向けていた。

三五郎がうたいたいだけをうたい終るにはよほどの時間を費したが、そのあいだ私はただ三五郎の背中をみていた。そして私は三五郎がコミックオペラを止め、二三度頭をふり、そして頭の手拭いを結びなおしたとき部屋を出た。私は雑巾バケツの野菜を一度井戸ばたにあけて来なければならないのである。

私がふたたびバケツとともに部屋にかえったとき、三五郎は大根畠の前に来てバケツを待っているところであった。彼は大根畠の取片づけに気の向いたしるしとして私も天井にさし上げ、私をたたみの上に置くと同時に熱心に働きはじめた。三五郎がせっせと野菜の収穫をしながらうたいはじめた音楽は、平生どおりの音量の音程練習であった。そして彼は音程が気にくわないと収穫を中止し、作物のとり払われた試験管の列をピアノの鍵として弾きながら練習した。

私が二人の隣人に初対面をしたのは、丁度二十日大根でいっぱいになった雑巾バケツをさげて玄関を通り掛ったときであった。けれど私の家庭では音楽のため隣人に迷惑をかけなかったであろうか。二人の女客は、もうせんから来訪していたさまで玄関に立ちつくしていたのである。私の眼には最初二人の訪客が一つの黒っぽいかたまりとしてみえた。これは彼女達の服装の黒っぽいためで、一人は全身に真黒な洋服をつけ、すこしうしろの方に立っている一人は黒い袴をつけていた。そして彼等が二人の来訪者であると知ったとき私は玄関のたたみのうえに坐り、お辞儀をした。しかし、私たちの家庭の空気や私の身なりなどは、来訪者にあまり愉快な印象を与えていないようであった。私の頭にはネクタイの黒布が巻きつき、私の膝のそばには大根畠の匂いをもったバケツがならび、そして奥の方ではまだ三五郎の音楽がつづいていたのである。このような状態のなかで訪客の一人は(これは洋服をつけた方の客で、先生のようにみえた)私に向って隣家に越してきたことを言いかかり、すぐやめてしまった。そして私は漸く三五郎を呼んでくることを思いついた。

しかし三五郎が玄関に出てきても、私たちは隣人に快い感じを与えることは出来なかった。三五郎と私とはやはり二人とも頭ぎれを巻いていて、二人は玄関のたたみのうえに並んで坐ったのである。先生の隣人は何の感興もない様子で隣人としてのもっとも短い挨拶を一つのべ、三五郎と私とは言葉はなくてただお辞儀をした。このとき、もう長いあいだうしろの方に立っていた訪客は（これは黒い袴をつけた方の客で、生徒のようにみえた）ふところから紙片を一枚とりだし、なるたけ玄関の隅の方においた。それは丁度障子のかげから半分だけみえている雑巾のバケツのそばであった。そして三五郎と私とは、隣人たちの帰っていった玄関で、しばらくは引越し蕎麦の切手をながめていたのである。

私の家庭がたえず音楽で騒々しいのに引きかえて、隣人の家庭はつねに静かであった。そして初対面のとき黒い袴をつけていた生徒の隣人と私との交遊は、前後を通じて非常に静粛で寡黙なものであった。これは隣人と私とが互いの意志をつたえるのにほとんど会話を用いないで他の方法をとったためであった。

この隣人は彼女もまたとなりの家庭の炊事係で、女中部屋の住者であった。彼女は初対面のとき黒い洋服をきていた先生の隣人と二人分の炊事係で、黒い袴は彼女が夕方から夜にかけて講義をききに行くときの服装であった。私の隣人は昼間を炊事係として送り、夜は夜学国文科の聴講生として送っていたのである。それから、初対面のとき先生のようにみえた隣人は、事実宗教女学校という学校の英語の先生で、彼女はすべての物ごとに折目ただしい思想をもっている様子であった。先生の思想は、たとえば、二人の若い炊事係が井戸ばたなどで話をとりかわすのは決して折目ただしい行動ではないというような思想ではないであろうか。

さて二人の炊事係の交遊ははじめ井戸ばたではじまった。丁度二助の大根畠を取りはらった翌日のことで、私は雑巾バケツでつまみ菜を洗い、隣人は隣家の雑巾バケツで黒い靴下を二足あらっていた。そして私たちはすこしも会話のない沈黙の時間を送り、そのあいだに行動でもって隣人同志の交情を示したのである。――隣人の洗い終った靴下が石鹸の泡をおびた四つの黒いかたまりとして私の野菜のそばに並んだとき、私は二十日大根の一群を片よせ、隣人はその跡に彼女の雑巾バケツを受け、そして私はポンプを押した。これは丁度私がポンプの把手の近くにいたためであった。けれど私の押しているポンプは非常に乱調子で、そのために隣人の雑巾バケツには水が出たり出なかったりした。私はもはや頭ぎれを巻いていなかったので、私の頭髪はポンプの上下と共にたえず額に垂れかかり、そして私はたえず頭をふりながらポンプを押したのである。この状態をみた隣人は彼女の頭から小さいゴムの櫛を一枚とり、井戸の周囲を半廻りして私の頭髪をとめてくれた。

私はこの日の朝からもう頭ぎれを巻いていなかった。朝眼をさましたとき、私の頭ぎれはすでに私の頭をはなれて女中部屋のたたみのうえに在った。そして私は、もはや頭髪をつつむことを断念したのである。三五郎の買ったボヘミアンネクタイは、いまは、ひとつの黒いかたまりとなって美髪料とともに私のバスケットの中に在った。

隣人が四本の靴下を蜜柑の垣に干す運びになったとき、私は三本の靴下をさげて垣根までついて行った。隣人は彼女の手にあった一本を干し、二本目を私の手からとり、そして私の手に最後の一本がのこつたとき私は蜜柑のうえにそれを干した。そして私たちは無言のまましばらく靴下の雫をながめていたのである。

最後に隣人は私の野菜の始末を手つだってくれたので、私は意外に早く二十日大根の臭気をのぞくことができた。隣人と私とは私の雑巾バケツで洗った分を隣人の雑巾バケツに移し、それから笊にあげる手順をとった。そして最後に隣人と私とはかわるがわるポンプを押し、ずいぶん長いあいだ二十日大根に水を注いだのである。

野菜がすっかり清潔になったとき、私ははじめて隣人に口を利いて遠慮がちにつまみ菜をすすめてみた。隣人はやはり遠慮がちに私の申出でを断り（それは彼女の家族がたぶん食べないであろうという理由からであった）そして蜜柑の木に仮干しをしてあった四本の靴下をさげて彼女の家庭に帰った。

夕方に、私は台所の上り口に腰をかけ、つまみ菜の笊をながめて考え込んでいた。二助の栽培した二十日大根をいよいよ調理することに対して、私にはなお多くのためらいがのこっていたのである。けれどこの問題は丁度前後して帰ってきた三五郎と二助とによっていろんな方面から考察されることになった。ひと足さきに帰ってきたのは三五郎の方で、彼は非常にうれしそうな様子で台所を横ぎり女中部屋の障子をあけてみた上ではじめて台所口の私に気づいた。三五郎は右手に一本のヘヤアイロンをもっていて、ときどき私の頭髪を挟みあげ、またヘヤアイロンを音楽の指揮棒のように振ったりしながら言ったのである。

「今日分教場の先生にほめられたから頭の鏝を買ったんだ。非常にほめられると、やはり何か買いたくなるものだね。僕は先生から三度うたわされて三度ほめられたんだ。（三五郎は音楽をうたい、指揮棒を波のように震わせた。このとき二助は丁度台所にきて三五郎のうしろに立っていた）今晩は町子の頭をきれいにしてやるから七輪の火を消さないでおくんだ。忘れてはいけないよ」

「いろんな方向に向っている髪をおなじ方向に向けてしまうといいね。しかし僕は腹がすいた。早く僕の作物でおしたしを作らないと困る」

「僕はこんな作物のおしたしはどうもたべたくないね。（三五郎は笊をとりあげて鼻にあててみた）みろ、やっぱり大根畠そっくりの匂いがしている」

二助も笊の匂いをしらべてみて、

「これは二十日大根そのものの匂いだよ。こやしの匂いはちっとも残っていないじゃないか。試験管のことを忘れて公平に鼻を使わないと困る」

三五郎はふたたび笊をしらべたのち私にきいた。

「ほんとにすっかり洗ったのか」

それで私は昼間隣人と二人で二十日大根を洗った順序を委しく物語ったのである。するとと三五郎は急に笊をおいて言った。

「隣人の靴下を二足あらった雑巾バケツで菜っぱを洗ったのか」

「ええ。それから長いことかかって笊のうえから水をかけたの」

「何にしてもきたないことだよ。この二十日大根は隣家の雑巾バケツを通して隣家の先生の靴下に触れたんだ。それに僕はどうも隣家の先生を好まないよ。第一初対面の時に僕は汚ない手拭いで頭をしばっているところを見られているし、それに、何となく、あれなんだ、欠点を挙げられそうな気がして、僕は、隣家の先生がけむったいんだ。威厳のありすぎる隣人だよ。だから僕は今日分教場の帰りに、宗教女学校の帰りの先生と同じ電車にのり合わしたけど、電車を降りてうちに帰るまで決して隣家の先生の前を歩かなかったんだ。だから僕は先生の真黒な靴下をよくみたが、あんな棒のような、ちっとも膨らみのない脚は、ただけむったいだけだよ。あんな靴下を洗濯したバケツで洗った菜っぱの味は、けむったいにきまっている」

「平気だよ。もともとこの二十日大根は僕が耕作した品なんだ。隣家の雑巾バケツの中を二三分間くぐってきたことはまるで問題じゃないよ。僕は隣家の先生にはまだ面識をもたないが、三五郎の考えかたにはこのごろどうも偏見があるようだ。こやしを極端にきたながったり、隣家の靴下をけむたがったり、何か一助氏に診察させなければならない心理が生れかかっているのか。公平に考えてみろ、こやしも靴下もことごとく神聖なものなんだ」

「二助氏こそ公平に考えてみろ。（三五郎はヘヤアイロンのさきに一群の二十日大根を挟んで二助の鼻にあてた）それから僕はべつに一助氏に診察させるような心理には陥っていないよ。ただ、おなじ隣人を持つくらいならもうすこし威厳のすくない隣人を持って――」

二助はヘヤアイロンの野菜を大切そうにつまんで笊に還し、そして私にきいた。

「ともかく精密に洗ったんだね」

私はもう一度隣人と代る代るポンプを押した話をくり返した。

「すると、隣家の先生がポンプを押してくれたのか」

「そうじゃないよ。（三五郎は私に代って答えた）解らないにもほどがあるね。隣家の先生はほんのさっき僕と前後して隣家に帰ったと聞かしてあるじゃないか。もう一人生徒の隣人がいるんだよ。黒い袴をはいた生徒なんだ。あれはたぶん夜学国文科の生徒にちがいないね。頭髪が黒くて国文科らしい顔をしているよ。僕はさっき分教場から帰るとき、この隣人にも逢ったんだ」

「黒い袴をはいた女の子なら僕もすれちがったよ。僕は丁度三五郎のじき後から帰って来たからね。あれが隣家の女の子なのか。しかし（二助はしばらく考えこんでいた）僕はもうおしたしを止そう。隣家の女の子は、やはり、あれだよ、つまり、涕泣癖をもっていそうなタイプだよ。太ったタイプの女の子には、どうも、泪がありすぎて――（二助は深い追想に耽る様子であった）ともかく僕はあのタイプの女の子が洗ってくれた野菜を好まないよ」

そして二助の耕作した二十日大根は、私の台所で二三日たつうちに色が蒼ざめ、黄いろに褪せ、ついに白く萎れてしまったのである。

祖母の送ってくれた栗の小包には三通りの栗がはいっていて（うで栗、生栗、かち栗）幾つかの美髪料の包みも入れてあった。けれど私の頭はもはや三五郎の当ててくれたへヤアイロンの型に慣れ、そして私自身もすでにアイロンの使いこなしに慣れかかっていたのである。私は哀愁とともに美髪料の包みをバスケットのなかに入れ、そして机の上の三つの皿にうで栗を盛った。二助の部屋からはいつもの匂いがながれ、三五郎はさっきピアノとともに二度ばかり音程練習をしてそれきりだまってしまった。一助の部屋はただひっそりしていて何のおとずれもなかった。そして私は次々に三つの部屋を訪れ、三人の家族の消息を知ることができたのである。

私がうで栗の皿を一助の部屋にはこんだとき、小野一助は何もしていなかった。彼はただ机の下に脚をのばしてたたみの上に仰臥し、そして天井をみているところであった。彼の頭の下には幾冊かの書籍が頭の台として重ねられ、それらの書籍は一助の頭の下ではみだしたのや引っこんだのやまちまちであった。一助はこの不揃いな枕の上に両手で抱えた頭をのせ、何ごとかを考えていたのである。私が彼の肱のそばに栗の皿をおいても、一助はやはり天井をみていた。

私は栗のそばに膝をつき、しばらく一助の胸のあたりをみていた。彼の呼吸は幾つかを浅くつづき、その後にはきっと深く吸って深く吐きだす一つの特別な息があった。そして私は、人間がどのような場合にこんな息づかいをするかを偲ぶことができた。

部屋のなかは空気ぜんたいが茶褐色で、一助の胸も顔も、勤めから帰って以来一助がまだ着替えないでいるズボンとワイシャツも、壁のどてらも、そして栗の皿も、みんな佗しい茶褐色であった。これは一助が明るい灯を厭い、机の上の電気に茶褐色の風呂敷を一枚かけているためであった。

私は小野一助が部屋を茶褐色にし、着替えもしないで天井をみている心理を知っていた。一助はこのごろいつもワイシャツとズボンの服装でまずそうに夕飯をたべ、そして洋服のバンドのたけが一寸も不用になったほど痩せてきたのである。私は栗の皿を一助の胸の近くにすすめておいて女中部屋に帰った。

二つ目の皿を二助の部屋にはこんだとき、二助の室内は白っぽいほどに明るくて、二助は相変らず乱雑をきわめたこやしの中で熱心に勉強していた。この部屋は大根畠をとりはらった当日だけいくらか清潔で、今ではふたたび煩瑣な百姓部屋であった。ただ床の間の大根畠が一鉢の黄色っぽい蘚の湿地にかわり、机のうえに四つならんでいた湿地が一つ減っただけであった。

私が足の踏み場に注意をはらいながら二助の机に近づき、皿のおき場処を考えていたとき、小野二助はピンセットを持ったまま栗に気づいた様子であった。彼のピンセットの下には湿地から抜きとられた一本の蘚がよこたわっていた。二助はピンセットをはなさない手で栗を一粒つまんで口にはこびかかったが、ふたたび皿に還し、床の間に出かけ、床の間の蘚をピンセットにつまんで帰ってきた。そして二助はノオトの上の二本の蘚をしばらく研究したのち、栗を一粒つまんでたべたのである。二助の研究は二本の蘚をならべて頭のところを瞶めたり、脚の太さを比較したり、息を吹きかけてみたりなかなか緻密な方法で行われた。そしてついに二助は左手の人さし指と拇指に二本の蘚の花粉をとり、一本ずつ交互に鼻にあてて息をふかく吸いこんだ。これは花粉の匂いを比較するための動作で、二助はしずかに眼をつぶり、心をこめて深い息を吸いこんだのである。けれどこのとき室内に満ちているこやしの匂いは二助を妨げたようであった。彼は右手のピンセットをおき、上っぱりのポケットから香水をだして鼻にあてた。このあいだ左手は大切そうにノオトのうえに取りのけられていて、二助は決して右手に近づけなかった。二助は左の指に香水のつくことをひどく恐怖していたのである。

香水によってこやしの臭気を払ったのち二助はあらためて左指をかたみがわりに鼻にあてて長いあいだしらべ、漸く眼をひらき、そして栗をつまんだ順序であった。このとき私はまだ皿をおかないでいた。けれど二助はなお蘚から眼をはなさないでうで栗を噛み割ったので、うで栗の中味がすこしばかり二助の歯からこぼれ、そしてノオトの上に散ったのである。私は思わず頸をのばしてノオトの上をみつめた。そして私は知った。蘚の花粉とうで栗の粉とは、これはまったく同じ色をしている！　そして形さえもおんなじだ！　そして私は、一つの漠然とした、偉きい知識を得たような気もちであった。——私のさがしている私の詩の境地は、このような、こまかい粉の世界ではなかったのか。蘚の花と栗の中味とはおなじような黄色っぽい粉として、いま、ノオトの上にちらばっている。そのそばにはピンセットの尖があり、細い蘚の脚があり、そして電気のあかりを受けた香水の罎のかげは、一本の黄ろい光芒となって綿棒の柄の方に伸びている。

けれど、私がノオトの上にみたこの一枚の静物画は、じき二助のために崩された。二助があわてて二本の蘚をつまみあげ、そしてノオトから栗の粉をはたいてしまったからである。二助がふたたびノオトの上に蘚をならべたとき、私は頭をひとつ振り、ノオトの片隅に栗の皿をおいて女中部屋に帰った。

女中部屋で私は詩のノオトをだしてみた。私はいま二助のノオトの上にみた静物画のような詩を書きたいと思ったのである。しかし私が書きかかったのはごく哀感に富んだ恋の詩であった——祖母がびなんかずらを送ってくれたのに、私にはもうかずらをつける髪もない。ヘヤアイロンをあててもらいながら頸にうける接吻は、ああ、秋風のように哀しい。そして私は未完の詩を破ってしまった。

私が三つめの皿を運んだとき、佐田三五郎は廻転椅子に腰をかけ、ピアノに背中をむけた姿勢で雑巾バケツをながめていた。この雑巾バケツは、夕方雨の降りはじめたころ私がたたみの上に置いた品であった。私はうで栗の皿をピアノの鍵の上におき、三五郎のそばに立ってしばらくバケツの中をみていた。バケツの底にはすでに一寸ほどの雨水がたまっていて、そのなかに屋根の破損から雨が落ち、また落ちてきた。そして水面にはたえず条理のない波紋が立っていた。

「栗をたべないの」

私は三五郎の膝に栗の皿を移してみた。三五郎はピアノに皿を還し、

「雑巾バケツがあると僕はちっとも勉強ができなくて困る。僕が音程練習をやりかかると、きまってバケツに雨が落ちてきて、僕の音程はだんだん半音ずつ沈んで行くん

だ。雑巾バケツの音程はピアノ以上に狂っているよ」

私が女中部屋に帰って生栗の皮をむきはじめたころ、三五郎は急に勉強にとり掛った。彼は雑巾バケツのためにいつまでも不勉強に陥っている彼自身を思い返したのであろう。けれど三五郎は栗をたべては音程練習をうたい、また栗をたべている様子で、このとぎれがちな音楽は非常に侘しい音いろを帯びていた。私は侘しい音楽を忘れるために何かにぎやかなものを身につけてみたくなったので、祖母の作ったかち栗の環をひとつ頸にかけてみた。祖母の送ってくれたかち栗は、まんなかを一粒一粒針でとおして糸につなぎ、丁度不出来な頸かざりの形をしていたのである。

隣人と私とのあいだに一つの特殊な会話法がひらかれたのは丁度この時であった。隣人もまた隣家の女中部屋の住者で、隣人の窓は私の窓と向いあい、丁度物干用の三叉のとどく距離であった。あいだには蜜柑の垣根が一重あるだけで、隣人が彼女の窓から手をのばすとき彼女の手は垣の向側にとどき、私の手も部屋にいて垣の此方側の蜜柑をとることのできる距離であった。そして隣人は、私の膝に栗の皮のたくさん溜ったころ三叉の穂で私の雨戸をノックしたのである。

三叉の穂には筒の形をした新聞紙の巻物が一個下げてあって、新聞紙の表面は雨にぬれ、中には一枚の楽譜がはいっていた。そして手紙にはそこはかとない隣人の心境がただよっていた。

「楽譜を一枚おとどけいたします。私は三日前にこの品を買ってきましたけれど、今日までその始末について何だか解らない考えをつづけていました。今晩学校から帰ってお宅の音楽をきいていましたら、やはりこの品は買ったときの望みどおりの所におとどけしたくなりました。だしぬけをお許し下さい。私の家族はすべてだしぬけなふるまいや、かけ離れたものごとを厭う傾向を持っていますけれど、私はこのごろ何となくその傾向に叛きたい心地で居ります。

この品を買った夜は何となく乗物にのりたくない気もちがしましたので、学校から家まで歩いて帰りました。そして私は三十分遅れて帰りました。家族は私の顔いろがすぐれないといって乗物の様子などをききましたので、私は停電だと答えてしまったのです。ああ、人間は心に何か哀しいことがあるときこんな嘘を言うと申します。私の家族は夜学国文科などは心の健康にいけないようだから、春からは昼間の体操学校に行ったらどうだろうなどと呟きながら学校案内をしらべました。何と哀しい夜でしょう」

隣人から贈られた楽譜は「君をおもえど　ああ　きみはつれなし」という題の楽譜であった。私は手紙とうで栗とを野菜風呂敷につつみ、隣人とおなじ方法でとどけた。

「さきほどはありがとうございました。今晩は私も栗の皮をむきながら心が沈んでいます。家族たちも一人をのぞくほかはみんなふさいでいますので、これから頂いた音楽をうたって家族たちを賑やかにしたいと存じます。栗をすこしおとどけいたします」

隣人はよほど急いだ様子で、折返し次のことをきいてよこした。この手紙は野菜風呂敷に包んであった。

「いま音楽をうたっていらっしゃる御家族はなぜこのようにとぎれがちな、ふさいだ歌ばかりおうたいになるのでしょう。あなたは栗の皮をむきながら誰のことをお考えになったのでしょう。心がふさいだり沈んだりするのは、人間が誰か一人の人のことを思いつづけるからではないでしょうか。私の心もこのごろ沈んでばかしいます。私の家族のねむりをさまさないように雨戸をしめないで御返事を待ち上げます」

「ピアノのある部屋には夕方から雨が洩りはじめました。この部屋はときどき屋根がいたんで、家族たちにいろんな心理を与える部屋です。せんに私はその破れから空をのぞいていましたら、井戸をのぞいている心地になったことがありますし、今晩はその部屋に住んでいる家族が屋根の破れのためにふさぎ込んでしまいました。雑巾バケツに雨だれの落ちる音はたいへん音楽に悪いと彼は申します。それで栗をたべながらとぎれがちな音楽をうたっているところです。次に私が栗の皮をむきながら考えたのは祖母のことでした。このような雨の夜には祖母もまた栗飯のために栗の皮をむいていることでしょう。こんなことを考えて私は心が沈みました」

「ピアノの部屋の御家族のふさいでいらっしゃるわけとあなたの沈んでいらっしゃるわけをお知らせいただいて、私の心理もなんとなく軽くなりました。さっき申しわすれましたけれど栗をありがとうございました。これから夜ふけまで私は栗をいただいて御家庭の音楽をききましょう。私はもともと音楽をうたうことがたいへん好きですけれど、私の家族はそんなかけ離れたことを好みませんので控えています。けれどうたいたい音楽をうたわないでいることは心臓を狭められるような気がして仕方がありません。それから私の家族は朝早くおき、夜はきまった時間にねむるという思想を持っています。けれど、このごろ私は不眠症のくせがついてしまいました。そして夜ふけまでも御家庭の音楽をきいたりいたします。ピアノのお部屋にバケツのなくなる時を祈念申しあげます。おやすみなさい。

申しおくれましたけれど二伸で申しあげます。私の袴は、家族のスカアトを二つ集めて作ったものです。夜学国文科に入学するとき私は国から海老茶いろの袴をひとつ持って来ましたけれど、この方は不用になってしまいました。私の家族はすべて黒い服装を好んでいます。家族のだしてくれた二つのスカアトは、一つはすこし新らしく、一つの方はよほど古いスカアトでしたから、私の袴は前身と後身といくらか色がちがいます。私は私の家族のとおい従妹にあたるものですけれど、やはり家族の好みに賛同することができません。私はいつも国から持ってきた袴をはきたいと思っています。

おやすみなさい」

長い会話を終ったのち私は楽譜をもって三五郎の部屋に出かけた。三五郎は栗のなくなった皿を鍵盤のうえにおき、そのそばに肱をつき、そして沈黙していた。私が三五郎の顔の下に楽譜をおくと三五郎は標題をよみ、それから表紙をはねて中の詩をよんだ。

「これは片恋の詩じゃないか。どうしたんだ」

「隣人から贈ってきたの」

三五郎はややしばらく私の顔をながめていたのち、独語をひとつ言った。

「どうもこのごろおかしいんだ。僕が電車を降りて坂を上ってくると、むこうは坂を下りてくる運びなんだが、夕方の坂というものは変なものだね。夕方の坂というものは、あれなんだ、すれ違おうとする隣人同志に、わざと挨拶を避けさしたり、わざと眼をそらさしたりするものなんだ。

僕は、このごろ、僕の心理のなかに、すこし変なものを感じかかっている。僕の心理はいま、二つに分れかかっているんだ。女の子の頭に鏝をあててやると女の子の頸に接吻したくなるし、それからもう一人の女の子に坂で逢うと、わざと眼をそらしたくなるし、殊にこんな楽譜をみると……」

三五郎は急に立ちあがって部屋をでた。そしてすぐ帰ってきた。彼は一方の手に心理学の本を一冊抱え、一方の手には栗をひと摑み持っていた。そしてふたたび廻転椅子につき、小さい声で私にいったのである。

「一助氏はじつにふさいでいるね。寝そべって天井ばかしみているよ。栗なんかひと粒もたべていないんだ。(彼は手の栗を鍵盤のうえに移し、深い息を吐き)恋愛はみんなにとって苦しいものにちがいない」

それから彼は心理学のペエジを披いた。私は侘しい思いでペエジのうえに眼をおとしたが、「分裂心理は地球の歴史とともに漸次その種類を増し、深化紛糾するものにして」というような一節をよみかかったきり私はピアノのそばをはなれた。私はもはや一人の失恋者にすぎないような気がして、こんな難しい文章をよみ続ける気がしなかったのである。そして私は雑巾バケツのそばに坐り、波紋をみていた。

三五郎が急に本をとじてピアノの上に投げあげ、ピアノとともに片恋の楽譜を練習しだしたとき、私はこの音楽に同感をそそられる思いであった。そして私はふたたび三五郎のそばに立ち、片恋の唄をうたったのである。

片恋の唄は一助の同感をもそそったようであった。三五郎の部屋に出かけてきた一助はやはりズボンとワイシャツの服装でいて、彼はピアノに立てかけてある楽譜に顔を近づけ、しばらくのあいだは歌詞をよんでいた。表紙裏にいくつか並んでいる詩は

「きみをおもえどきみはつれなし　草に伏しきみを仰げど　ああきみは　きみはたか

くつれなし」というような詩であった。

一助はついに小さい声で合唱に加わった。彼の楽才や声の美醜については述べることを控えなければならないけれど（それはただ、すこしも二助に劣らなかったからである）彼のうたいかたは哀切をきわめていた。一句うたっては沈黙し、一句うたっては考えこみ、そして一助はいつまでも片恋の唄をうたったのである。

けれど私たちの音楽は、小野二助が勉強部屋にいてならべたひとりごとによって終りをつげた。それはごく控え目な、小さい声のひとりごとであった。

「どうも夜の音楽は植物の恋愛にいけないようだ。家族たちの音楽はろくな作用をしたためしがない。宵にはすばらしい勢いで恋愛をはじめかかっていた蘚が、どうも停滞してしまった。この停滞は音楽のはじまると同時にはじまったものにちがいない。こんな晩に片恋の唄などをうたわれては困るんだ。一助氏まで加わって、三人がかりで片恋の唄をうたうやつがあるか。うちの女の子まで今日は悲しそうなうたいかたをするんだ。うたうくらいなら植物の恋情をそそるようなすばらしい唄を選べ」

いつしか雨がやんでいたので、私は一助のうしろから雑巾バケツをさげて三五郎の部屋をでた。廊下から部屋までのあいだ一助はただ頸を垂れて歩いた。

小野二助の二鉢目の蘚が花粉をつけたころ、垣根の蜜柑は色づくだけ色づいてしまい、そして佐田三五郎と私の隣人とは蜜柑をたべる習慣をもっていた。

二助が多忙をきわめている夜、三五郎は二助に命じられてこやしの汲みだしにゆき、そして長いあいだ帰ってこなかった。丁度私が二助の部屋に飯櫃をはこんだとき、（これは二助と三五郎の徹夜にそなえるためで、飯櫃のうえにはべつに鍋一個、皿、茶碗各々二個、箸等のそなえがあった）二助はこやしを待ち疲れているところで、彼は火鉢と机と床の間とのあいだを行ったり来たりしていた。そして私にこやしの様子をみてくることを命じ、上っぱりのありかをたずねた。二助はいつになく制服のままでいて、私は昼間洗濯した上っぱりをまだ外に干し忘れていたのである。

目的の場処に行くと、三五郎はいなくてこやしの罎が二つ土のうえにならび、罎は空のままであった。私は星あかりにすかして漸くそれを認めることができた。物干場は私のいる地点から対角線にあたる庭の一隅にあった。そして三五郎と隣人とは、丁度二助の上っぱりの下に垣をへだてて立っていたのである。

二助から命じられた仕事にとり掛ろうとして、私は、土のうえにいくらでも泪が落ちた。三五郎がそばに来たときなおさら泪がとまらなかったので、私は汲みだし用具を三五郎の手にわたし、そして上っぱりの下に歩いていった。

三五郎が女中部屋に来たとき、私は着物のたもとと共に机に顔をふせていて、顔をあげることが出来なかった。三五郎は室内にしばらく立ちどまっていたのち私のそばにあった上っぱりを取り、息をひとつして出ていった。その後三五郎が幾度来てみても私はおなじありさまでいたので、三五郎は一度も口をきかないで息ばかりつき、そして二助の部屋に帰っていった。

最後に三五郎が来たとき、私はあかりが眼にしみて眩しかったので、机に背をむけていた。丁度むこうの釘に一聯のかち栗がかかっていて、これは私の祖母が送ってくれた最後の一聯であった。そして私は羽織の両脇に手を入れ、机にもたれ、この侘しい部屋かざりをみていたのである。

三五郎は机に腰をかけ、しばらくかち栗をながめていた。彼はなにかいいかかってすぐよした。私がふたたび泪を拭いたためであった。三五郎はかち栗をはずして私の頸にかけ、ふたたび机にかけ、そして幾たびか鋭い鼻息をだした。これは三五郎が二助の部屋で吸った臭気を払うための浄化作用のようであったが、耳のうえでこの物音をきいてるうちに私はだんだん悲しみから遠のいてゆく心地であった。三五郎は私の胸で栗の糸を切り、かち栗を一粒ぬきとり、音をたてて皮をむき、また一粒をたべ、そしていつまでもかち栗をたべていた。

三五郎の恋愛期間はこの後幾日かつづいただけで短く終った。けれど私はこの期間をただ悲しみの裡に送ったのである。隣人が夜学国文科から帰る時刻になると、三五郎はこやしがたまらないなどと呟きながら女中部屋に避難し、寝そべって天井をながめては呼吸していた。すると私は詩のノオトをもって一助の部屋に避難した。けれど一助が電気に風呂敷をかけ、そしてただ天井をみていることは私に好都合であった。私は一助に私の泪を気づかれないで時間を過すことができると思ったのである。

茶褐色の部屋のなかで、私はどてらの衿垢を拭いて一助の脚にかけたり、一助の上衣にブラシュをかけたり、別なネクタイをとりだして壁にかけたり、何か一助の身のまわりの仕事をさがした。そして仕事がなくなると一助の机にむかい、私のノオトに詩を書こうとした。一助の机の前には丁度彼の脚がはいっていていくらか狭められていたけれど、私はその脚と並んで坐り、一助の顔に背中をむける位置を好んだ。そして一助は私が脚のそばに行くと、ズボンにつつまれた彼の脚を隅っこの方に片づけ、私の詩作のために彼の机を半分わけてくれたのである。けれど私は、はなを啜るのみで詩はなんにもできなかった。

家族のなかでかわらず勉強しているのは小野二助ひとりで、彼はすでに二鉢目の研究を終り、三つ目の蘚にとりかかっている様子であつた。そして隣室のこやしの匂いや二助のペンの音は、私にひとしお悲しかった。

隣家の移転はひっそりしていて、私が家族たちの部屋を掃除しているあいだに行われたようであった。この日の午後私は二助の部屋でよほど長い時間を費してしまい、予定の雑巾がけを怠ったほどで、これは私が二助の論文を愛誦したからである。小野二助は学校に出かけるとき私に命じた——机のうえで最も黄いろっぽい鉢を床の間に移しといてくれ。この鉢はひと眼みただけでそれと解る色を呈しているから女の子も間ちがえることはないであろう。それから、女の子が僕の上っぱりを洗濯してくれたために僕自身が身ぎれいになって部屋のなかがきたなく見えるようだ。なるたけ清潔にしてみてくれないか。つまり僕の室内を僕の上っぱりに調和するように掃除すればいいわけだ、しかし、うちの女の子はこのごろすこしふさいでるね。このごろちっとも音楽をうたわないし、いまはうつむいて、何か黒いものを縫っているが、何を縫っているんだ。

私は黒い肱蒲団を一つ縫いあげ、二つ目を縫っているところであった。縫いあげた分は小野一助ので、縫っている分は私のつもりであった。私は一助の室内をなにか賑やかにしたいと考え、ついに肱蒲団を思いついたのである。私の材料は、この幾日かを黒いかたまりとなってバスケットのなかに在ったボヘミアンネクタイであった。女中部屋はいろいろの意味から私に隠気すぎるので、私は一助の机のそばで仕事をすることにした。鋏でボヘミアンネクタイの皺をのばし、このネクタイについてのいろんな回想に陥り、そして私は、一助と私と揃いの肱蒲団を作ろうと考えた。この考えは一助に対する同族の哀感の結果であった。

二助の問いに対して、私は一助の机の下にしまっていた肱蒲団をだしてみせた。
「いいねこの蒲団は。うちの女の子はなかなか巧いようだ。（これはすべて二助が私に与えるなぐさめであった）僕にもひとつ作ってくれないか。そうだ、僕は丁度きれいな飾り紐を二本もっている。（二助は境のふすまを開けて赤と青の二本の紙紐をもってきた）これは昨日僕が粉末肥料を買ったとき僕の粉末肥料を包装してあった紐だが、丁度肱蒲団の飾りにいいだろう。僕のを青くして女の子のを赤くするといいね。ふさいでないで赤い肱蒲団をあてたり、それからうんと大声で音楽をうたってもいいよ。僕は昨夜で第二鉢の論文も済んだし、当分暢気だからね。今晩から僕はうちの女の子におたまじゃくしの講義を聴くことにしよう」
そして二助は学校に出かけたのである。
私は家族たちの部屋を掃除し、二助の部屋に対しては特に入念な整理を行い、命じられた鉢をも指定の場処に移し、それから論文をよんだ。
「余ハ第二鉢ノ植物ノ恋情触発ニ成功セリ。
第一鉢——高温度肥料ニヨル実験
第二鉢——中温度肥料ニヨルモノ
第三鉢——次中温度肥料
第四鉢——低温度

今回成功ヲ見タルハ余ノ計画中第二鉢ニアタル鉢ニシテ、右表ノゴトク中温度肥料ニテ栽培ヲ試ミタル蘚ナリ。

余ハ此処ニ於テ、今回ノ研究ニ際シテ余ガ舐メタル一個ノ心理ヲ語ラザルベカラズ。即チ余ハ今回ノ開花ヲ見ルマデノ数日間ヲ焦慮ノ裡ニ送リタリ。花開カムトシテ開カズ、情発セムトシテ発セズ。実ニ焦慮多キ数日間ナリキ。而ウシテ、余ノ植物ノ逡巡低徊ノ状態ハ、余ニ一個ノ懐疑ヲ抱カシムルニ至レリ。余ハ懐疑セリ――余ノ植物ハ分裂病ニ陥レルニ非ズヤ、アア、分裂患者ナルガ故ニ斯ク逡巡低徊ヲ事トスルニ非ズヤ。

余ノ斯ル思想ハ、余ノ恐怖悲歎ニアタイセリ。余ハ小野一助ノ研究資料トナルゴトキ分裂性蘚苔類ヲ培養セル者ニ非ズシテ、常ニ常ニ健康ナル植物ノ恋情ヲ願エル者ナリ。然ルニ、余ノカカル態度ニモ拘ラズ、余ノ植物ハ徒ラニ逡巡低徊シテ開花セザルコト恰モ一助ノ眷恋セル患者ノゴトシ。

以上ノゴトク不幸ナル焦慮期間中ニ、一夕、余ハ郷里ノ栗ヲチョコレエト玉ト誤認セリ。余ノ視野ノハズレニ一皿ノチョコレエト玉ノ現レタルハ、余ガ机上ニテ二本ノ蘚ノ比較ヲ試ミ居タル時ニシテ、一皿ノチョコレエト玉ハコトゴトク銀紙ノ包装ヲノゾキ、チョコレエト色ノ皮膚ヲ露ワシ、多忙ナル余ノ食用ニ便ナル玉ナリ。余ハコノ心ヅクシヲ心ニ謝シ、乃チ一個ヲトリテロ辺ニ運ブ。而ウシテ、アア、コハ一粒ノ栗ナリキ」

しもそして二助の論文はなお長くつづいていて、栗とチョコレエトを間ちがえた心境などをもし一助に語るならば、一助はすぐ二助を病院に運ぶから、極秘に附しておかなければならないことや、二鉢目の蘚が将に花をひらこうとする状態のままで数日間ためらっていたのは、これはまったく中温度肥料を用いたせいで、二助の蘚は決して分裂病ではなく、非常に健康な恋愛をはじめたことなどを委しく記録してあった。

論文の終ったとき、私は障子のあいだから、家主の老人が蜜柑を収穫している光景をみた。この収穫はいつからはじまったのであろう。私は障子をもうすこしあけ、二助の土鍋のそばに坐って庭の光景をながめていた。老人は毛糸のくびまきを巻いていて、さしわたし七分にすぎない蜜柑を一つもぎ、足もとの小さい笊にいれ、また一つもぎ、垣根に沿ってすこしずつ進んだ。笊がいっぱいになると大きいぬの袋に蜜柑をあけ、また収穫をした。ぬの袋には口からすこし下ったところに太い飾紐がつき蜜柑の木蔭に丁度きんちゃくの形で据りよくおいてあった。そして私はこんなに大きくて形の愛らしいきんちゃくを曾つて見たことがなかった。これはたぶん家主の老人が晩秋の年中行事のために苦心して考案した品であろう。私に気づいたとき家主は蜜柑をざっと一杯はいった笊を手にして縁にきたが、しかしこの老人は私の頭に対してよほど奇異な思いをしたようであった。私は丁度、二助のノオトを読んでいたとき頭髪をうるさく感じたので、近くにあった紐ゴムの環を頭にかけ頭髪を宙に浮かして耳や頸を涼しく保っていたのである。家主は漸く笊の蜜柑を縁にあけ、私に硯と紙とをもとめ、一枚の貸家札をかいた。そして小さい字の註をひとつ書き加えたのである。「隣家にピアノあり、音楽を好む人をのぞむ」——たぶん隣家の先生は従妹の心理状態などをすべて三五郎のピアノにかこつけて引越しを行ったのであろう。家主の老人は、どうもあのピアノは縁喜がよくない様だなどと呟きながら私に糊をもとめたので、私は一塊の御飯を老人の掌にはこんだ。

私の隣人は手紙をひとつ三叉の穂に托し、蜜柑の木から私の居間の窓にわたしていて、私がそれを手にしたのは夕方であった。丁度私の窓さきまで収穫をすすめてきた家主は何かおまじないのようなものがあるといって私に注意したのである。

「昨夜、夜ふけに私の家族が申しますには、私に神経病の兆候があるようだからもうすこし静かな土地へ越した方がいいであろう、心臓病のためにもピアノのない土地の方がいいであろうと申しました。私は急に悲しくなって、御家族から六度ばかり蜜柑をいただいたことや、蜜柑はいつも半分ずつであったことや、それから三叉の穂で会話をとり交したことをみんな言ってしまいました。私の家族は、そんなかけ離れたふるまい、そんなかけ離れた会話法は、それはまったく神経病のせいだから、いよいよ土地を変えなければならないと申しました。そして体操学校の規則書をとる手つづきをいたしました。でも御家族と私とのとり交わした会話法は家族の思っているほどかけ離れたものではないと思います。私の国文教科書のなかの恋人たちは、みんな文箱という箱に和歌などを托して――ああ、もう時間がなくなりました。私の家族はすっかり支度のできた引越し車のそばでしきりに私を呼んでいます」

私がいくたびかこの手紙をよんだころ、家主の老人はぬの袋を背にして帰途についた。老人の背中はきんちゃく型の袋で愛嬌深く飾られていた。そして私の家庭の周囲には一粒の蜜柑もなくなり、ただ蜜柑の葉の垣が残ったのである。

私の恋愛のはじまったのは、ふとした晩秋の夜のことであった。この日は夕飯の時間になっても一助が勤めから帰って来なかったので、食卓に集ったのは二助と三五郎と私とであった。そして食事をしたのは二助と三五郎の二人にすぎなかった。私は二人の給仕をつとめながらまだ一助の身の上を思っていたのである。

食事を終って勉強部屋に帰った二助は、小さい声で呟いた。

「一助氏はどうしたんだ。あてどもない旅行にいってしまったのか」

三五郎はしばらく食卓に頬杖をついていたのち私の部屋に行き、私の机に頬杖をついた。そして三五郎は頬杖をしない方の手で私の肱蒲団を持ってみたり、私のスタンドを置きなおしてみたり、私のヘヤアイロンで彼の頭をはさんでみたりしたのである。

三五郎は茶の間と台所のさかいも、台所と女中部屋のさかいも閉めないでいたので、彼の動作は食卓のそばの私にもみえた。三五郎はついに彼の部屋に行き、「みちくさをくったジャックは　ねむの根っこに腰をかけ　ひとり思案にしずみます」というコミックオペラをすこしばかりうたった。これは、はじめ赤毛のメリイを愛していたジャックが途中で道草をはじめて黒毛のマリイと媾曳をして、そしてしまいにはまた赤毛のメリイが恋しくなったというような仕組のオペラであつた。三五郎は元気のないうたい方でジャックの心境をすこしばかりうたい、しばらく沈黙し、それから外に行ってしまった。そして彼と入違いに八百屋の小僧が電話を取りついできたのである。

「柳浩六の宅から小野一助様の御家族に申上げます」

八百屋の小僧が電話の覚書をこれだけ読みあげたとき、小野二助が出てきて覚書をとり、そして部屋に帰った。私も二助の部屋について行くと、二助は小僧のつづきを次のとおり読みあげた。

「小野一助様は今日夕刻主人柳浩六と同道にて心理病院より当方に立寄られ、夕食は主人とともにしたためられました。御心配下さいませぬよう。さて夕食後、小野一助様は主人柳浩六と主人居間にていろいろ御相談中でありますが、何やらお話がこみ入ってまいりまして、御両人は急に大声でどなり合い、また急に黙ったりなされます。お話は心理病院に入院中の患者様につきまして、御両人が知己あらそいをして居られる様子に見受けます。一方が十三日に主治医になったと申されますと、いま一方は既に十二日には予診室にて知己になったと申されますやら、よほど難かしい打合せになりました揚句、小野一助様の申されますには、一助様の本棚のもっとも下の段に『改訂版分裂心理辞典』と申す書籍がありまして、その左側に茶色の紙で幾重にも包んだ四角形の品があり、それを至急持参してもらいたいと申されました。四寸に五寸くらいの四角形と申されます。火急の折から使者はどなた様にてもよろしく、要はひと足も早く御来着下されますよう」

二助は一助の部屋で指定の品をさがし、三五郎の部屋に行ったが、三五郎はまだ不在であった。二助は部屋に帰って来て指定の品を私に与えた。

「僕が行くと非常に手間どるから、使者は女の子がつとめてくれないか。この電話をかけた老人は柳浩六氏の家に先代からつとめている従僕で、僕の顔をみるとたちまち懐古性分裂に陥るんだ。浩六氏や一助氏が心理病院につとめていることを非常に恐怖して、僕が百姓の学問をしているのを非常に好んでいるからね。だから僕の顔を見ると電話のとおり鄭重な用語でもって浩六氏の親父のはなしを四時間でもつづけるんだ。困る。では道順を説明してやろう」

二助は丁度手近にあった新聞紙に大根や林の形を描き、彼の学問にふさわしい手法で道順を説明した。

「通りを横ぎってバナナの夜店のうしろから向うにはいって行くんだ。少し行くと路の両側が大根畠になっているだろう。するともう遠くの方で鶏小舎の匂いが漂ってくるから（二助は一本の大根のうえに湯けむりのような線の細いものを四五本描いた。これは私が大根畠にさしかかったとき匂ってくるはずの鶏小舎の匂いであった）この匂いを目あてに歩けばいいんだ。するとだんだん鶏糞の匂いがはっきりして来て、しぜんと鶏小舎に突きあたるからね。（鶏小舎を一棟描き）幾棟も鶏小舎がならんでいて、僕はこの家でときどき肥料を買うことにしている。ここの鶏糞は新鮮で、非常に利くんだ。（二助はここで椅子からふり返り、室内の肥料の様子を見わたした。けれど二助はすこし落ちつきすぎていないであろうか。私はいま火急の使者に立たなければならないのである）丁度僕の鶏糞がきれかかっているから今晩買ってきてくれないか。鶏の糞を一袋といえばいいんだ。一助氏の話はどうせ長びくにきまっていて帰りには肥料屋が寝てしまう虞れがあるから、行きに買っといてくれ。肥料を買ったのち右の方をみると楢林があって、そのさきのある一軒屋が柳浩六氏の家だよ。解ったろう」

二助は鉛筆をおき、なお二三の注意を加えた。玄関をはいると稀薄な香気に襲われるような心理が涌くが、これは浩六氏の親父が漢法の医者であった名残りだから平気だ。ただ、従僕の老人が何処にいてもなるたけ彼の方を省みないようにしろ。彼はよく玄関の椅子にかけていたり、炉の部屋にいたりする習慣をもっているが、彼がたとい玄関口の椅子にいて眼をあいていても、なるたけ知らない顔で通過することだ。でないと老人はたちまち昔ばなしをはじめ、先代の先生の頃には当病院の玄関は患者の下足でいっぱいでしたといい始める。帰りは一助氏を待っていて一緒に帰ったらいいだろう。

電話を受けとってからもうよほどの時間がたっていたので、私はいそいで毛糸のくびまきをつけ、そして出かけた。通りの街角で私は三五郎の後影をみとめた。彼は銭湯に行く姿で夜店のバナナをながめていたのである。

大根畠にさしかかると寒い風が私の灰色のくびまきを吹き、私の頭髪を吹いた。私は三五郎のことを考えて哀愁に沈みながら歩いたので、二助に命じられた買物を忘れるところであったが、すこし後もどりして一袋の鶏糞を買った。そして私は一助にわたす品を左手に抱え、二助の買物を右手にさげて柳浩六氏の玄関に着いたのである。

丁度玄関の椅子はからで（これは三五郎の廻転椅子よりももっと古びた木の腰かけであった）従僕の老人は室内の炉の前で居ねむりをしていた。そして私は深い頬ひげに包まれた従僕の顔を見たときはじめてあたりにただよっている古風な香気を感じ、そしてこの建物が私たちの住んでいる家屋にも増して古びていることに気づいた。

炉の部屋を横ぎって廊下に出ると病室のなごりらしい部屋が二つ三つならんでいて、いちばん奥のが柳氏の勉強部屋になっていた。室内では柳浩六氏と小野一助とが椅子にかけ、そしてたぶん使者を待ち疲れたのであろう、二人とも深い沈黙に陥っていたのである。私は肥料の袋を一助の椅子の後脚にもたせかけ、それから指定の品を一助にわたした。この品は小包み用の紐で緻密に縛りつけてあったので、一助は茶色のなかから彼の日記帳をとりだすまでによほど手間どった。それから彼は日記帳ばかりみていて柳氏に言った。

「みろ、僕の気もちは日記帳に文字で記録されている。十三日、新患者入院、余主治医となる。隠蔽性分裂の兆候あり。心惹かるること一方ならず、帰宅してのちまでも――」

「しかし君のうしろにはまだ使者の女の子が立っているんだ。そんな話題はしばらく止せ」

私は一助のうしろで頭を幾つかふり、くびまきを取った。私の頭髪は途上の風に吹かれたままで、額や耳に秩序もなく乱れている様子であった。

柳氏は一助のとなりに椅子をひとつ運び、そして私をかけさせた。

「僕は、どうも、いま、変な心理でいるんだ。君のうちの女の子の顔を何処かで見た気がする」

「小野二助だろう。二助が勉強している時の顔と、うちの女の子がすこしふさいだ時の顔とは、いくらか似ているようだ」

「どうも小野二助ではないようだ」

「変なことをいってないで話をすすめようじゃないか」

「しかし僕たちの話題に女の子がいては困るよ。それから僕は、どうも、君のうちの女の子が誰かに似ていて、思いだせなくて困る。こんな問題というものは思いだしてしまうまで他の話題に気の向かないものだ」

柳氏が本棚の前を歩いたり、また椅子にもどったりしているあいだに私は空腹を感じてきた。私はまだ今日の夕飯をたべていなかったのである。このとき丁度柳氏は廊下に立って老僕をよび、私のために何かうまいものを買ってくるように命じた。老僕はその命令は素直に受け、そして次のように口説いた。

「若旦那様、もはや心理病院なぞはやめて下さりませ。きっぱりとやめて下さりませ。心理医者なぞは医術の邪道でござります。況んや小野一助様と御両人で、一人のヒステリ女を五時間もあらそわれるとは！　ああ、これもみな御両人様が分裂病院なぞと申すも邪道に踏みまよって居られる故でござります。あのような病院とはきっぱり縁をきり、先代の先生がのこされた当病院を――」

「早くうまいものを買ってこないか」

柳浩六氏は部屋に帰るなり本棚から一冊の書籍をぬきだし、そして早速目的のペェジを披いた。

「いまうちの老人の愚痴をきいてるあいだに僕は思いだしたよ。うちの老人の思想はただうるさいだけだが、不思議に忘れたものごとを思いださせる。懐古性分裂者の思想は、何か対手の忘却にはたらきかける力を持っているのか。（これは柳氏が一助に問いかけた学問上の相談のようであったが、一助は頭をひとつふっただけで答えなかった。彼はいろんなことがらのために話の本題に入れないのを不本意に思っている様子であった）ともかく君のうちの女の子に似ていたのはこの写真だよ。これで僕の心理は軽くなったようだ。似てるだろう」

一助はあまり興味のないありさまで書籍をうけとり、一人の女の小さい写真をながめ、それから私には独逸文字か仏蘭西文字かわからなかったところの文章をすこしのあいだ読んだ。そのあいだ私は女の写真をながめていたが、この写真はよほど佳人で、到底私自身に似ているとは思われなかったのである。

「似ているだろう」

柳氏が賛成を求めたのに対して一助は私とおなじような意見をのべた。

「どうも異国の文学を好む分裂医者というものは変な聯想能力をもっているようだ。この女詩人とうちの女の子とは、ただ頭髪が似ているよ。こんなただっ広い類似なら何処にでもころがっている」

そして一助は書籍をとじ、私の椅子の肱かけにおいた。私はその書籍をもって部屋をでた。私は二人の医師の話題を何処かに避けなければならないのである。

丁度次室の扉の前で私は老僕と出逢った。老僕は懐古の吐息とともに、皿と土瓶と茶碗とをのせた盆をはこんできた所であった。そして私は老僕の導くままに次室の客となった。老人があかりをつけると此処はたたみの部屋で、一隅に小さい机がひとつあり、丁度私が書物をみるのに好都合であった。老人は机のうえに盆をおき、そして彼の懐旧心を私に語りたい様子であった。けれど私は彼に対して拒絶の頭をふり、そしてすこし湧いてきた泪を拭いた。ふかい頬ひげのなかから洩れてくる彼の言葉はただ哀愁を帯びていて、私はふたたび聞くこころになれなかったのである。老人は両つの掌で私の顔を抱き、そして無言の裡に出ていった。私は泪を拭きおさめ、塩せんべいにどらやきを配した夕食をたべながら書籍のペエジをさがしに掛った。これは何処かの国の文学史であろうか。それともその国の詩人たちの作品集であろうか。ペエジのところどころに男の写真があり、たまに女の写真があって、そして他の箇処は私にわからない文字で埋められていた。

隣室ではすでに柳氏と一助の話がはじまっていて、これはまったく老僕の見解どおり、二人の医師が一人の入院患者に対する論争であった。たがいに日記をしらべて患者と知己になった遅速をくらべたり、決して口を利かない沈黙患者が態度でもって二人に示した親愛を論じたり、そして交渉は尽きないありさまであった。

二人が非常にながい沈黙におちいっているあいだに、私はよほど部厚な書物のなかから漸く目的のペエジをさがしあてることができた。この異国の女詩人ははじめ私が一助の横からみたほどに佳人ではなかった。私はペエジを横にしたり縦にしたり、いくたびかみた。そしてこの詩人は、やはり一人の静かな顔をした佳人で、そして私はいつまでこの詩人をみても、やはり柳浩六氏の見方に賛同するわけにいかなかった——私自身は佳人に遠いへだたりをもった一人の娘にすぎなかったのである。

辺りが静寂すぎたので私は塩せんべいを止してどらやきをたべ、そしていつまでも写真をみていた。そしてついに私は写真と私自身との区別を失ってしまったのである。これは私の心が写真の中に行き、写真の心が私の中にくる心境であった。この心境のなかで急に隣室の一人が沈黙を破った。私にはどっちの声かわからなかったが、

「ああ、僕はすこし煩瑣になってきた。ありたけの論争ののちには、こんな心理が生れるものか。僕は病院の女の子を断念してもいい心境になったようだ」

するともう一人が僕は断念するといい、また一方が僕は断念したと宣言した。彼等は競争者のいない恋愛に、はりを失った様子であった。そしていまは私も夕食とあついお茶のために睡気をおぼえ、そしてついに写真のうえに顔を伏せてしまった。隣室の友人同志はしずかに何かを語りあっているようであった。

「僕はいよいよこの家を引きあげることにしよう。漢法薬の香気はじつに人間の心理

を不健康にするからね。僕が君の患者に心を惹かれたのも、まったく僕がこんな古ぼけた親父の病院に住んでいたからだよ」

「しかし君のうちの老人が承知しないだろう。老人はこの建物のほかに住み場所はないと思っているからね」

「それもまったく漢法薬の香気のためだよ。うちの老人の懐古性分裂はこの建物を出ればその場で治ってしまうよ。何にしても僕は君の患者を断念すると同時にこの建物がいやになった。僕は何処か遠い土地に行くことにしよう」

この会話をなごりとして私は睡りに陥った。

私は自分でたてた皿の音によって仮睡からさめた。隣室も家のなかもただ静寂で、古風な香気だけがあたりを罩めていた。私が隣室にいってみようと思ったとき、丁度柳浩六氏が境の扉から顔をだした。氏はたぶん机のうえで私が動かした皿の音をききつけたのであろう。「女の子はまだ待っていたのか」

そして氏は机のそばに来て、塩せんべいを一枚たべながら書物の写真をしばらくながめ、それから私をながめた。

「一助氏はさっき帰ったから、僕が送ってやることにしよう」

老僕は丁度玄関の椅子で居睡りをしていて、椅子の脚のところには私のくびまきと肥料の袋とが用意してあった。そして私は毛糸のくびまきをつけ肥料の袋をさげて廃屋のような柳氏の居間を出たのである。

楢林から鶏小舎を経て大根畠の路を歩くあいだ、柳氏は書物のなかの詩人について私に話してくれた。彼女はいつも屋根部屋に住んでいた詩人で、いつも風や煙や空気の詩をかいていたということであった。そして通りに出たとき氏はいった。

「僕の好きな詩人に似ている女の子に何か買ってやろう。いちばん欲しいものは何か言ってごらん」

そして私は柳浩六氏からくびまきを一つ買ってもらったのである。

私はふたたび柳浩六氏に逢わなかった。これは氏が老僕とともに遠い土地にいったためで、氏は楢林の奥の建物から老僕をつれだすのによほど骨折ったということであった。私は柳氏の買ってくれたくびまきを女中部屋の釘にかけ、そして氏が好きであった詩人のことを考えたり、私もまた屋根部屋に住んで風や煙の詩を書きたいと空想したりした。けれど私がノオトに書いたのは、われにくびまきをあたえし人は遥かなる旅路につけりというような哀感のこもった恋の詩であった。そして私は女中部屋の机のうえに、外国の詩人について書いた日本語の本を二つ三つ集め、柳氏の好きであった詩人について知ろうとした。しかし、私の読んだ本のなかにはそれらしい詩人は一人もいなかった。彼女はたぶんあまり名のある詩人ではなかったのであろう。

# 「第七官界彷徨」の構図その他

以下主として「第七官界彷徨」の意図、計画、企ての方面について、思い浮ぶままの短い報告をいたします。

他の場合でもよく陥る癖ですが、この作ははじめに場面の配列地図とも名づくべき図を一枚製作し、その後にペンをとりました。普通のときには配列地図などという真面目な心理からではなく、ただ一枚の紙に鉛筆で幾何学の図のような円や三角を描いたり、時には風車のような形、時には蜘蛛の巣のような形を描いたりして、それに文字や符号で場面の覚書きのようなことを書きつけている中に頭がまとまり、ペンを下すきっかけになるという風な場合が多いのですが、この作ではそんなお気分的な心理からでなく、すこし開きなおった心理で、作にとってぜひ必要な製図を行いました。

というのは、この作ではできるだけ説明を拒否し、場面場面の描写で行きたいという意図を持つと同時に、一つの場面は、この場面に登場した人物の心理や行動も、この場面に登場した小さい品物も時には人物の会話によってはじめて登場してきた事柄などをもこめて、何等かの意味で前後の場面と必要な関係を保ったものとしたかったのです。(たとえばボヘミアンネクタイや垣根の蜜柑なども、一度だけで姿を消してしまわず幾度か出没させたいと思い、なるたけその可能性のある品を選ぼうとしました)そしてこんな意図のためには、配列地図もかなり緻密にしておく必要を感じたわけです。

この作の図は丁度鉄道地図のような具合で、駅名に相当する円のなかに「祖母と小野町子」などと人物を書き、線路に相当する線を幾つかに切って「バスケットと祖母」「美髪料と祖母」などの小場面をならべ、なお必要な箇処には人物の心理やポオズも簡単に書いておきました。また「小野二助の部屋と小野町子」などの駅名をもった場面を設けると、用紙の中程の余白に小野二助の部屋を描き、机や床の間の位置をきめたり、机の上には細かい字で二助の用具の頭文字を並べてみたりしました。

こんな調子でペンをとる前に最後までの予想場面を書き終り、そこからこの図にしたがってペンをとったのですが、書いて行く中に地図に不備や無駄が出てきて、そのたびに地図に書加えを行いつつペンを進めました。そのためにこの配列地図は作が終

り に近づくにしたがって真黒に書き埋められ、色鉛筆の符号がつき、そして恐らく製作者以外の人には何物とも判断のつかない惨状を呈しました。

しかしこの図で大体の構図は終ったわけで、ペンをとってからは製図のとき一度頭に描いた場面をふたたび頭の中に描き、それを描写しつつ進めばよかったわけです。ただペンをとった後で困ることは、場面場面はすでに一つの絵画として頭の中に描かれているのにそれを言葉で描こうとするとき言葉の洪水に出逢ったり、言葉の貧困に陥ったりすることです。言葉はつねに文学の強敵だと思います。

登場人物達の性格の色分けは問題とせず、むしろ彼等を一脈相通じた性情や性癖で包んでしまうことを望みました。彼等は結局性格に於ける同族者で、被害妄想に陥り易くて、いたって押しの強くない人物どもです。こんな心理は現代の人間たちが共通して抱いている一種の時代心理とも呼び得るでしょう。しかし私はこの作に於てそんな時代心理を正面から取扱う意図を持ちませんでした。私はただ、正常心理を取扱った文学にはもはや読者として飽きていますので、非正常心理の世界に踏み入ってみたいと希望しただけです。そのために、彼自らもどうかすると分裂心理病院に入院する資格を持ちそうな心理医者を登場させたり、特殊な詩境をたずね廻っている娘や、植物の恋情研究に執心している肥料学生や、ピアノの音程のために憂愁に陥る音楽学生を登場させ、そして彼等の住む世界をなるたけ彼等に適した世界とすることを願いました。

そこで、彼等の住むに適した世界とは、あながち地球運転の法則にしたがって滑かに運転して行く世界ではありません。

第一人称を使用して小説をかく場合の易点難点については、いま委しくのべる時間を持ちませんが、この種の小説は、描こうとする世界すべてを「私」と称する人物を通して観たり聴いたりしなければならないので、それが一つの大きい制限となって作者に臨んで来るようです。たとえば「私」以外の人物の心理描写の必要な場合のごとき。こんな場合に出逢ったとき、その人物の動作だけで足りない箇所は、独語のかたちのせりふを試みました。一二の例を挙げれば、佐田三五郎が壁のボヘミアンネクタイに向って呟く独語や、朝の食卓で小野一助が浜納豆と彼の心臓の関係についてのべる独語です。

これらの独語は、それがせりふである以上、外形は各人物の口から出る言葉の形をそなえていますが、発生原因に溯れば作者が第一人称使用小説から受けた束縛からの逃げ路で、「私」以外の人物の心理描写の代用独語です。

作中人物たちの口を通して私は多くの独断的な心理上の新造語をつくってしまった

ようです。むかし文学の先生から、

「おん身ら仮令ペンをとる境涯に入るとも、新造語の創始者となる勿れ。新造語はその創始者の思想的修練不足の告白にして、且つ寡読の暴露なればなり。さればおん身らつねに多読につとめ、読書に於て三たび以上眼にふれたる言葉にて文章を綴るべし。ゆめ独断的新造語を弄する勿れ」

という講義を聴きましたが、その講義に対する「懐古性分裂」に陥りつつも、私は新造語製造の罪を犯してしまいました。もしギリシャ神話の中に言葉の神様が居られたらこのような新造語の数々は神様の苦笑にあたいするでしょう。

さて私はここで、このような新造語の由来について語る運びになりました。「分裂心理学」というのも、これもまったく私の独断的命名によるナンセンス心理学ですが、この心理に属する「懐古性分裂」その他これに類する心理上の新造語の数々は、それらの言葉が登場してくる場面（この作の中ほどに位置する小野一助と小野二助との朝の会話の場面）とともに、遠いみなもとをフロイドに発しているものです——こんなことを堂々といったら、フロイドは固より、心ある精神分析研究者たちは苦笑されるにきまっていますから、私は小さい声で次の説明を追加しなければなりません。

小さい声で言わなければならないほどに私はフロイドの世界を知らなすぎる癖をしていて、しかもその世界に多大の心を惹かれている者です。何故なら、私なりの言葉で言うことを許されるならば、フロイドは非正常心理の世界を我々に示してくれたからです。そして私は、すでに告白したとおり正常心理を取扱った文学境地には、もはや飽きている者です。しかし私は不幸にしてまだフロイドの苦笑を招かないだけの精神分析研究者ではありません。過去に精神分析に関する二三の書を漫然と散読したにすぎず、それも今日ではもはや記憶から遠いものとなり果てています。それで私はこの作の構図に際して、作者の頭の背景としてそれ等の書をもう一度読んでおきたいと思いましたが、もはや手許にないのでそれも許されない始末でした。そこで私はこの作でナンセンス精神分析しか行う資格を持たなかった次第です。それで人物の一人に分裂心理医者をもって来ると同時に、他の人物も何等かの点でフロイドのお世話になれそうな人物を集めてみたくなりました。こうして出来たのがまるでフロイドに縁のない会話と、まるでフロイドの苦笑にあたいする新造語です。私はギリシャの神話と、文学の先生と、フロイドとに詫びなければならないでしょう。

この作は全篇の約七分の四をすでに雑誌「文学党員」に発表したものですが、全篇を通して「新興芸術研究」に発表して頂くに際して、すでに発表した部分の数ケ所に短い加筆を行い、また劈頭の二行を削除しました。この加筆はただ部分部分の言葉不足を補うための短い加筆で、全篇の構図に全然関係を持っていませんが、劈頭の二行を削除したことは、最初の構図の形状をまったく変形させる結果を招きました。最初の意図では、劈頭の二行は最後の場面を仄示する役割を持った二行で、したがって当然最後にこの二行を受けた一場面があり、そして私の配列地図は円形を描いてぐるっと一廻りするプランだったのです。それが、最初の二行を削除し最後の場面を省いたために、結果として私の配列地図は直線に延びてしまいました。

この直線を私に行わせた原因は第一に時間不足、第二にこの作の最後を理におとさないため。

しかし私はやはり、もともと円形を描いて製作された私の配列地図に多くの未練を抱いています。今後適当な時間を得てこの物語りをふたたび円形に戻す加筆を行うかも知れません。

# 歩行

おもかげをわすれかねつつ
こころかなしきときは
ひとりあゆみて
おもひを野に捨てよ

おもかげをわすれかねつつ
こころくるしきときは
風とともにあゆみて
おもかげを風にあたへよ

（よみ人知らず）

夕方、私が屋根部屋を出てひとり歩いていたのは、まったく幸田当八氏のおもかげを忘れるためであった。空には雲、野には夕方の風が吹いていた。けれど、私が風とともに歩いていても、野を吹く風は私の心から幸田氏のおもかげを持って行く様子はなくて、却って当八氏のおもかげを私の心に吹き送るようなものであった。それで、よほど歩いてきたころ私は風のなかに立ちどまり、いっそまた屋根部屋に戻ってしまおうと思った。こんな目的に副わない歩行をつづけているくらいなら、私はやはり屋根部屋に閉じこもって幸田氏のことを思っていた方がまだいいであろう。忘れようと思う人のおもかげというのは、雲や風などのある風景の中ではよけい、忘れ難いものになってしまう。——そして私は野の傾斜を下りつつ帰途に就いたので、いままで私の顔を吹いていた風が、いまは私の背を吹いた。さて背中を吹く風とは、人間のうらぶれた気もちをひとしお深めるものであろうか。私は一段と幸田氏のおもかげを思いながら家に着いたのである。

家ではまだ雨戸と障子が閉めないであって、室内では、祖母がひとりごとを言いながら私の衣類をたたんでいるところであった。私の衣類は簡単服、単衣、ネル、帯などで、これはみな、私が無精のために次から次と屋根部屋の壁につるしていた品々である。

私の祖母は囲炉裏の灰に向って簡単服の肩の埃をはたき（私の衣類はみな屋根部屋の埃を浴びていた）膝のうえで私の古びた半幅帯の皺をのばし、そして縁さきに私の立っているのを知らない様子であった。そして彼女は、たえず私にかかわりのある事柄を呟いた。うちの孫はいい具合に松木夫人のところへお萩を届けたであろうか。今ごろは松木夫人の許で、松木氏と夫人とうちの孫と三人でお萩をよばれているだろうか。私はそれが心配である。それとももはやお萩の夕食を終って、松木夫人と街の通りでも歩いているのなら私は嬉しい。お萩をたべているあいだには、松木夫人もうちの孫の運動不足に気づかれたであろう。そして孫を運動に伴れて出て呉れられたであろう。ああ、うちの孫はこのごろまったく運動不足をしていて、ふさぎの虫に憑かれている。屋根の物置小舎からちっとも出ようとはしない。ふさぎの虫というのは神経の疲れのことで、神経には甘いものが何よりのくすりだという。ああ、うちの孫はお萩をどっさりよばれて呉れればよいが。そして今晩のうちに十里でも歩いて来ればよいに……

そして祖母は私の単衣の肩についている屋根部屋の釘跡に息をかけたり、ネルの着物をながめたりして時間を送っていた。私は縁さきで哀愁の頭を振り、ふたたび家を出た。私は最初家を出たときから重箱の包みを一つさげていて、これはもうとっくに松木夫人の許に届いていなければならない品であったが、私の心の道草のためまだ届いていないのだ。

今日の夕方に、私の祖母は急にお萩を作ることを思いついた。そして大急ぎでお萩を作り、十数個を重箱に詰め、松木夫人の許に届けるよう私に命じた。この命令は、このごろ屋根部屋で一つの物思いに囚われている私を運動させるために祖母が企てたものであったが、(祖母は私のうつらうつらとした状態を、ただ運動不足のせいだと信じていたのである)私は重箱をさげて家を出ると間もなく重箱のことを忘れてしまい、そしてただ幸田当八氏のことのみ思いながら野原の傾斜に来てしまい、そしてついに雲や風の風景のなかで、ひとしお私は悲しい心理になって家に引返したのである。そのあいだ、私はついに重箱のことを忘れどおしであった。

さてふたたび家を出た私は、もう心の道草をすることなく真直に松木夫人の許に着かなければならない。私はふたたび重箱の重さを忘れまいとした。もう夕食の時刻も迫っている。そして私はまだ夕食前であった。祖母は私に夕飯を与えないで重箱の包みを与え、そして私を家の外にやってしまったのである。祖母の楽しい予想によれば、私はまず松木夫人の許でお萩の夕食をよばれて神経の営養をとり、それから松木夫人は運動不足の私とともに十里の道をも散歩しなければならないであろう。重箱のなかのお萩は略これだけの使命を帯びていた。

私はなるたけ野原の方に迷いださないよう注意しながら松木夫人の宅に向った。けれど、私は、やはり幸田当八氏のことを考えていて、絶えず重箱の重いことを忘れてしまいそうだった。すると私は左手の重箱を右手に持ちかえ、そしてお萩の重いことのみを考えようとした。けれど右手が重くなって三十秒もすると私はすでに幸田当八氏のことを考えていたのである。

さて私の心情をこのように捕えた幸田当八氏について、私はいくらか打ちあけなければならないであろう。私がまだ屋根部屋に移らないでいたある日のこと、私の兄の小野一助が祖母に当てて端書の紹介状を一枚よこした。端書は「余の勤務せる心理病院の一医員、分裂心理研究の熱心なる一学徒幸田当八を紹介申上げ候」という書出しで、当八はこのたび広く研究資料を集めるため、各地遍歴の旅を思い立った。当八は余等が分裂心理学の上に一つの新分野を開拓すべき貴重な資料を齎し帰るであろう。余等数人は昨夜当八の門出を送る宴を張り、余は別離の盃にいくらか酔ったようである。そして当八は今日出発した。そのうち祖母の許にも到着するであろう。数日のあいだ滞在するであろう。そして滞在中はいろいろモデルを要するであろう。十分の便誼をたのむ。

小野一助の端書の意味を祖母に理解させるのは、よほど骨の折れる仕事であった。祖母は私たちの家庭に来客のあるということを漸く理解した様子であったが、しかし「モデル」とは何のことであろう。この言葉の意味は、ついに私にも解らなかったの

である。この疑問について私が小声で呟いていると、

「お前さんの字引にもありませんのか」と祖母は言った。

「いまどきは、兄さんたちや若い衆のあいだに、いろいろ難かしいことがはやってい て、私等にはとんと解りはせぬ。解るまで字引を引いてみて下され」

「モデルというのは絵かきの使うもので、絵の手本になる人間のことだけど、しかし、医者のモデルというのは字引にも出ていないでしょう」と私は言った。

「これは困ったことになった。モデルというのは手本になる人間のことで、お医者様の手本になる人間というのは――（私の祖母はしばらく思案に暮れていた）ああそうじゃ、お医者様の手本とは病人のことにちがいない」

それから祖母は炉の灰に向って吐息をつき、打ちしめった声で言った。お医者様のモデルが病人のことなら、世の中にモデルの種は尽きないであろう。世の中は病人だらけではないか。松木夫人の弟さんも毎日薬ばかりのんで、おかしな文章を書いて居られるそうじゃ。たぶん頭の病気に罹って居られるのであろう。このあいだも、鳥は白いという文章を書かれたという。うちの小野一助や、こんど来られるお客様の病院は、何でも頭や心の病気をほぐしてゆく病院ということじゃ。幸田当八様が来られてモデルが要るようであったらば、第一番に松木夫人の弟さんをモデルにして頂くことにしよう。

けれどこんな話の途中で、私の祖母は急に部屋の心配をはじめた。お客様がみえたら、どの部屋を幸田当八氏の居間にしたものだろうと祖母は苦心をはじめたのである。「座敷では、夜淋しい音がして、お客様が睡れぬと思うのじゃ。秋風の音は淋しい」祖母は私を座敷に伴れてゆき、室のまんなかに私を立たせ、そしてお前さんのよい耳でよく聴いてみてくれと言った。そして私は、耳の底に、もっとも淋しい秋風の音をきいたのである。これは隣家の垣根にある芭蕉の幹が風に揺れる音であった。

この日のうちに私は屋根部屋に移転した。祖母と私とはしばらく考えた末、私の部屋を来客の居間に充てたのである。私の部屋は二坪半の広さを持っていて、隣家の芭蕉からいくらか遠ざかっていた。

さて私の新居は、旧居よりも一階だけ大空に近かったけれど、たいへん薄暗い場処であった。私の新居には壁の上の方に小さい狐窓が一つしかなかったのである。これはまったく私の祖母が日ごろ物置小舎として使っている純粋の屋根裏で、天井板のない三角形の天井と、畳のない床板とのあいだに在る深さの浅い空間にすぎなかった。とはいえ、狐窓の外には丁度柿の枝が迫っていて、私の新居には秋の果物がゆたかであった。

私は狐格子のあいだから柿を取ってはたべ、またたべながら、新らしい住居の設備をした。そして私は殆んど物置小舎の保存品だけで設備を終ることができた。壁に沿って横わっている一個の長持は丁度人間の寝台によかったので私はその傍に岐阜提灯を一つ吊して電気の代りとした。私の岐阜提灯はもはや廃物となっていて、胴体のあたりがかなり破れていたけれど、しかしこの破損も時には私の役に立つであろう。私がもし無精していて消燈したいときは、寝台から動くことなく提灯の破損を目がけて息をひとつ送ればいい。すると私の送った息は岐阜提灯の骨を越えて直ちに灯を消すであろう。――私が岐阜提灯を吊したのは、丁度その動作に適した場処であった。

次に私は四つの蜜柑箱と、一年に一度しか要ることのない正月の餅板とで机を作り、その前にうすべりを一枚敷き、餅取粉の吹きだしている机の片隅に古びた台ランプを一つ置いた。そして最後に私は旧居の壁に懸っていた私の衣類を一枚のこらず屋根部屋の壁に吊した。私は薄暗い屋根部屋に、できるだけ旧居の情趣を与えたかったのである。祖母は夏の簡単服を新居に移すことは不賛成で、もはや秋だから、夏の服は洗濯して蔵いなされと注意した。しかし私は祖母に賛成することが出来なかった。そして私が古ぼけたおしめの乾籠に腰をかけ、旧居とおなじ順序に並んだ屋根部屋の衣類をながめ、そして柿をたべているとき、階下では祖母が幸田氏の部屋にはたきをかけていた。

私の移転から七日も経ったと思うころ、漸く幸田当八氏は到着した。丁度私の祖母は来客を断念しかかったころで、お客様は途中でふと気が変って、もはやうちに見えないであろう。お前さんももはや不便な思いで長持のうえに寝ずともよい、もとの部屋に帰って来なされと注意しはじめていたころであった。また私自身も、祖母が囲炉裏の焚火をするたびに、煙はみんな私の住いにのぼって来て窓の狐格子のそとへはなかなか出て行かないので、もう旧居へ帰ってしまおうと考えていたのである。丁度この折に、幸田当八氏は大きいトランクを一個提げて到着した。氏の持物はそれだけであった。そして氏はトランクとともに予定の部屋の客となり、二時間のあいだぐっすり睡り、眼がさめると同時に私の旧居の机に向って何か勉強をはじめた。

夕食後の炉辺で、私の祖母はモデルのことを幸田氏にきいたり、松木夫人の弟のことを告げた。幸田氏は氏の取調べにモデルの要らない旨を答え、（とはいえ、幸田氏は、まったく私自身を研究のモデルに使ったのである）それからトランクの中の書物を一冊取ってふたたび炉辺に帰った。これは戯曲全集第何巻という書物であった。

幸田氏はしばらく書物のペエジをしらべていたのち、披いた書物を祖母にわたし、そのせりふを朗読してくれといった。

私の祖母はよほどあわてて、頭を二つ三つ続けさまに振り、急には言葉も出ないありさまであった。そして祖母は眼鏡をかけていないのに、眼鏡をなおす動作をしたのである。私は炉の部屋の鴨居から老眼鏡をとり、祖母の眼にかけた。

「ああ――」

祖母は指定されたせりふの最初の一句を発音しただけで、次の句を続ける術を知らなかった。幸田氏は熱心な態度で炉の灰をながめ次の句を待っていたが、祖母はすでに戯曲全集を私の膝に移し、眼鏡の汗を拭きながら言った。

「ああ、何とむずかしい文字やら。私にはこのような文字は読めませぬ」

このとき私は漸く理解した。私の祖母は、幸田氏の心理研究の最初のモデルに挙げられたのである。氏はたぶん、人間の音声や発音の仕方によって、人間の心理の奥ふかいところを究めているのであろう。しかし祖母のモデルでは、幸田氏はすこしも成功しなかった、氏は頭を一つ振って立上り、戯曲全集の別の分を取って来て私に与えた。そして私は、ああ、何という烈しい恋のせりふを発音しなければならないのであろう。私はただ膝のうえのペエジを黙読するだけで、すこしも発音はできなかった。すると幸田氏は「女の子というものはまるで内気なものだ。これでは僕の研究が進まなくて困る。せめてお祖母さんのそばを離れてみよう」

といって、私を氏の居間に伴れていった。丁度このとき私の祖母は炉辺で眼鏡をかけたまま居睡りに入ろうとするところであった。

けれど私は幸田氏の部屋でも戯曲を朗読することはできなかった。

「まだお祖母さんを恥しがっているのか。仕方がないから二階に行くことにしよう。二階ならせりふがお祖母さんに聞えないから大丈夫だ」

私は私の部屋の岐阜提灯と台ランプを二つともつけ、それから幸田氏を室内に案内した。幸田当八氏は餅板の机に肱をかけて私の発音を待っていたが、そのうち洋服の肱に餅取粉の附いていることに気づき、粉をはたくために狐窓に行った。そして当八氏は窓の柿を数個とり、私の机のうえに柿をならべたのである。

幸田氏と私とは何時とはなく柿をたべはじめていた。幸田氏はもううすべりの上に坐るのは止めて椅子にかけ、そして秋の果物をよほどたくさん喰べたのである。幸田氏のかけている椅子は、私の祖母が屋根裏の片隅に蔵っている古ぼけたおしめの乾籠であった。

柿を一つ喰べると私はふしぎにせりふの発音をすることができた。たぶん、おしめ籠に腰かけて柿を喰べている幸田氏の態度が私の心を解きほぐしたのであろう。

「ああ、フモオル様、あなたはもう行っておしまいになるのでございますか。野を越え谷を越え、ああ、幾山河を行っておしまいになるのでございます」

これは一篇の別離の戯曲であろう。私がそんなせりふを朗読すると、幸田当八氏はまだ柿をたべながら男の方のせりふを受持った。幸田氏のせりふは柿のために疲れたような発音であったが、そのために私たちの朗読は却って哀愁を増した。

幸田氏の滞在はほんの数日間であったが、この期間を私はただ幸田氏と二人で恋のせりふの交換に費した。私がマルガレエテになると幸田氏は柿をたべているファウストになり、私が街女になると幸田氏は柿をたべているならずものになった。そして何を演ってもつねに柿をたべておしめ籠に腰かけていたのは、私を恥しがらせないための心づかいであった。幸田氏のトランクは戯曲全集でいっぱいだった。けれど私たちの朗読に掛けられない恋の戯曲は、もう一ペエジもなかったであろう。そしてああ、幸田氏はついに大きいトランク一個とともに次の調査地に行ってしまったのである。

私を研究資料として書き入れていた幸田氏のノオトが、どんな内容を持っていたかを私は知らない。私はただ、幸田氏の行ってしまったのちの空漠とした一つの心理を知っているだけである。私はただせりふの朗読に慣れた口辺が淋しく、口辺の淋しいままに幾つでも窓の柿をたべた。当八氏の残していった籠の椅子に腰をかけ、餅板の机に柿をならべ、そして私は幾つでもたべた。私は餅取粉の表面に書いた。「ああ、フモオル様、あなたはもう行っておしまいになりました」

祖母はいくたびか旧居に降りて来ることを命じた。けれど私は屋根部屋に住み、窓の狐格子をとざし、そして祖母の焚火の煙に咽《むせ》んだ。

幸田当八氏に対する私の心境をすこしも知らない私の祖母は、すべての状態を運動不足のためだと信じ、出来るだけ私を歩行させようと願った。そしてついにお萩をつくり、私を松木夫人の許にやったのである。

私のお萩はあまり松木家の夕食に役立たなかった。私が途上であちこちしているうちに、松木家の夕食は済んでしまったのである。食卓の食器はみんな片づいていて、卓上には食事に関係のない二点の品が載っていた。それは一冊の薄い雑誌と、一罎のおたまじゃくしとであった。松木氏はおたまじゃくしと雑誌とを代る代るにながめよほど不機嫌な様子で、松木夫人は膝のうえにあまり清潔に見えないところのズボンを一着のせて綻びを縫っていた。以上のような光景のなかに私のお萩はとどいたのである。

松木氏はまずそうな表情でお萩を半分だけ噛みくだしそして言った。

「何にしても、土田九作くらい物ごとを逆さに考える詩人はいないね。言うことが悉く逆さだ。烏が白いとは何ごとか。神を恐れないにも程がある。僕は動物学に賭けても烏のまっくろなことを保証する。お祖母さんのうちの孫娘も一度土田九作の詩を読んでみなさい」

松木氏は雑誌を私の方によこした。そのペエジには詩人土田九作氏の「からすは白きつばさを羽ばたき、唖々と嗤ふ、からす嗤へばわが心幸おほし」という詩が載っていた。この作者は松木夫人の弟で、いつも物ごとを逆さにしたような詩を書き、そして常に動物学者の松木氏の悲歎にあたいしていたのである。

「何にしても、あの脳の薬を止させなければ駄目ですわ」

夫人はやはりズボンを繕いながら言った。このズボンはどうも土田氏のものらしかった。

「あらゆるくすりを止させなければならない。土田九作くらい薬を用いる詩人が何処にあるか。消化運動の代りには胃散をのむし、睡眠薬を毎夜欠かしたことがない。だから烏が真白に見えてしまうのだ」

「だからちょっと外出しても自動車にズボンを破られてしまうのですわ」

「ところでこんど九作の書く詩は、おたまじゃくしの詩だという。ああ、何という恐ろしいことだ。実物を見せないで書かしたら、土田九作はまた、おたまじゃくしは真白な尻尾を振り——という詩を書くにきまっている。まるで科学の冒瀆だ。だから僕は、僕の研究室で、時ならぬおたまじゃくしの卵を孵化さしてやったのだ。眼の前に実物を見て書いたら、土田九作でもすこしは気の利いた詩を書けるであろう。ところで（と松木氏は私に向って）お祖母さんのうちの孫娘は、非常な運動不足に陥っているようだね。だから（と氏は夫人に言った）おたまじゃくしを届けがてら孫娘を火葬場あたりまで伴れていったらいいだろう。丁度いい運動だ」

けれど松木夫人はまだズボンの修繕が済まなかったのでおたまじゃくしは私が届けることになった。

私は季節はずれのおたまじゃくしを風呂敷に包み、松木夫人の注意で重箱の包みをも持った。土田九作氏がもし勉強疲れしているようだったらお萩をどっさり喰べさしてくれと夫人はいって、九作氏の住居は火葬場の煙突の北にある。木犀が咲いてブルドックのいる家から三軒目の二階で階下はたぶんまだ空家になっているであろう。二階の窓には窓かけの代りとして渋紙色の風呂敷が垂れているからと説明した。

私は祖母の希望どおりたくさんの道のりを歩いた。けれどついに幸田当八氏を忘れることはできなかった。木犀の花が咲いていれば氏を思い、こおろぎが啼いていれば氏を思った。そして私は火葬場の煙突の北に渋紙色の窓を見つけ、階下の空家を通過して土田九作氏の住居に着いた。

九作氏は丁度おたまじゃくしの詩について考えこんでいるところであったが、私が机のうえにおたまじゃくしの罎をおくと、氏は非常に迷惑な顔をしておたまじゃくしを机の下の暗がりにかくした。氏はおたまじゃくしの詩を書くときその実物を見ると、まるで詩が書けないという思想を持っていたのである。

それから土田氏は私に対し非常に済まない様子で、一つの願いを出した。

「ミグレニンを一オンス買って来てくれないか。二時間前から切れてて頭が苦しい」

私は茶色の一オンス罎を受取って薬局に出かけた。

私が頭の薬を買って帰ってみると、九作氏は重箱をあけてお萩をたべているところだった。

しばらくののち氏は箸をおいて頭をふり、ひとりごとを一つ言った。

「どうも、僕は、いくらか喰べすぎをしたようだ」

九作氏は机の抽斗をさがして胃散をとりだし、半匙の胃散を服んだ。氏の缶には胃散が半匙しか残っていなかったのである。氏はしばらくのあいだ頭を振ってみたり詩の帳面に向ってみたりして胃散の利目を待っている様子であったが、ついに、ひどく言い難そうな態度で、胃散を一缶買ってきてくれないかと言った。そしてなお荻と胃と頭脳のはたらきとの関係について述べた——甘いものは頭の疲れに好いと人々は信じているようだが、度を過すと胃が余りに重くなる。胃があまりに重くなると、胃の重っくるしさは頭にのぼって来て、頭脳がじっと重くなってしまうのだ。この順序を辿ってみると甘いものの一つであるお萩は、じつに頭に有害なものではないか。

土田九作氏は机の抽斗を閉めることをも忘れて、ただ頭の状態を気にしていた。そして氏の抽斗には、いろんな薬品のほかに何もなかった。

さて私は、ふたたび薬局をさして出かけなければならなかった。それにしても、この一夜は、私に取って何と歩く用事の多い一夜であろう。そして土田九作氏は、何と彼の住居にじっとしていたい詩人であろう。氏はいつもあの二階に籠っていて、胃散で食後の運動をしたり、脳病のくすりで頭の明晳を図ったりして、そして松木氏や松木夫人の歎きにあたいする諸々の詩を作っているに違いない。——私は途々こんなことを考えて、ついに暫くのあいだ幸田当八氏のことを忘れていた。

私が胃散の缶とともに帰って来ると、土田九作氏はおたまじゃくしの罎を机の上に取りだし、おたまじゃくしの運動をながめつつ何か呟いていた。そして氏は私の帰宅をも知らない様子だった。——僕はついにおたまじゃくしの詩作を断念した。実物のおたまじゃくしをひと目見て以来僕は決しておたまじゃくしの詩が書けなくなった。松木氏は何と厄介な動物を届けてよこしたのだろう。

さて土田九作氏は胃散の封を切って多量の胃散をのみ、詩の帳面に向ったが、しかし氏は一字の詩も書いた様子はなかった。そのあいだ私は罎の中のおたまじゃくしを見ていた。季節はずれの動物は狭い罎のなかを浮いたり沈んだりして、あまり活潑ではない運動をしていた。このおたまじゃくしにも何か悲しいことがあるのであろう——そして私は、ふたたび幸田当八氏のことを思いだし、しぜんと溜息を吐いてしまったのである。すると土田九作氏も大きい息を一つして、

「何か悲しいことがあるのか。悲しい時には、あんまり小さい動物などを瞶めると心の毒になるからお止し。悲しい時に蟻やおたまじゃくしを見ていると、人間の心が蟻の心になったり、おたまじゃくしの心境になったりして、ちっとも区別が判らなくなるからね。(そして土田氏は、おたまじゃくしの罎を幾重にも風呂敷に包んでしまい階段の上り口に運んで) こんな時には、上の方をみて歌をうたうといいだろう。大き

い声でうたってごらん」
といった。けれど私はついに歌をうたうことが出来なかった。そしてついに土田九作氏は、帳面の紙を一枚破りとり、次の詩を私に教えてくれたのである。しかしこの詩は九作氏の自作ではなくて、氏が何時か何処かから聞いたのだと言っていた。帳面の紙には――

おもかげをわすれかねつゝ
こゝろかなしきときは
ひとりあゆみて
おもひを野に捨てよ

おもかげをわすれかねつゝ
こゝろくるしきときは
風とゝもにあゆみて
おもかげを風にあたへよ

# こおろぎ嬢

名前をあかしても、私たちのものがたりの女主人を知っている人は、そう多くないであろう。私たちのものがたりの女主人は、この世の中で知己に乏しく、そしていろんな意味で儚い生きものであった。その原因をたずねたら、いろいろ数多いことであろうけれど、しかし、それは、このものがたりに取ってあまり益もないことである。ただ、私たちは曾つて、微かな風のたよりを一つか二つ耳にしたことがある。風のたよりによれば、私たちの女主人がこの世に誕生したとき、社交の神、人間の知己関係を受持つ神などが、匙かげんをあやまったのだという。または、その神々が短かい午睡の夢をむすんでいた不運なときに、私たちの女主人がこの世に生を享けたのだともいうことである。また、すこし理屈の好きな風は、私たちに向ってまことらしく言った――この儚いものがたりの女主人の生れた頃は、丁度神々の国で、何とかという思想が流行していた。この思想のかけらが、ふと、女主人の頭の隅っこにまぎれ込んだものであろう。或は心臓の隅っこかも知れない。この何とかという思想は（と、理屈の好きな風は、なおも私たちに向って続けたのである）たいへん静寂な思想であったともいうし、非常に騒々しい思想だったという説もある。神々の国の真相は、われわれ風には摑めそうもないから、それは神様に預けて置こう。それで、この女主人は、神々の静寂な思想のかけらを受けて、騒々しいところ、たとえば人間のたくさんにいるところなどを厭うようになったのか、或は神々の騒々しい思想のために耳がつんぼになったのかも知れない。つんぼというものは、もともと（理屈の好きな私たちの来客は、いくらか声を大きくして、最後の断言をした）社交的性情に乏しいものである！　厭人的性癖に陥りやすいものである！　逃避人種である！

　この理屈好きな風の見解は、私たちに半分だけ解ったような感じを与えた。解らない部分は、私たちも、やはり、神々の国の、霧のなかに預けておくことにしよう。そして私たちは、朧ろげながら思ったことである。このものがたりの女主人は、たぶん、よほどの人間ぎらいなのであろう。それならば、私たちは、よほど心して彼女を扱わなければならない。彼女の影を見失わないように、私たちは静かに蹤《つ》いて行きたいのである。

　ものがたりの初めを、いろんな風のたよりで汚してしまったけれど、私たちは、なお、薬に就いて何程かのたよりを耳にした。聞くところによれば、私たちのものがたりの女主人は、褐色の粉薬の常用者だという。この粉薬の色については、説がまちまちで、私たちはどれを採用していいか解らないのである。褐色でなくて黄色っぽい薬だともいうし、白い細かい結晶体とも聞いた。褐色にみえるのは罎の色で、だから中味は劇薬にちがいないともいうし、黄色っぽくみえるのは柔軟オブラアトの色だという風説もあった。所詮こんな問題は、煩瑣なものごとをつかさどる神様に預けておくほか仕方もないであろう。ただ私たちは地上の人の子として、薬の色などを受持たれる神の神経が弥《いよ》よ細かに、そして総ゆる感官のはたらきも豊かでいて下さるよう願うのみである。

色はどうにもあれ、私たちの女主人は、一種の粉薬の常用者であった。これは争う余地もない事実であった。けれどその利き目について、私たちは確かな報道をすることが出来ないようである。私たちのものがたりの女主人が、身のまわりの騒々しい思想のために、つんぼにされているかも知れないことは前にも述べたけれど、彼女は、このつんぼの憂愁から自身を救いだすために、このような粉薬を用いはじめたともいうし、よけいつんぼになるために用い続けているともいう。何にしても、これは精神麻痺剤のたぐいで、悪徳の品にちがいない。健康な良心や、円満なセンスを持つ人々の口にすべき品ではないであろう。

それから私たちは、その粉薬の副作用について、一握の風説をきいた。この粉は、人間の小脳の組織とか、毛細血管とかに作用して、太陽をまぶしがったり、人ごみを厭ったりする性癖を起させるということである。その果てに、この薬の常用者は、しだいに昼間の外出を厭いはじめる。まぶしい太陽が地上にいなくなる時刻になって初めて人間らしい心をとり戻し、そして二階の借部屋を出る。（こんな薬の常用者は、えて二階の借部屋などに住んでいるものだと私たちは聞いた）それから彼等が借部屋を出てからの行先について、私たちは悪徳に満ちたことがらを聞いた。こんな粉薬の中毒人種は、何でも、手を出せば摑み当てれるような空気を摑もうとはしないで、何処か遠い杳《はる》かな空気を摑もうと願望したり、身のまわりに在るところの生きて動いている世界をば彼等の身勝手な意味づけから恐れたり、煙たがったり、はては軽蔑したり、ついに、映画館の幕の上や図書館の机の上の世界の方が住み心地が宜しいと考えはじめるということだ。薬品のせいとはいえ、これは何という悪い副作用であろう。この噂をはじめて耳にしたとき、私たちは、つくづくと溜息を一つ吐いて、そして呟いたことであった。この粉薬は、どう考えても、悪魔の発明した品にちがいない。人の世に生れて人の世を軽蔑したり煙たがるとは、何という冒瀆、何という僭上の沙汰であろう。彼等常用者どもがいつまでも悪魔の発明品をよさないならば、いまに地球のまんなかから大きい鞭が生えて、彼等の心臓を引っぱたくにちがいない。何はともあれ、私たちは、せめてこのものがたりの女主人ひとりだけでも、この粉薬の溺愛から救いださなければならない。

けれどそのような願いにも拘らず、私たちはその後彼女に逢うこともなくて過ぎた。するとと彼女は、このごろ、よほど大きい目的でもある様子で、せっせと図書館通いを始めてしまったのである。

さて私たちは、途上の噂ばなしなどを意味もなく並べて、よほど時間を取ってしまった。けれど人々はそれ等の話によって私たちのものがたりの女主人を、一人の背徳の女と決めてしまわれなくても好いであろう。何故といえば、私たちが並べた事々は、みな途上の風のたよりである。ただ私たちはものがたりを最初に戻して、この女主人は、あれこれの原因から、名前をあかしてもあかさなくてもの生きものであった。

時は五月である。原っぱの片隅に一群れの桐の花が咲いて、雨が降ると、桐の花の匂いはこおろぎ嬢の住いにまで響いてきた。こおろぎ嬢の住いは二階の借部屋で、三坪の広さを持っていた。障子のそとの濡縁はもうよほど木が古びていて、部屋の女あるじが静かに歩いても、きゅう、きゅう、きゅうと啼く。

今日は丁度あつらえむきの雨で太陽もさほど眩しくはなかったので、こおろぎ嬢は昼間から図書館へ出掛けることにした。ざっと一時間前にとやかく身支度をして、空模様について考えているあいだに、私たちのこおろぎ嬢は、何となくうつらうつら睡くなって来たので、机の下に足をのばし、頭の下には幾冊かの雑誌を台にして、丁度有りあわせの枕の上で嬢は一時間の仮睡を取ったところであった。そして眼がさめてみると、都合よく雨の音がはじまっていて、身辺には桐の花の匂いがひと頃よりは幾らか白っぽく褪せ漂っていたわけである。それで、外套だけ羽織れば身支度が終った。こおろぎ嬢の外套はそう新らしい品ではなくて、丁度桐の花の草臥れているほどに草臥れていたのである。左のポケットには、これは外套よりもひとしお時を経た小型の手鞄。右のポケットからは四折りにした分厚な洋服の端がはみ出していた。こおろぎ嬢の様子は略こんなありさまで、あまりくっきりと新鮮な風采ではなかった。そして外套の中の嬢自身も、私たちの眼には、やはり外套とおなじほどの新鮮さに見えた。

雨降りの原っぱに出る。桐の匂いが、こおろぎ嬢の雨傘の裡いっぱいに入ってきた。これは仕方もないことである。この原っぱでは、このごろ、空気のあるかぎり桐の花の匂いもあった次第である。けれどこおろぎ嬢は、此処の空気をあまり歓ばない様子であった。嬢は、鼻孔の奥から、せっかちな鼻息を二つ三つ、続けさまに大気のなかに還した。しかしこおろぎ嬢がこの原っぱを出ないかぎり、吸う息も吸う息も、みな草臥れた桐の花の匂いがした。それでこおろぎ嬢は知らず知らず左手で左のポケットの手鞄をつかみ当てつつ鼻息の運動を幾たびかくり返した。

雨の降る原っぱを行きながらこおろぎ嬢が桐の花の匂いを拒んだわけに就いて、私たちは幾らか説明しようと思う。私たちの知るかぎり、桐の花というものは昔から折々情感派などの詩人のペンにも止ったほどの花で、その芳香を拒んだりするのは、よほど罰あたりな態度と思うのである。とはいえ、いまこおろぎ嬢の身のまわりを罩めている桐の匂いは、もはや散りぎわに近く、疲れ、草臥れ、そしてもはや神経病にかかっているのは争われない事実であった。そしてこおろぎ嬢の方でも、悪魔の粉薬ののみすぎによって、このごろ多少重い神経病にかかってしまった。

話はいくらか飛ぶけれど、私たちは曾つて分裂心理病院という病院の一医員幸田当八氏を知っていた。幸田当八氏は、曾つて、分裂心理研究に熱心するあまり、ひと抱えの戯曲全集とノオト一冊を持って各地遍歴の旅に発ち、そして到着さきの一人の若い女の子に、とても烈しい恋の戯曲をいくつでも朗読させ、その発音やら心理変化のありさまをノオトに取るなど、神秘の神に多少の冒瀆をはたらいてきた医者であった。当八氏のノオトについて、私たちは愛すべき一握の話題を持っているけれど、それは別の日に残しておいて、私たちはいま、図書館へ向けて雨のなかを歩いているこおろぎ嬢の一つの心理を説くために、曾つての旅で幸田当八氏が発見した学説の片れ端《きはし》を思い浮べたいのである。五月の原っぱは一面の糠雨。季節に疲れた桐の匂い。そしてこおろぎ嬢の色あせた春の外套は、借部屋を出て二分あまり、すでにいちめん湿っぽかった。人間の後姿というものは、時に、見るものの心を湿っぽくするものらしい。いま、五月の原っぱの情景に、私たちはしぜんと吐息を一つ洩らしてしまったのである。こおろぎ嬢の風姿は、それはあまり春の光景にふさわしいものではなかった。嬢の後姿を包んでいるものは、一枚の春の外套であるとはいえ、もはや色あせて、秋の外套の呼名にふさわしい色あいであった。そして私たちは、こおろぎ嬢の風姿をいっそ秋風の中に置きたいと思ったことである。さて幸田当八氏の学説は、おおよそ次のようなものであった。――人間が薬品の副作用とか心の重荷などによってひとたび脳神経の秩序をこわしてしまうと、彼は夏の太陽のごとき強烈なものから頻りに逃避しようとする。同時に彼は、凋落に近い花の芳香のごとき繊弱なものをも拒むようになる。これは罹病者の体質に由来する心理的必然であって、敢て余等分裂心理学徒の牽強附会ではないのである！　もしこの罹病者が太陽の光線の強い季節に於て外出の必要に迫られたらば、彼は昼間の外出を夜に延ばし、または窓をとざした部屋に籠居して、雨の降る日まで幾日でも待つであろう。また晩春の桐の花の下などを通らなければならないときは、彼はしきりに鼻孔を鳴らし、性急な鼻息を以って神経病に罹っている桐の芳香を体内に入れないようにするであろう。これを要するに、神経病者は神経病者を拒否するものである。これは同族者への哀感を未然に防ぐためであって、彼と桐の花とは、たとい人類と植物との差ありとはいえ、ひとしく神経病に侵されている廉をもって同族者である云云。朧ろな記憶力のために私たちは幸田当八氏の学説を曲げたかも知れないけれど、こおろぎ嬢が桐の匂いを吸わないように努めたのは、丁度以上のような心理からであった。そして嬢は桐のそばを通り抜け、停車場から図書館へ運ばれた。

私たちは、ごく小さい声で打明けることにしよう。悪魔の製剤の命ずるままに、私たちのものがたりの女主人は、このごろ一つの恋をしていたのである。この恋情のはじまりを私たちは何と説明したらいいのであろう。これはなかなか迂遠な恋であった。

一日、こおろぎ嬢は、ふとしたことから次のような一篇のものがたりを発見した。

「むかし、男女、いとかしこく思いかわして、ことごころなかりけり」

という古風な書出しで、一人の変な詩人の恋愛ざたを述べたものであった。詩人は名をうぃりあむ・しゃあぷ氏といって、ふとした心のはずみから、時の女詩人ふぃおな・まくろおど嬢に想いを懸けてしまった。二人の恋仲は、人の世のあらゆる恋仲にも増して、こころこまやかなものであった。そしていろいろ、こころをこめた艶書のやりとり、はては詩のやりとりもあったという。私たちの国のならいにしたがえば、たぶん

君により思ひ習ひぬ世の中の
　人はこれをや恋といふらむ

かへし

習はねば世の人ごとに何をかも
　恋とはいふと問ひし我しも

などの歌にも似た詩のやりとりがあったのであろう。

けれどここに一つの神秘は、世の人々が、ついぞ、まくろおど嬢のすがたを見かけなかったことである。それ故まくろおど嬢は、時の世の人々にとっては、何となく空気のようにも思える女詩人であった。嬢は、人に知られない何処かの片隅に生きていて、白っぽいみすてり派の詩というのを書いていたという。時として、まくろおど嬢は、わが思う人しゃあぷ氏のもとに滞在して、幾日かの時を送ることがあった。けれどまくろおど嬢は、此処で、どんな様子の時間をすごしているのであろう。嬢はただ、詩を書くのみで、ついぞ風姿に接することのできない神秘の詩人であった。そこで、しゃあぷ氏は折々知人などから抗議を申込まれたのである。彼等は、みすてり派などというものを地上に許さぬともがらで、氏に口説いていうには「ふぃおな・まくろおど嬢は、よほどみめ美しくけざやかな女詩人におわすという。しかるに貴殿は、余等友人に対しまるでやぶさかである。まくろおど嬢を一度たりとも余等にひきあわしたことがない。今日こそ余等は嬢の風姿に接するつもりである。この望みのとどくまで、余等は何時間でも待つことにしよう」

これを聞いたうぃりあむ・しゃあぷ氏は、よほど額を曇らせ、対手の顔を見もやらないで呟いた。氏自ら何を言っているのかを知らないありさまで、とぎれとぎれ、晩秋の芭蕉のような呟きであった。「ああ、懶きのぞみを聞くものかな。まくろおどは、もう、旅に行ってしまった。嬢は、もはや、余の身近にいない。昨日夕方のことであった、おお、余は、なにゆえともなく放心して、時を、時間の長さを、忘れかかっているけれど、たぶん昨日の晩景のことであった。ふぃおなと余は、寄り添うて、ああ、たがいに寄り添うて、大空の恒星を見ていた。すこし離れて、遊星は……」

「しゃあぷ氏！」と来客はついにたしなめたのである。「余等の望むところは地上のことがらである。天文の事ではないのである。恒星！　そして遊星！　何ということだこれは。空っとぼけとはこの事にちがいない。だから恋をしている人間はだらしなく、そして抜け目がないというんだ。おのろけを半分だけ言って、あとは天文の事に逃げてしまう。しゃあぷ氏！　たがいに寄り添うて、そして貴殿は……」

そこでしゃあぷ氏は答えた。こんな種類の来客というものは、所詮接吻のこと寝台

のことを語らなければ納らないものである。うぃりあむ・しゃあぷ氏は、吐息とともに、

「むろん、接吻はした。さはれ、余とふぃおなに、接吻が何であろう。

余が遊星を見ていた折、ああ、余のふぃおなは、余の心臓より抜けいだし、行方もわからず……」

「おお、懶きのろけを聞くものかな。余等は泡だち返す一盞のしとろんと、団扇を欲しくなってしまった。団扇は、東洋の七輪など煽ぐ渋団扇。なるたけ大きいのを持って来てくれ。余等は聞いたことがある。この品はよほど渋面作った色を呈し、のろけを聞かされた耳に、一脈の涼風を送ってくれるということだ」

しゃあぷ氏はついに黙っていた。客はなおもまくろおど嬢を引きあわせろと言って、余等の鼻は佳人に対してこよなく敏感である、嬢は余等と九尺とは離れないところに居るにちがいない、おおこの香気！　まくろおど嬢は隣室にいて、化粧にうきみをやつしている！　これはおお、つたんかあめん時代より、てんめんとして人の世に伝わる何とかの香料である！　それが佳人の肌の香と複合するときは、余等伊達男を悩殺してしまう！　しゃあぷ氏！　まくろおど嬢を化粧部屋から伴れだせ！　などと叫んだのである。しゃあぷ氏はついに黙っていた。

かくて、うぃりあむ・しゃあぷと、ふぃおな・まくろおどとの間に、幾多の年月が

ながれた。年月のあいだ、人々は、ついに、まくろおど嬢の風姿をみることはなかった。そしてついに、しゃあぷの歿《みま》かって幾らかの月日がたったのち、人々は知った。ふぃおな・まくろおど嬢は、よき人うぃりあむ・しゃあぷと同じ日同じ刻に、悠久の神の領土に召されたのである。しかもうぃりあむとおなじ床、おなじ病いによって召された。ただ、人々の眼にふれたなきがらは一つだけであった。男性うぃりあむ・しゃあぷの骸ひとつ。

さて私たちは、この古風なものがたりを読んでいたこおろぎ嬢の許に還らなければならない。この古風な一篇を読み進んだこおろぎ嬢は、身うちを秋風の吹きぬける心地であった。このような心地は、いつも、こおろぎ嬢が、深くものごとに打たれたとき身内を吹きぬける感じであって、これは心理作用の一つであるか、それとも一種の感覚か、それを私たちははっきり知らないのである。そして秋風の吹きぬけたのちは、もはや、こおろぎ嬢は恋に陥っている習いであった。対手はいつも、身うちに秋風を吹きおくったもの、こと、そして人であった。

ふとした頭のはずみから、私たちは恋というものの限界をたいへん広くしてしまったようである。とまれそんな順序にしたがって、私たちの女主人は異国の詩人に恋をしてしまった。

話が前後したけれど、この古風なものがたりは次のような結びで終っていた。ひとつの骸で両つのたましいが消えていった。これは世のつねならぬ死であった。けれどその細かいいわれを誰が知ろう。人々は、地上に生れて大空に心をよせた詩人うぃりあむ・しゃあぷのなきがらを葬ったのみである。（彼もまた、よき人ふぃおな・まくろおど嬢とおなじにみすてりの詩人で、太陽のあゆみや遊星のあそびに詩魂を托したという）葬りつつ、幾人かの人はひそかに思った――まくろおど嬢は、何処の土地で、うぃりあむの死を歎いているであろう、と。また腰のぽけっとにいつもふらんすのはむを、はみ出すばかり詰め込んでいる紳士どもは、野辺おくりの行列で一入肥満してしまい、心中憚りのない大声で思ったことである――これは、どうも、年中雲だの霞だの呟いてたしゃあぷ氏も、ついに天上してしまった！　蒼ざめた魂め、まるで故郷に還ったつもりでいるだろう！　月だ星だ太陽の通り路だ無限悠久久遠惝怳！　何ということだこれは！　摑みどころのない物ばかし並べてやがる！　だから、たましいは風とともに歩みて涯しなき空を行き、という事にもなるんだ！　まるで世迷言ではないか！　ところで、この葬列が着くべき所に着いた時、余等は太った方の紳士を代表して、しゃあぷ氏の霊に一片の弔辞を捧げることになっている！　何という矛盾だ、これは！　もうじき葬送の行列は着くべき所に着くんだぞ！　仕方がない！　余等は日頃の大声をいくらか湿っぽくして、

会葬の紳士淑女諸君！

うぃりあむ・しゃあぷ氏は
気体詩人でありました！
氏は栄ある生涯に於て
三冊、或は七冊の詩集を書かれたといいますが、
それはみな
抽象名詞の羅列による高貴な思想であります！

と言っておくことにしよう！　次はふぃおな・まくろおど嬢のこと！　おお、まくろおど嬢！　余等は、しゃあぷの吝嗇のため、ついぞ嬢の眉に触れることなく過してしまった！　しゃあぷのやつ、いつも言を左右に托して、まくろおど嬢を一度も余等に引きあわせないでしまった！　何というやきもちだ！　まくろおど嬢！　今こそ貴嬢は、しゃあぷのやきもちから解き放たれ、のうのうと何処かの土地で欠伸していることだろう！　とかく、女というものは、よき人を失った翌日から、すでに御飯を食べるものだ！　これは余等が千の女を体験して樹てた久遠の哲理である！　眼には泪を流しながら、口にはすでに新しい皿の御飯を食べている奴さ！　余等のまくろおど嬢は、おお、何処の土地で新しい皿を待っているのであろう！　ああ、余等の鼻には、またも、つたんかあめんの香料が匂って来た！　余等は草を分けても嬢の姿を探しだし、そして！　床まきの香料はどれにしたものか、余等は、もう選択に迷ってしま

う！　女という生物はみんな体質によって肌の香を異にしているものだからな！　ああ！　余等は、しゃあぷの謂れないやきもちによって、まくろおど嬢の肌の香をまだ知らないのである！　これほどのやきもちが二人とあるか！　何にしても余等は草を分けてもまくろおど嬢を探しださなければならぬ！　嬢は詩の上では、しゃあぷと同じように雲や霧のことばかり言ってるけれど、しかし草を分けても探しだしてみれば、意外の肉体を持っているかも知れないぞ！　噂によれば、しゃあぷに宛てた艶書の中には、彼女の詩境とはまるで反対に、随分烈しいやつもあるという！　まことにさもあるべき事だ！　まくろおど嬢は必定雲や霧のような柳腰の女ではないであろう！　このごろ東洋の何とかいう所に変な病院が建てられたということだ！　其処の一医員幸田当八の報告によれば、柳腰の女が却って脂肪に富んだ詩を書いたり、腰の太い女が煙のような詩を書くという！　何とすばらしい説であろう！　余等はいよいよ草を分けてもまくろおど嬢のからだを探しださなければならない！

かくて、静かな葬列は、いろんな思いをのせ、着くべきところへ向って流れたのである。けれど人々は、ふぃおな・まくろおどの居場所について皆思い誤っていた。嬢はいま、人に知られぬ処、うぃりあむ・しゃあぷの骸のなかに、肉身を備えない今一人の死者として横わり、人知れぬ葬送を受けていたのである。ふぃおな・まくろおどは、まったく幻の女詩人であった。詩人しゃあぷの分心によって作られた肉体のない女詩人。それゆえ嬢は、よき人しゃあぷとともに地上から消えた。けれど生世のうち、二人の艶書のやりとりは、それは間ちがいのない事実であった。分心詩人うぃりあむ・しゃあぷの心が男のときはしゃあぷのペンを取ってよき人まくろおどへの艶書をかき、詩人の心が一人の女となったとき、まくろおどのペンを取ってよき人しゃあぷへ艶書したのである。かかるやりとりについては、今後時を経て、「どっぺるげんげる」など難かしい呼名のもとにしゃあぷの魂をあばく心理医者も現われるであろう。また、ふとして、東洋の屋根部屋に住む一人の儚い女詩人が、彼女の儚い詩境のために、異国、水晶の女詩人を、粗末なペンにかけぬとも言えないのである。心理医者、そして詩人。何という冒瀆人種であろう。いつの世にも、彼等は、えろすとみゅうずの神の領土に、まいなすのみを加える者どもである。彼等が動けば動くだけ、うぃりあむ・しゃあぷの住んでいたみすてりの世界は崩されるであろう。

——こおろぎ嬢の読んだ古風なものがたりはこれでおしまいであった。

図書館は、普通街路からいくらか大空に近い山の上にある。全身灰色を帯びていた。この建物の風丰は、こおろぎ嬢にとって気まぐれな七面鳥であった。陽が照ると取り澄ました明色の象牙の塔となり、雨が降ると親しみ深い暗色に変った。雨で暗色した灰色は、粉薬で疲れた頭をも、そう烈しくは打たないものである。

とはいえ、こおろぎ嬢の心を捕えてしまったうぃりあむ・しゃあぷ氏は、図書館の建物の中で、何と影の薄い詩人であった。幾日かの調べに拘らず、こおろぎ嬢のノオトは、いっこう、豊富にはならないのである。そしてこおろぎ嬢は深い悲歎に暮れ、ノオトの空地空地に心を去来するいろんな雲の片はしを書いてみたり、尨大な文学史を読み進むことを止めて（何故なら、文学史の図体が大きければ大きいほど、その作者は、こおろぎ嬢の探し求めている詩人に、指一本染めていなかった。これはこおろぎ嬢の悲しい発見であった）文学史家のセンスについて考え込み、そして私たちのものがたりの女主人は、植物ほどに黙り込んだ、効果ない時間殺しをしてしまう。これは地球上誰の役にも立たない行いであった。

しゃあぷ氏に関するこおろぎ嬢のノオトは、前にも述べた訳から大変貧弱であった。そしてついに、こおろぎ嬢の手にした幾冊目かの文学史には、嬢の哀愁にあたいする一つの序文がついていたのである。

「なお最後に断っておかなければならないことは、この出版書肆の主人は、一種気高い思想を持っていて、健康でない文学、神経病に罹っている文学等の文献は、一行たりとも出版しないことを吾人に告げた。それで吾人は用意した原稿の中から主人の嫌悪に値いする二三の詩人を除かなければならなかった。吾人は此処に割愛された詩人の名前だけを挙げて、心やりとするものである。順序不同、『考える葦のグルウプ』

三氏、『黄色い神経派』中の数氏、『コカイン後期派』全氏。おすか・わいるど氏は背徳行為の故をもって。うぃりあむ・しゃあぷ氏は折にふれ女に化けこみ、世の人々を惑わしたかどにより」

こんな序文がこおろぎ嬢にとって何の役に立つであろう。頭痛がひどくなっただけであった。人間とは、悲んだり落胆したりするとき、日頃の病処が一段と重るものであろう。それ故に、嬢は踰跟と閲覧室を出て、地下室の薄暗い空気の中に行かなければならなかった。

踏幅の狭い石段を下りると右の廊下に出る。右は売店二三戸の地下室内の街。左に進むと、からだは自然と婦人食堂へはいる。此処は、食事時のほかはいつもひっそりしていて、薄暗い空気が動かずにいた。そしてこおろぎ嬢のためには粉薬用の白湯も備えてあったわけである。白湯は大きい湯わかしからこんこんと湧いて出た。窓の薄あかりにすかして、これは灰色を帯びた白湯であった。そしてこおろぎ嬢は古鞄の粉薬を服用したのである。人々は見られたであろう。この室内の空気はまことに古ぼけたものであった。また地下室の庭には、窓硝子の向うに五月の糠雨が降っている。こんな時、人類とは、大きい声で歌をどなるとか、会話をするとか、或はパンを喰べたくなるものだ。私たちのものがたりの女主人は、日頃借部屋の住いの経験から、このような人類の心境をよく知っている。それでこおろぎ嬢は、いま、せめてパンを喰べてみようと思った。丁度この時であった。地下室の片隅から、鉛筆をけずる音が起ったのである。地下室の一隅のもっとも薄暗い中に一人の先客がいた。そしてこおろぎ嬢は、もはや疑うところもなく、先方を産婆学の暗記者と信じてしまったのである。これはこおろぎ嬢にとって丁度いい話対手であった。しかし先方では、いっこうこおろぎ嬢の挨拶を受ける様子はなくて、無闇と勉強をつづけていたのみである。嬢がよほど長いあいだ先方を知らなかった以上に、先方はまだ此方に気づかない有様であった。これは何ということであろう。仕方もないのでこおろぎ嬢は食堂を出てパン屋に行った。

「ねじパンを一本」

会話を忘れかかったこおろぎ嬢の咽喉が、無愛想な音を吐いてしまった。パン屋の店の女の子は多少呆れた様子でこおろぎ嬢を見上げ、それからパンの袋を渡した。

食堂でねじパン半本を喰べるあいだ、私たちは、こおろぎ嬢の心の色あいについて言うべき事もなかった。嬢はただパンに没頭していたのである。そして先刻以来文学史の序文によってひどく打ちつけられている事実をも忘れている様子であった。パンがそれだけ済んだ頃、こおろぎ嬢の喰べかたは非常にのろくなって、そして、チョコレエトのあんこを無精に舐めながら、向うの片隅の対手に向って声は出さない会話を話しかけたのである。

「あのう、産婆学って、やはり、とても、難かしいものですか」

しかし対手は限りなく暗記物の上に俯向いていて、いつまでも同じポオズであった。こおろぎ嬢は、食卓二つを隔てた対手の薄暗い額に向って、もう一つだけ声を使わない会話を送った。「御勉強なさい未亡人（この黒っぽい痩せた対手に向って、こおろぎ嬢はこの他の呼び方を知らなかった）この秋ごろには、あなたはもう一人の産婆さんになっていらっしゃいますように。そして暁けがたのこおろぎを踏んで、あなたの開業は毎朝繁盛しますように。こおろぎのことなんか発音したら、あなたはたぶん嗤われるでしょう。でも、私は、小さい声であなたに告白したいんです。私は、ねんじゅう、こおろぎなんかのことが気にかかりました。それ故、私は、年中何の役にも立たない事ばかし考えてしまいました。でも、こんな考えにだって、やはり、パンは要るんです。それ故、私は、年中電報で阿母を驚かさなければなりません。手紙や端書は面映ゆくて面倒臭いんです。阿母は田舎に住んでいます。未亡人、あなたにもお母さんがおありになりますか。ああ、百年も生きて下さいますように。でも、未亡人、母親って、いつの世にも、あまり好い役割りではないようですわね。娘が頭の病気をすれば、阿母は何倍も心の病気に憑かれてしまうんです。おお、ふぃおな・まくろおど！　あなたは、女詩人として生きていらした間に、科学者に向って、一つの注文を出したいと思ったことはありませんか――霞を吸って人のいのちをつなぐ方法。私は年中それを願っています。でも、あまり度々パン！　パン！　パン！　て騒ぎたかないんです」

地下室食堂はもう夕方であった。

# 地下室アントンの一夜

（幸田当八各地遍歴のノオトより）

心愉しくして苦がき詩を求め、心苦がければ愉しき夢を追う。これ求反性分裂心理なり。

（土田九作詩稿「天上、地上、地下について」より）

空には、太陽、月、その軌道などを他にして、なお雲がある。雨のみなもともその中に在るであろう。層雲とは、時として人間の心を侘しくするものだが、それはすこしも層雲の罪ではない。罪は、層雲のひだの中にまで悲哀のたねを発見しようとする人間どもの心の方に在るであろう。

太陽、月、その軌道、雲などからすこし降って火葬場の煙がある。そして、北風。南風。夜になると、火葬場の煙突の背後は、ただちに星につらなっている。あいだに何等ごみごみしたものなく、ただちに星に続いておる地球とは、よほど変なところだ。肉眼を水平から少しだけ上に向けると、もういろんな五味はなくなっている所だ。北風が吹くと火葬場の煙は南に吹きとばされ、南風の夕方は、煙は北へ向ってぼんやりと移る。これは煙のぐずぐず歩きみたいなものだ。まるでのろくさとしていて、その速度は僕のペンの速度に似ている。北風の日は頭がいくらか冴え、南風の日は冴えるということがない。頭の内壁のあちこちで、限りなく、鈍い耳鳴りが呟いているだけだ。何という愚劣な頭だろう。南風が吹きはじめると、幾度でも左右に振ってみなければならない。小刻みに四つばかり震動さしてみて、漸く肩の上に頭の在ることが解る。

空には略右のような品々が点在していた。しかし、それ等の点在物は決して打《ぶ》つかり合わなかった。打つかり合うのは、其処に人間が加わるからだ。僕の耳鳴りにしても、南風に吹かれる人間の頭が此処に存在するから、それで耳鳴りも起ってくるわけだ。南風だけが静かに空を吹いていたら、頭の内壁の呟きなどは決して起らないであろう。——空の世界はいつも静かであった。

地上は、常に、決して空ほど静かではないようだ。いろんな物事が絶えず打つかり合っている。

地上には、まず僕自身が住んでいる。これは争うことのできない事柄だ。僕が絶えず部屋の中にじっとしているからといって、僕のことを煙のような存在だと思われては困る。僕はときどき頭を振って、僕の頭の在処を確めなければならないが、しかし、今も、僕は、この通り、呼吸をしている。僕の心臓は、ものごとを考え過すと考えごとに狭められて、往々止まる癖はあるが、大抵の時正しい脈搏を刻んでいる。時々、好い詩を書けなくてぼんやり考え込んでいるとき、僕は、机の向うに垂れている日よけ風呂敷に僕の精神を吸い込まれて、風呂敷が僕か、僕が風呂敷か、ちょっと区別に迷うことはあるが、それにしても、じき、僕の心は、一枚の風呂敷から分離して僕自身に還るんだ。非常に確実に還ってくる。この確実さについては、何人も疑う資格はないであろう、動物学者松木氏、その夫人といえども。彼等はつねに僕を曲解していて、正しい理解をしようとはしない。僕は蔭ながらいつも不満に思っている。動物学者は何処まで行っても動物学者であろう。おたまじゃくしは蛙の子であるということしか理解しないであろう。僕は知っている。おたまじゃくしのみなもとは蛙の卵であって、はてしなく、雲とつづいた寒天の住いの中に、黒子のごとく点在している。どの三十ミリメエトルを切りとってみても、その模様は細かいさつま絣の模様にすぎない。何と割切れすぎる世界だ。動物学者の世界とは、所詮割切れすぎてじきマンネリズムに陥る世界にちがいない。とまれ、僕の住いと松木氏の動物学実験室とは、同じ地上に在る二つの部屋であるとはいえ、全然縁故のない二つの部屋だ。僕の室内では、一枚の日よけ風呂敷も、なお一脈のスピリットを持っている。動物学実験室では、おたまじゃくしのスピリットもそれから、試験管の内壁に潜んでいるスピリットも、みんな、次から次と殺して行くじゃないか。僕は悲しくなる。そのくせ、松木氏がスピリットを一つ殺すごとに、氏の著述は一冊ずつ殖えて行くんだ。「桐の花開花期に於ける山羊の食慾状態」「カメレオンの生命に就いて」「獏と夢の関聯」「マンモス・人間・アミイバ」「映画の発散する動物性を解析す」「季節はずれ、木犀の花さく一夜、一罎のおたまじゃくしは、一個の心臓にいかなる変化を与えたか」——ああ、松木氏の動物学の著述の背文字は、あまりに数多くて覚えきれないほどだ。氏は著述が一冊殖えるごとに、実験室の壁際に一冊ずつ積み上げることにしている。その堆積はいまに天井に届くであろう。そして僕には一冊の詩集もないのだ。これは何と大きい問題であろう。寧ろ矛盾だ。僕は幾冊かの肉筆詩集のほかに、詩集というものを持たないのだ。

肉筆詩集とは何であろう。それは世の中に一冊しか存在することのない詩集のことだ。一冊しか存在しない故に、読者はつねに一人だ。そして、作者と読者とは、つねに同一人である。

肉筆詩集の上には、つねに作者の住いのほこりが積り、そのペエジには、往々にして、一人しかいない読者の吐息が吐きかけられるものだ。この吐息の色は、神様だけが御存じの色である。

松木氏の著書のうち、一つだけ僕の方になる分がある。「季節はずれ、木犀の花さく一夜云々」という一冊だ。何という長い背文字であろう。

「季節はずれ
木犀の花さく一夜
一鐔のおたまじゃくしは
一個の心臓にいかなる変化を与えたか」

この標題を読んだとき、僕は、動物学者松木氏を、一人の抒情詩人と間ちがいそうであった。しかし、僕は、曾つて松木氏の著述の中味を読んだことがないので（何故といえば、氏は万物からことごとくスピリットを除きあとの残骸を試験管で煮つけたり、匙で掬ったり、はかりに掛けたりするからだ。こうして出来上ったのが氏の幾十冊の著述だからだ。そんな書物を読むよりは、動物学者によって取除けられた無数のスピリットの行方について僕は考えなければならないのだ）だから、僕は、松木氏の動物学の一ペエジをも読まなかったので、桐の花の開花期に、山羊がどんな食欲を起したかを知らなかった。変色動物のカメレオンが、この世に幾年の生命を保つかをも。

しかし、どうも、僕の考えは、あちこち道よりをしそうで困る。人間とは、一つの告白をしようと思うとき、ぶつぶつ他のことを呟いている生物だ。まるで厄介だ。要するに僕は松木氏著「木犀の花さく一夜」一冊について告白を一つすればいいのだ。問題はそれだけのことで、至極簡単なことなんだ。さて、これは、いったい、どうした一夜であろう。動物学者は、まるで、一冊の著の標題でもって、僕の心の境地を言い当てているじゃないか。松木氏は、ふとしたら、動物学者ではなくて、心理透視者じゃないかと思う。あいつは何時も平然とした表情をして、五情なんか備えていませんだ。あいつは何時も平然とした表情をして、五情なんか備えていませんしまうんだ。あいつは何時も平然とした表情をして、五情なんか備えていません顔をしている。あんなやつこそ、地震がやって来ても、脈搏の数の変らない人種なんだ。不死鳥の心臓なんだ。思っただけで僕の脈搏は速くなってしまう。僕は、七度生れ変って来ても、松木氏ほどの心臓は得られないであろう。おお、松木氏！　僕はもう隠しません。あなたに隠していると、僕は、だんだん、心臓を締めつけられて、苦しくなって来るんです。一分ごとに。おお、一秒ごとに。松木氏！　僕はあなたに告白します。僕の心理は、あなたが著書の標題で言い当てられたとおりです。間ちがいもなく、季節はずれ、木犀の花さく一夜、一鑵のおたまじゃくしは、僕の心臓に変化を与えてしまいました。じつはこうなんです。そのころ、僕は、おたまじゃくしの詩を一篇書きたいと願望していました。切に願望していました。梅雨空から夏、夏から秋にかけて、僕は、二階の借部屋で、おたまじゃくしのことばかし考え込んでしまいました。おたまじゃくしは、桐の花の咲くころ地上に発生します。地上に発生するころは、空は梅雨空です。天上も地上もこめて、いちめんに灰色で、頭のはたらきまでが鈍角です。こんな季節に、人間は、ナイフにしようか、結晶体にしようか、瓦斯にしようか、うんと頑固な麻縄にしようかと考えるものです。しかし、べつに、そんな道具を手許に買い集めるわけではありません。そのうち夏が来て、僕の窓からは、西日が憚りなく侵入しました。身辺があまりに暑くなると、人間は、暫くのあいだ死ぬ考えを止します。止しても、おたまじゃくしの詩作が出来上るわけではありません。そして秋を迎えました。

木犀の花は秋に咲いて、人間を涼しい厭世に引き入れます。咽喉の奥が涼しくなる厭世です。おたまじゃくしの詩を書かしてくれそうな風が吹きます。火葬場の煙は、むろん北風に吹きとばされて南に飛びます。このような一夜、丁度僕がおたまじゃくしの詩を書こうとしていた時、松木氏から人工孵化のおたまじゃくしが届いたんです。使者は、おばあさんの家の孫娘小野町子でした。

松木氏、この一夜にあなたのされたことは、悉く失敗に終りました。おたまじゃくしの詩を書こうとするとき実物のおたまじゃくしを見ると、詩なんか書けなくなってしまうんです。小野町子が季節はずれの動物を僕の机の上に置くと同時に、僕はもう、おたまじゃくしの詩が書けなくなってしまいました。僕は大きい声で告白しなければなりません。僕は実験派ってやつではないのです。僕はほかのものです。僕は、恋をしていると恋の詩が書けないで、恋をしていないときに、かえってすばらしい恋の詩が書けるんです。僕を一人の抒情詩人にしようと思われたら、僕の住いに女の子の使者なんかよこさないで下さい。それにも拘らず、松木氏は、僕の住いにひどく鬱ぎこんだ一人の女の子をよこしてしまわれました。そこで僕はおたまじゃくしの詩作を断念し、かえって恋に打《ぶ》つかってしまったんです。おお、松木氏、これは何という始末でしょう。

おたまじゃくしの使者小野町子は、ひと目見て失恋者でした。失恋者の溜息とは、ごく微かなものです。微かな故に僕の心情を囚えはじめました。囚えはじめた故に、僕は、女の子を幾度でも薬局に使いにやりました。丁度僕の抽斗には、僕の日用薬品が次から次と切れていたのです。僕は、僕の方で恋をしかかっている女の子に側にいられることを好みません。側にいられればいられるだけ、ほんとの恋がはじまってしまうからです。はじまってしまったら、僕は、恋の詩が書けなくなるからです。

松木氏、僕は、いま、少し疲れました。告白などした後というものは、疲れて侘しいものです。先きを急いでしまいましょう。小野町子は、幾度でも薬局に出かけました。薬を買って僕の住いに帰って来ては、幾つかの溜息を吐きました。失恋している女の子とは、片っぽだけ残った手袋のようなものです。身近かに、こんな様子の女の子にいられると……しかし、女の子の方では、彼女の側にそんな奴がいるなんて考えても見ないです。考えてもみない女の子に対して僕の為し得たことは、小野町子に詩を一つ書いてやったことでした。「失恋したら風に吹かれろ。風は悲しいこころを洗ってくれるだろう」というような詩を一つ。

小野町子はその詩を八つか十六かに細かく折りたたんで袷のたもとに入れ、それから風の中を帰って行きましたが、この夜の風が町子の失恋を洗い去ってくれたか如何かを僕は知りません。なぜといえば、僕はそれっきり小野町子に逢うこともなかったのです。ただ、僕は、町子のいなくなった室内で、いつまでも町子の置いて行った一罎のおたまじゃくしを眺めていました。小さい動物をいつまでも眺めるのは、人間が恋をはじめた兆候です。秋のおたまじゃくしは、罎の壁を通して、黒ごまみたいに縮んで見えたり、黒い卓子匙ほどに伸びて見えたりしました。そして、縮んだおたまじゃくしも、伸びた分も、一匹残らず片恋をしていました。人間の眼に、小動物も亦五情を備えているように見えだしたら、もうおしまいです。片恋をしているおたまじゃくしを眺めている人間は、彼もまた片恋をはじめてしまった証拠です。これは人間の心臓状態が動物の心臓に働きかける感情移入です。すると動物の心臓状態がまた人間に還って来ます。これは松木氏などの動物学では決して扱わないところの心理界の領分です。嗤いたかったら、何時でもお嗤いなさい。松木氏は、いつか、僕の「鳥は白い」という詩をみてひどく怒られたそうですが、白いものは何処まで行ったって白いです。それあ、人間の肉眼に烏がまっくろな動物として映ることなら、僕は二歳の時から知っています。しかし、人間は何時まで二歳の心でいるもんじゃない。いるのは動物学者だけだ。それから、人間の肉眼というものは、宇宙の中に数かぎりなく在るいろんな眼のうちの、僅か一つの眼にすぎないじゃないか。

ああ、僕は、何となく、出掛けてって松木氏を殴りたくなってしまった。殴ってやりたいな。ポカリとひとつ。そしたら、あの動物学者の眼の角度も、すこしは正しい方に向くかも知れない。そしたら松木氏も「識閾下動物心理学」などという気の利いた動物学をやり始めるかも知れないんだ。そしたら氏も、僕の烏の詩を怒ったり、おたまじゃくしの人工品を届けてよこすなど、よけいなおせっかいをしなくなるであろう。出掛けてって殴りつけて来たいな。鮮かなやつを一つ。拳固というものは、クッキリと一個だけ見舞うのがもっとも効果的だ。そんなやつなら、一個で全然意志が通じるであろう。僕は生れて以来、そんな拳固を一度も経験したことがない。僕の拳固は、いつも僕の心の中に在って、他人の頭上に発したことがないのだ。僕の拳固はいつも観念的な拳固であった。今日は丁度いい機会だから、動物学者を殴りに行くことにしよう。わけはない。階段を十一降りて階下の空家を通過する。二十七分の道のりを歩く。するともう僕のからだは動物学者の家庭に着いているわけだ。痛烈に一個を見舞う。すると動物学者はたちまち僕に啓蒙され、「識閾下動物心理学」の立場を悟るという次第だ。すると、地球には、曾つてなかったすばらしい動物の世界が展開する。象が二重人格で苦んでいる。一対で日本に渡って来つゝある南洋産のあひるが航海中フラウを失って寂寥を感じている。隣りのブルドックを垣間みた球鶏は、ああ、私の中には、どんな祖先の血が流れているのでしょうと呟く。こおろぎは脳疲労にかかってしきりに頭を振りました。処方箋は苦味丁幾茶匙二杯・臭剝おなじく一杯・重炭酸ソオダ・水。すると蜻蛉の方では、此頃ふさぎの虫も治って、喜劇をどっさり書いているという。——僕はどうしても松木氏を殴りに出掛けなければならない。しかし……僕は、やはり、松木夫人のことが不安だ。夫人は年中僕の服装のことを気にする。曾つて僕が、ズボンを少しばかり破いて訪問した時、夫人は僕のズボンが一メエトル半破れていると信じてしまった。僕の身長はメエトルに換算して一メエトル七ほどであらう。松木氏はメエトルに換算して一メエトル六くらいであるにも拘らず、松木夫人は僕から破れたズボンを取上げ、代りに松木氏の冬のズボンを与えて僕を住いに帰した。何という体裁であろう。二十七分の道のりを、僕は、夏の上着に冬のズボン、靴とズボンの間は〇・一五メエトルも隙いていた。不幸な道中であった。僕は道のりを二十分以内に歩いて、僕の住いに逃げ込んだ。のみならず夫人はその後よほど長い間僕のズボンを還してよこさなかった。その幾十日間に、僕は二度外出しなければならなかったが、二度とも僕は昼間の外出を夜にのばしてしまった。そして夏ズボンの修繕が出来たのは晩秋のことであった。

それから松木夫人は、僕が秋の浴衣を着ていたとき、何て古縄に似たものを着てるの虚礼にもほどがあるといって、代りに動物学者のどてらを出してくれた。しかし僕は虚礼で秋の浴衣を着ているのではなかった。動物学者のどてらは横幅が非常にたっぷりしていた。そして僕の浴衣は翌年の夏になって僕の許に還ったのである。とても清潔になって届いた。しかし、こんなかみしもに似た衣服が僕に何を考えさせるというのだ。僕はただ衣服に逃げられているようで、頭の動きは完全に止ってしまった。これは夏の上衣に冬ズボン以上の不幸だ。

松木夫人と僕との関係は以上の通りで、いつもうまく行かないのだ。夫人の嗜好と僕の嗜好とは常に喰いちがっている。夫人と僕とは、地上の約束に於て姉弟であるにも拘らず、動物学者の夫人は僕にとって全く奇蹟のような姉であった。

動物学者を殴りに行くことは僕の運動不足の救いになるし、新らしい動物心理界の開拓にも値いするであろう。それから、僕は、もう一つ思うのだ。松木氏の頭を一つ痛烈にやったはずみに、僕は、小野町子のことを忘れるかも知れない。すると、僕の心臓は、スッキリと、涼しくなるんだ。しかし、いま、何となく僕を引きとめるものがある。これはいったい何だろう。この雲みたいな心のかけらは。

ああ、松木氏は、やはり、恐るべき人間だ。考えれば考えるだけ、あいつは動物学者ではなくて心理透視者だ。何ということなんだこれは、おたまじゃくしの一夜以来僕が女の子に恋をしていることをあいつはすっかり知っているんだ。でなかったら「一鑵のおたまじゃくしは一個の心臓にいかなる変化を」という書物など書くものか。おお、松木氏、その通りです。僕はあの日以来女の子に恋をしています。しかし、恋とは、一本の大きい昆虫針です。針は僕をたたみに張っつけてしまいました。僕の部屋はまるで標本箱です。箱の中で、僕は考えているんです。あの夜の誰かに失恋をして溜息ばかり吐いていた小野町子は、もう失恋から治ったであろうか。それとも

…………

しかし僕はもうよほど疲れたから、その続きを考えることを止そう。考え続けていると、だんだん、女の子が失恋から治っていない気がして来て、おれは悲しくもなるんだ。

地上には、略以上のような事物があった。そこで後にのこっているのは地下の問題だけだ。この問題については、僕は出来るだけ愉しい考察を得たいと思っている。何故なら、何処かの医者も遍歴ノオトとかいう帳面の中で言ったというじゃないか「心愉しくして苦がき詩を求め、心苦がければ愉しき夢を追う」

僕はこの帳面の言葉に賛成なんだ。これは一種のあまのじゃく心理で、難かしい言葉で言えば、求反性分裂心理など称して、しまいには心理病院に入院しなければなら

ない心理状態だということだが、かまうものか、もしその医者が来て、僕に入院を強請したら、僕は何処かの地下室に逃げてやろう。もし捕まった時は言ってやろう、「心理医者くらい勝手なやつはありません。君達が勝手にいろんな心理病を創造するから、それにつれてそんな病人が出来てしまうんです。僕等を入院させる前に、まず君達心理医者が一人残らず入院したら好いでしょう」

ともかく僕は「心苦がければ愉しき夢を追う」という境地には賛成してしまった。僕は小野町子に恋をしている。小野町子は別の誰かに失恋をしている。まるでこみ入った苦がい状態じゃないか。そこで僕は、心理医者の法則にすこしだけ追加を行いたいと思うのだ「地上苦がければ地下に愉しき夢を追う」

そこで地下とは何であろう。

地下電車——生ぬるい空気の中を電車が走っているだけで、一向徹底しない乗物だということだ。こんなものに漫然と乗るのは松木夫妻等にすぎないであろう。

地下水——暗いところを黙って流れている水だという。何となくおれの恋愛境地に似ていて、おれは悲しくなる。

地下室——おお、僕は、心の中で、すばらしい地下室を一つ求めている。うんと爽かな音の扉を持った一室。僕は、地上のすべてを忘れて其処へ降りて行く。むかしアントン・チェホフという医者は、何処かの国の黄昏期に住んでいて、しかし、何時も微笑していたそうだ。僕の地下室の扉は、その医者の表情に似ていてほしい。地下室アントン。僕は出かけることにしよう。動物学者を殴りに行くよりも僕は遥かに幸福だ。

（動物学者松木氏用、当用日記より）

余は此頃豚の鼻に就いて研究している。余の手法は隅から隅まで実証的である。豚の鼻尖《はなさき》と一切のパンの間にスピリットが交流しているなどと考えたことはない。それは、スピリット詩人土田九作輩の高貴な仕事であって余等に拘わりはないのである。手のつけられぬ寝言め。

さて余等の研究に要する資料は、

1　頑丈なる樹木一本（ガッチリと地上に根を張りたる生きた樹木である。いくら豚に引張られても、木の葉一枚揺がすことのない樹木）

2　麻縄一本

3　豚一匹

4　一片のパン

5　ものさし　聴心器　はかり

余は先ず豚の右後脚と樹木を麻縄で以って直線につなぐ。繋がれた動物は非常に懶い態度で苦悩し、樹木と正反対の方向を指して歩み去ろうとする。豚の去ろうとする方向には、丘一個、その上に四本の杉の行列、杉のさきは雲などがある。この時余は聴心器で豚の心臓状態を聴く。余の動物は向うの丘に一方ならぬ郷愁を感じ、且つ繋がれた後脚は非常に自由を欲しているのである。

しかし、余はまだ豚を自由にしてやることが出来ない。すると豚は樹木を中心に渦状を描きつつ後退をはじめる。地上に休む。この時余の動物の心臓状態は案外平静である。豚は後退を悲しまない動物だ。惟うに猪は豚の進化したものであるという進化説は、浪漫科学者の錯覚であって、豚は猪の後退したものであると見る方がより実証的であろう。

ところで、余は、地上に休んでいる豚の鼻先一センチメエトルの地点、草の上に一片のパンを装置する。故に草は青くパンは白い。豚の鼻は色あせたロオズ色。その鼻が、白いパンに向って一直線に伸びて来る——正確に一センチメエトルだけ。用意のものさしは此処に於て非常に有意義である。土田九作は彼の黄いろっぽい思想から、聴心器、ものさし、はかり等の品々を非常に嫌悪している様子であるが、余等実証派はものさし無くして動物学を為し得ないのである。

さて余は、パンの位置を換える。豚の鼻から再び一センチメエトル。鼻は伸びて来る——再び正確に一センチメエトルだけ。

豚の鼻とは、右の性質を備えた物質である。続いて余等ははかりを使ったり、再び聴心器を当てたりして、漸次この研究を完成しつつある。

さて余は、当用日記のペエジに論文の一部のようなものを書いてしまった。これは土田九作が詩を作る時に起しそうな錯誤である。動物の鼻の研究で、余の頭もよほど疲れているようだ。頭を二つ三つ振って見よう。

これからが今日の日記の部分である。

それにしても、今夜は、何処となく非実証的な夜だ。こんな夜は土田九作が頻りに詩を作っているに違いない、困ったものだ。しかし余は、九作が、おたまじゃくしの詩を完成することだけは望んでいる。余は曾つて一罎のおたまじゃくしを土田九作の住いに向って届けた。使者はおばあさんの家の孫娘。目的は、九作に一篇でも、実物に即した詩を書かせるためだ。余は願っている。九作はあれ以来余の家庭にちっとも顔を見せないが、今夜あたり、ふとしたら、すばらしい実証詩が完成するかも知れない。

しかし、今夜はどうも変な夜だ。頻りに九作の住いの方が気になる。余は思い切って出掛けてみることにしよう。

漸く土田九作の住いに着いた。階下は真暗な空家である。妻の話によれば、九作はこの建物の二階だけを独立して借り受けているということだ。階下の住者は絶えず変ったり、絶えず空家になるという。余は今その原因をゆっくり考えている暇がない。

これはおお、何と悲しそうに啜り泣く階段だ。余は曾つて、こんな階段を踏んだことがない。部屋には灯がついていて、幾らか階段にも洩れている。

漸く部屋に着いた。土田九作は不在である。どうも、非常に暗くて不健康な灯だ。余まで何となく神経病に憑かれてしまいそうだ。電気スタンドの笠を取ってしまおう。

机の上に詩の帳面が出しっぱなしにしてある。余は最近の九作の詩境をしらべて見なければならないであろう。

これはおお、何ということだ。土田九作は、余の学説をことごとく否定している。何という世紀末だこれは。実物のおたまじゃくしを見ていては、おたまじゃくしの詩が書けないと書いている。観念の虫め。女の子に恋をしてしまって、恋をしたから接吻が出来ないと書いている。何という植物だ。余を殴りに来ると書いている。噫、余に、こんな思想をどう済度しろというのだ。よろしい、土田九作は、丁度今頃余の家庭に着いて、余を探している頃だ。余はこれから引返して行って、妄想詩人をいやというほど殴りつけてやる。彼の拳固が勝ったら、よろしい、余は九作の予言どおり動物の異常心理研究者になり果てよう。余の拳固が勝ったら、蒼いスピリット詩人は、一撃のもとに実証派に転向だ。これは異常な決闘になりそうだ。

しかし、余は最後まで読んでみることにしよう。この帳面は莫迦らしさに於て魅力がある。

おお、何という軌道のない人種だ。おしまいには地下哲学が出て来て、拳固よりも地下室に逃避した方が幸福だと呟いている。地下室アントン。何となく愉快そうな所だ。余もだんだん地下室に惹きつけられてしまった。出かけて見よう。

（地下室にて）

この室内の一夜には、別に難かしい会話の作法や恋愛心理の法則などはなかった。何故といえば、人々のすでに解って居られるとおり、此処は一人の詩人の心によって築かれた部屋である。私たちは、私かに信じている――心は限りなく広い。それ故、私たちは、この部屋の広さ、壁の色などを一々限りたくはないのである。部屋は程よい広さで、壁は静かな色であった。

この室内に松木氏が着いたとき、心理学徒の幸田当八氏は、丁度長い遍歴の旅から帰って来たかたちで椅子に掛けていた。氏の旅は戯曲全集をたくさん携えたところの研究旅行で、氏は行く先き先きの人間に戯曲を朗読させては帰って来たのである。多分人間の音声や発音の中には、氏等一派の心理学に示唆を与えるものが潜んでいるのであろう。

松木氏も椅子の一つに掛けて、

「好い晩ですな。心理研究の旅は如何でした。いろいろ、風の変ったのがいますか」

幸田氏は携えて帰ったノオトを置いて、

「好い晩です。たいへん愉快な旅でした。僕の遍歴ノオトは非常に豊富です。御研究の方は調子よく行っていますか」

「非常に澱みなく。動物学の前途には涯しない未墾地がつづいています。余は豚の鼻を調べています」

「僕等の方もなかなか多忙らしい。心理病とは、殖える一方のものです。僕のノオトは足りないくらいでした。豚の鼻はどんな作用を持っていますか」

「伸びます。非常に伸びます。此処に土田九作が来たことになっているんですが、まだ着きませんか」

「誰も来ません。豚の鼻はどれくらい伸びますか」

「まず一センチ。九作は僕よりさきに彼の住いを出たことになっていますが」

「途中で道でも迷っているんでしょう。それから」

「それから一センチです。続いて一センチ。土田九作は道に迷うことは、じつに——」

丁度この時地下室の扉がキューンと開いて、それは非常に軽く、爽かに響く音であった。これは土田九作の心もまた爽かなしるしであった。何故ならば此処はもう地下室アントンの領分である。土田九作は、踏幅のひろい階段を、一つ一つ、ゆっくりと踏んで降りた。数は十一段であった。人間とは、自ら非常に哀れな時と、空白なまで心の爽かな時に階段の数を知っている。

土田九作はもう一つあった椅子に掛けて、

「今晩は。僕は、途中、風に吹かれて来ました。あなたですか、小野町子が失恋をしているのは」

幸田氏は答えた。（松木氏は、椅子の背に氏自身の背を靠せかけて、恋愛会話に加わらなかった。代りに煙草を吸いはじめていた。けむりは氏の顔から二尺ばかりをまっすぐに立ちのぼり、それから幸田当八氏の背中の上に流れた。地下室の温度は涼しい）幸田氏は、

「すばらしい晩です。どうでした外の風に吹かれた気もちは。そうです、多分、小野町子が失恋をしているのは僕です」

「僕は、外の風に吹かれて、とても愉快です。いま、僕は、殆んど女の子のことを忘れているくらいです。心臓が背のびしています。久しぶりに菱形になったようだ。幸田氏、それでどうなんです、僕たち三人の形は」

「トライアングルですな。三人のうち、どの二人も組になっていないトライアングル。土田九作、君は今夜住いに帰って、ふたたび詩人になれると思わないか」

「さっきから思っている。心理医者と一夜を送ると、やはり、僕の心臓はほぐれてしまった」

「そうとは限らないね。此処は地下室アントン。その爽やかな一夜なんだ」

# II

# 香りから呼ぶ幻覚

## Sさんの話

この間、オフィスの帰りに、省線の品川で、学生時代の友達に逢いましてね。大いに、旧交を温め、傍々久しぶりに、古巣を覗くつもりで、Mレストランに行ったんです。学生の時、お百度踏んだ店なんですよ。

K、その友達ですがね、文士希望の男で、卒業後もズット、神田の下宿にゴロゴロしているんです。私は学校出ると、山の手に移り、今の所に勤める様になってからは、すっかり足遠くなっていたので、Kはその後の、Mレストランの変遷を、まあ、女給の変遷史ですが、聞せましてね。それから、

「いま素的なモダンが一人いるよ、知的美貌って奴さ。何んでも、女学校を出たんだ

そうだ。丈の延びた中肉の女で、何時でも、グリーンの無地に、臙脂の帯を締めて、正に咲き嬌《おご》った紅牡丹の感じだね、直《ただ》し刺はある。刺を持った牡丹かな、一寸表情に刺があるからな……」

私は、記憶の中を目探って見ても、そうした女給は見当らなかったので、正直の所、好奇心をそそられましたね。

二人は神田駅で省線を下りて、裏神保町を抜け、九段坂の少し手前から右に、Mレストランの路地に這入りました。私は二年ぶりに。

外はまだ明るいが、店には灯が来ていると云う頃で、店の中には、私のよく座った卓子に、女給が三四人寄っていました、がKは、一瞥して直ぐ、横の階段を昇ったので、私も心得て、後から昇りました。

けど、二階にも、それらしい女は居ません。

Kは自信ありげに、その広い部屋を抜けて、廊下に並んだドアの一つを引きました。薄暗い小部屋で、中に、こちらに背を向けて、青い着物に赤い帯を締めた女が腰掛けていました。と云っては、正確のようで、正確な表現じゃないんですよ。

京都辺のお寺の、奥の間の襖に描れた、そして時代に煤けた、唐牡丹の絵と云った方が、あの瞬間の感じをよく、表現していると思いますがね、何んだか、Kの畠に踏み込んだようだな、まあいいや、所でと、その時フワリと匂いを感じました。それが香とか、何んとかの匂いではなくて、至極、現実的な奴でしたよ。温々とした、人肌の匂いでした。

「オイ、お洋さん、お客様お入来だよ」

友達が、女の肩を叩いた時、パッとこの部屋に、電気がつきました。

女は、焦点の定らないような目付で、眩しそうに、彼を、それから私を、見上げました。が、知的どころかボンヤリした表情でした。

……何が刺のある牡丹なものか、眠ったい牡丹じゃないか……

私はがっかりしましたが、待てよ、と顔の道具立を調べると、何うして、なかなかの逸物でしたよ。

色白で、一寸悩んだ眉の、睫毛の沾《うる》んだ切れの長い目で、之じゃ、艶っぽい美人のようですが、鼻と口が、この目の有情《うじょう》を抑えて、知的な、刺を持った感じにしていました。肉薄な鼻でね、通り過ぎる位い筋の通った、それが神経的で。口は両端《はじ》が鋭く切れ込んで、小さく。

それに、もう一つ、髪の感じが手伝っているんです。櫛目の正しい断髪でね、黒い髪がピタリと額を七三に分けて、両耳の辺まで垂れ、之があの、鏝をやけに当てて、ボヤボヤにした、何んて云うかなあ、奔放って云うかなあ、感じの断髪とは、真反対の、静かな冷さを思わせるんです。

と云った具合に、顔立ちは鋭いんだが、どう云うものか、Kの云った表情はかえって鈍いんですよ。

「オイ、お洋さん、何を寝ぼけ顔しているんだい」

「え？」

お洋さんは、全く睡気でも振り落すように、二三度頭を振ってから、

「あら、Kさんなの、私……」

「ガッカリしたわ、ってんなら、ひど過ぎるぜ。お洋さん。一体、何にしていたんだい？　人が這入って来ても、知らん顔で、背中向けて坐ったまま、まるで、達磨大師の九年、日夕只面壁って奴みたいに……」

「オヤ、洋食屋でそんな文句は、有難くありませんよ。お連れさまが、先刻《さっき》から欠伸《あくび》なすってますわね、さっさとお注文でも承りましょうよ」

どうやら、表情に権《けん》が見えて来ました。

成る程、刺のある牡丹。所で、

昨日、ひょっくり其のKがやって来ましてね、又近所に飲みに行ったんですか、紅牡丹のことが、遂《つ》い話題になってね、するとKが、

「此の間、僕達があの部屋に這入って行った時の、紅牡丹は変だったね。一寸だったけど、寝ぼけ面していてさ。僕、あの次ぎの日、又あそこに食べに行ったんだよ。遅くね、あの部屋だったが、其場気分の面白さを、自乗三乗する心算で、あの女のあの時の、面壁のポーズやら、寝ぼけ声を真似て、調戯《からか》ったのさ。すると奴さん、何うしたものか、本音を吐いたんだよ。

君は、ああした女の云う事が、嘘でなければ、小説話の受け売りだとでも云うだろう。けど、あれであの女は、そうまだ、客摺れはしていないよ。話の調子なんか、しおらしい所がある。店に出てから、一年にならないんだからな。

何に！　思召しが深いってかい？

大した事は無かろうぜ。但し君と同じなんだが。

所で、話は面白いんだよ。

君は、眠ったい牡丹だと云ったね、あの時の女の顔をさ。

あの女が、眠ったい牡丹の表情の時は、アブノーマルな心理状態で、僕の云った、刺のある牡丹の表情の時は、ノーマルな心理なんだ、之は、僕が下した判断だがね。

あの女は、幻覚を見るんだよ。この間、二人して這入って行った時は、それだったんだそうだ。何んでも、煙草をのむと見るんでね。それも、自分から仕組んで、幻覚を呼ぶんだそうだ。

勿論、快楽の為めさ、っとは云えないな、慰めなんだからな。で、奴さんは、煙草代が要るのさ。それで、僕にこう云うのよ。白状話をするから買えってね、そしてその話を書いて、有名になれって。と云うのは、自分も小説好きで、よく読むが、この話の種の新しいことは、請け合いだし、筋さえ新しくて面白ければ、受ける世の中だからってね。

僕も、冗談半分に、「よし買った、いくらだ」と云ったら、奴さん案外、真面目な顔してね、「煙草一箱で売ろう」って云うのさ。それから僕も面白く、のせられた気になって、下足番の老爺に買わせたさ。その煙草を、ロードバイロンの五十本入れだったが。

その一箱を卓子の上にのせて、白状話を売られたんだ。

その話と云うのは、そうさなあ、君の前で一つ、お洋さんの云った通りお復習いして見よう。書く前のことでもあるからね。

「私はこれでも、生れは東京なんですよ。けどお育《そだ》ちが、陸奥《みちのく》のM市なんです。四つの時、母さんが亡くなって、私は父さんの実家、M市の材木問屋の伯父さんの所に遣られました。其処で私は、女学校出るまで、厄介になっていました。いや可愛がられていました。私の黄金時代でしたからね。

小供のない伯父さん夫婦には可愛がられる、お祖母さんには、片親欠けた孫だと云って、いとしがられるで。

この話の始りは、其処での事で、五年前、私が女学校の四年生のときです。

小さい時から、お琴を習わせられて居りましたが、お師匠さんは、毎年春に、温習会をするのが例でした。その年は、宣伝の為めに、大会を開きました。

東京から、A検校や、尺八のU氏を招いたりしまして。

当日は、生憎と雨降りでしたが、何の事なく盛会で、かなり広いはずの会場に、人が溢れました。と云って、決して大げさじゃないんですから、素直にお聞きなさいな。

私はその夜、上気《のぼせ》たか何かして、楽屋部屋を出て、廊下の窓に立っていました。

その窓は、二階への階段の蔭で、突き当りの部屋に行く外には、通る用のない廊下の、窓でした。だから、人中を抜けて、ホッと息気づくには、一寸いい窓でした。

何んでも、外はしとしと雨していて、街燈のあかりが、反対《あべこべ》に、外からこの蔭の窓際を、明るくして居たと思います。私の肩から胸の辺までも。

その日の私の扮装《いでたち》は と云うと、紫縮緬の乱菊の裾模様に、金雞だったかの刺繍した若草色の、無地塩瀬の帯を、ふくら雀に結んでいました。伯父さんの所に居た時は、そうした晴着も少しは、持っていましたけどねえ。

で、髪は生れて初めての、島田で、厚化粧し、私は、自分の晴れの装いにうっとりとしていました。

その時突き当りの部屋のドアが開《あ》いて、電燈の明りに追い出されたように、男の人が立ちましたが、戸を締めると、只、黒い影がこちらに歩いて来ました。

何んだか不安な気がしたので、階段の蔭から出ようとした時、もう羽がい締めにされてしまいました。

そして、首筋に、熱い接吻をされたんですよ。

体中の血が一時に、首筋に走って、心臓が狂い出しましたね、けどそれが、何んだかこう、酔い狂うとでも云うような。

オヤ、こんな説明、Kさんにするだけ野暮ですね。お経験のお持ち合せが、沢山《たんと》おありですのに。

それから、ふと気が付くと、胸に組まれていた白い手も、後に感じていた人も居ません。其処らを見廻したけれど、それらしい男、いえ、誰も居ませんでした。が、その折、スーと私の鼻をかすめた、匂いがありました。

移り香だ。

私は深《ふか》く、嗅ぎ直しましたけど、もう匂いません。つと身振りを変えて見たり、袂で、あたりの空気を煽って見たりも、しましたけど、何うしても、二度とはきけませんでした。

割に濃い匂いでしたけど、ほんの瞬間でしたからね。

所がその、瞬間の匂いが、長いこと、心に尾を引きまして、いや、すっかり根を張ってしまったんです。

私は、顔も知らない、名も知らない、匂いだけの其の男を、恋するようになりましたのさ。

その男の顔は、暗がりで見えもしませんでしたが、見えたにしても、私の知っている人では無ったでしょう。

聞きに来た人達の誰かかとも、思いましたけど、こんな田舎町に、あのような気の利いたまねをする――廊下の通りすがりに、一寸島田娘に接吻を落して行くというような、気の利いた男のいる筈はなし、すると、あの東京から来た、尺八のU氏の門下の、あの若い四人の中の誰かかも知れない、と気づいたのは、会も済んで十日も後の事でした。U氏達はとうに、帰京しているし、どうにも開けようのない恋でした。

あの時、そうと気付けば、芽の出るそらもあったでしょうけど、何しろ男から、始めて接吻《くちづけ》なぞされたので、只驚いてばかり居ましたのさ。ほんとに気の利かない。

とは云うものの、門下の人とも、判然《はっきり》、極めてもしまえなかったんですよ。

その日は、仝じ会場で、S市から講演旅行に来た、H大学生等《ら》の演説会があったので、その人達かとも思われましたからね。

兎に角、はっきりしない恋人を持つように、なったんですのよ。

その中、一年後ですが、東京に来るようになりました。丁度、女学校を、しまった年です。

父さんはその頃、浅草で、ちょいとした待合をしていましたが、あの震災で焼けた翌年で、普請《ふしん》すると云って、伯父さんの所から材木を取り寄せました。がその取り引きに面白くないことがあって、それから父さんは、私を引き取ると云い出しました。それには、父さんに虫のいい胸算用があったんです。摂《つま》んで云えば、私も女学校出れば、もう金喰う体じゃなし、暫く帳場を手伝わせてから、或る債権者の家に、嫁《や》るつもりだったんです。

私は大人しく、東京に帰えりましたが、新しい母さんは来ているし、父さんとは十四年も離れてて、一緒になれば、他人よりも間は悪いんです。

そんな、こんなで、面白くない事が積って、私はとうとう家を飛び出しました。

それが昨年の春ですが、一時友達の所に居りましたが、長くも居られず、友達の姉さんが、此の店に勤めている所から、八月、思い切って、私も此処に来ました。

伯父さんの所には、どうしても帰えれません。無理に、伯母さんを泣せて迄も、東京に来たんですもの。それに、今ではもう、親類から夫婦養子して、落ち付いているんですからね。

所でと、こんな事は、この話の本筋ではなかったんですが、あの接吻された所まで

逆戻りして、
あの瞬間の移り香をきいてからの私は、ひどく、匂いには感じやすくなりましてね。風の匂いがわかってくる、水の香を知って来る、人肌の匂いを嗅ぎ分けるようになりました。

水にだって匂いはありますよ。深い山の谷川の水は、爽やかで、ツーンとくる木の香を、含んでいますし、普通の川水の匂いは、生ぐさいんです。水道の水は、匂わないようで、あれで泥くさいんですよ。

殊に、人肌の匂いは、よく嗅いだものですが。人の右側に坐って、ひょいとその人が、身を撚《よ》った時、胸から溢れて出る匂いや、真後から襟首を嗅いだり、擦れ違いの人の匂いを貪ったり。擦れ違いの人の香と云うものは、瞬間であり乍ら、判然《はっきり》わかるものでしてね。

それから電車の中でも、よく嗅ぎました。

私がこんなにして、人の香を嗅ぐと云うのは、実は、あの時の、あの匂いを探して居たらしいんです。自分では、別にそんな事しようとは思っていませんでしたけど。

私は人に近づいては、この人の匂いは、あれに似ているとか、似ていないとか、何時も比べてみていました。と云って、別にあの匂いは、斯う斯うした匂いだとは、口に出してはっきり云えませんし、又鮮かに、思い浮《うか》べも出来ません。けど、心の底には深く留めていたらしく、あの匂いに遠いとか、近いとか、比べているのでした。だから、あの匂いに出会いさえすれば、之だと直ぐ、解りもする筈です。そして、そう云う時を待っていたのでしょう。私が伯母さんを泣かせて迄も、東京に来たと云うのも、無意識の中に、あの匂いを探す為め、だったのかも知れません。

私は東京では、人混みの中で、電車の中で、色消しですけど、全く犬のように人の香を嗅いで廻りましたよ。

名も顔も、判然《はっきり》しない人を思う、たわいない恋を、自分でも気恥しくて、諦めようとし、又諦めてもいたつもりだったのですが、心のそこでは、捨てきれずに、匂いからでも、その人を探していたんですね。

そして、私は、匂いからその人を、探し出しました。とうとう恋人に、匂い人ですね、逢えたんですよ。

それは、暮の月の十七日、珍らしく年内に雪の来た日でした。

何んでも、階下《した》の金さんが、あの下足番のお老爺さんが、風引きで休んだ折の事で、その日は、無暗と出前が多く、男手が足りない所から、新米の私が、金さん代りに、階下《した》に遣れました。

私は、あの入口の横の階段の側に腰かけて、この方が、店の者の目からは遠いので、寒いには寒いけど、楽に小説が読めるから、結句、幸いと、ツルゲネフの「その前夜」を読んでいました。

雪の故《せい》か、何時もより、客足が落ちて、読むにも夢中になれました。

その時、夫婦づれが這入って来ました。

女の方が、素的に綺麗で、凝った身装《みなり》をしていたので、女にばかり気を取られ、どうせ、チップの希みなぞ無いけど――全く、洋食屋の下足番にチップなぞ渡すような人――

オヤ、こんな事は止しましょう。話が落ちますからねえ。

で、私は丁寧に、コートを脱ぐのに手を添え、それから、主人の方のオーヴァを、受け取って、掛け釘にかけようとした時、あの匂いがしました。

私は思わず、オーヴァの中に顔を埋めて、ものの暫くは、現《うつつ》ではありませんでした。

事実、その時、夢を見たんですがね。それは後にして。

オーヴァの肩裏を見ますと、A、S、と縫いがしてありました。

それから衣嚢に手を入れると、何にもありませんでしたが、葉書が一枚出ました。

駒込動坂××番地、杉本秋彦様

とありました。この宛名が、このオーヴァの主であることは、肩裏のA、S、で、もわかりました。杉本秋彦、之はあの四人の中の、一番若い、無口な人の名でした。

すると、あの夜のあの人は、やはりU氏の門下の人だったんです。

これで、恋人がハッキリしたのでした。

斯うして、判然《はっきり》と、恋人が目の前に出て見ると、諦めた心算でも、諦らめ切れずに、匂いからでもその人を、探し出そうとしていた、匿し心が、ぐっと頭を擡《もた》げて来まして、恋人の前に、四年もの自分の恋を打ち開け、あの時の接吻が自分の初恋に火をつけた事なぞも云って、重荷を下ろそう。劬《いたわ》っても貰おうと、お目出度く考えて、二階に駈け昇ろうとした時、まだ掛け釘にかけずに、台の上にのせてあった、葡萄色のコートに気がつきました。

——奥さんだ。あの人には奥さんが居る——水々しい髷にあげて、襟おしろいも濃く、身だしなみから、衣裳に、心の届き切っているのは、新妻でなくて何んでしょう。

私は、恋しい人にやっと巡ぐり逢ったと思ったら、失恋したんです。けど、奥さんであの女がないとして——間違いなく、奥さんでしたが——私の恋を打ちあけた所で、あの人は寝耳に水でしょう。

あの折の接吻なぞ、とうに忘れているでしょうから。

云わば、あの人に取っては、暗がりに咲いている一輪に、思わず落した接吻《くちづけ》だったんでしょうもの。

こちらがそれに、恋よ恋と騒いだのが馬鹿なんですよ。と気づきましたものの、切

なくて、切なくて、

まあ、愁嘆場は之位いで切り上げてと。

それから、小一時間も経ってでしょうか、二人が、二階から下りて来ました。

私は、これっきりで別れてしまう恋人の肩に、オーヴァを掛けました。突飛なことでもしやしないかと、全く自分と組打ちしていましたよ。

その人は、軽《かる》く、

「いや、ありがとう」

奥さんの方に、

「お前、手套《てぶくろ》を持ってて呉れたね」

これが、恋しい人の声を聞いた、最初の終りでした。

それから、間もなく、煙草を吸い初めたんです。

その秘密な、美しい幻を見初めたんですよ。

私は煮立てた牛乳一杯と、煙草を持って、この部屋に這入ります。

御覧のように、此処は、壁紙が藤鼠で、カーテンが同色でしょう。だから、日中でもこのカーテンを下しさえすれば、部屋は、春晩い頃の、あの桐の花の色がぼけて、生暖い雨の日の感じになります。

其処で私は、こう云う具合に、テーブルと椅子を窓際によせて、深々と掛け、テーブルに片肘ついて、その時、牛乳の湯気が、肘を這上って、首の所で一つ渦を巻き、頬を擽って鼻に来るような所に、テーブルの上に、茶碗を置《お》くんです。

そして煙草に火をつけ、目を瞑《つむ》ると、三本位いも吸ってから、
私は冷や冷やとした日本髪の髱を、後襟に感じて来ます。島田の重さを、晴着の袂の、裾の、重さを感じて来ます。

すると、耳に、遠い人のざわめきと、その中を綴って、お琴の音が聞えて来るんです。

そして、ほのかに人肌の匂いが揺れているのに、気がつきます。

それは、よくある油くさい、汗の匂いじゃないんですよ。

白々とした、滑らかな匂いで、と云って、大理石を想《おも》わせるような冷さはなく、温《ぬ》くもらした牛乳のような、と云って油っぽくなく、かえって枯葉の様な、そう一口に云えば、煙草に牛乳を含せた香りなんです。

その匂いが、段々濃くなって、息気ぐるしい迄になると、首に一つの接吻をされます。

と、オーヴァを着た、青白い顔のあの人が、私の右に、左に、或は後に前に立ちます。或る時は、和服を着ていますが。

……いや、ありがとう。

……お前、手套を持って、呉れたね……

その人は、先ずそう云うんですよ。

それから、私達はいろいろな事を話します。

その話ですか。

至極、仕合せな恋人《ふたり》の話ですのさ。

でも云いますまいよ。どうせ、幻覚の中の、痴話なんですもの。

この幻覚は、一時間位い続きます。

この慰めを、考えついたのは、

私があの夜、オーヴァの中に顔を埋めた時、ふと、四年前の接吻された折の幻覚を見たんです。

あのオーヴァさえあれば、いやあの匂いさえ嗅げば、きっと、あの人に逢える、抱いてもくれた、あの人と二人きりの昔の夜を、繰り返えせる、それからは勝手に、楽しい場面を作って行けばいいんだ。

と、思いついたんです。

それで、あの匂いを思い出して、見たんです。すると、今度こそは、判然《はっきり》と覚えていて、前に云った、煙草に牛乳を含せた匂いなんです。早速してみますと、案の定、幻覚が起りました。それからは毎日、暇の時には、この部屋に来るんです。

そうでもしなければ、あの当時は、全くどうにも出来なかったんですよ。が今は、慰めと云うより、癖になってしまって、何うしても、一日に一度は見ないでは居れなくなったんです。

所でと、之でもうこの話は、お終いなんですけど、Kさんに、こんな高い煙草を買せた云いわけに、私の貧乏話を、無理にも聞いて頂かないじゃ、私の虫が治らなくなりましたが。まあ、あなたは、この話のエピロオグとでも思って、お聞きなさいな。

初めてこの部屋に、牛乳と持って来た、煙草は、朝日でした。

最初の頃は、幻覚を起す時だけの煙草でしたが、遂いその中、口に好く所から、煙草吸いになってしまいました。

すると、朝日では、幻覚が起らなくなりました。で、その為めにだけは、スターを吸うようにしてみました。所が、スターを吸ってみると、朝日がボヤけて、物足りなく、スターを常用にしました。

今度は、スターでは、幻覚を見れないので、別の強い煙草を、両切りを始めるようになりました。が、ECCも、MCCも吸い馴れてしまって、ロードバイロンでなくては、幻覚用にはならなくなりました。

又、この頃では、ロードバイロンが常用になりそうなんです。この調子では、いまに、葉巻、高い葉巻を吸うようにも、なりましょうよ。

止めようと思っても、止めれないし、全く恐しくなります。だって、私は今からが、高い煙草の為めに着物も、買えないでいるんですからね。この着ているのは、薄色の夏物に、色をかけたんです。このグリーンの調和の為めに、巧く調和しているかどうか、知りませんけど、その心算で、帯をこんな色にしたんですよ。やはり、紺屋がえりですとも、染めたんです。髪だって、正直の所、耳かくし結いに、行って一円ずつ取られたんじゃ、堪りませんので、流行を幸い、こんなに切ってしまったんですのさ。断髪向きの髪じゃないんですけど。

何しろ、ロードバイロンを一度買えば、拾円のお札が飛ぶんです、その五十本入りが、気をつけて吸ってて、この頃では、五日とないんですもの。

あまり、愚痴るようになりますから、エピロオグ終り、にしましょうよ」

# 或る伯林児《べるりんつこ》の話

ア、ベ、ツェ、デ、エ、エフと数える。彼はドイツ人だから。何を？　彼の、女友達であった人々を。結婚して終った今は、まさに過去であり、過去にした方が八方無難だ。

結婚して終った彼には興味がないなぞとは云わないものです。此処では、伯林では結婚とは金庫を控えるの別称だから。

何時かの『伯林新聞』の笑話に。

——君は結婚したそうだね——

——ああ、まあ人並にね——

——して、妻君の銀行利は何の位だね——

——人並さ。遊ぶに不自由はしないよ——

といったわけで、結婚指輪をしているのは、財布が重いという事の外ではないからエロの方面には一向差支えない。どころか、一寸小洒《こざっ》ぱりした身装いで、指輪でもしてて御覧なさい。美しいお嬢様の人輪に囲まれること受合。

然るに彼――我がヘヤバート・シュミット氏は、幸か不幸かそんな意志が当分ないので――結婚して三ケ月なので――十二分に財布の重いシンボルの指輪は当分、役立たない。

が今日、正確に云えば結婚して十二回目の日曜日の午後、夫人が友達の誕生日に出向いた午後をバルコンに、深く下りた日覆の下で午睡から覚めると、之も隣のバルコンに午睡から覚めた私を呼び込んで、高い葉巻の香を、御馳走に、惚《のろ》けたような懐《なつか》しむような思い出噺をしたものである。それがア、ベ、ツェ、デ、エ、エフの女友達のことなのだが、之を何う解釈していいものやら。

そろそろ指輪を役立てたいような気持になったのやら。しかし之は余りに私が、指輪に憑れた見方かしら。兎も角、彼の話し出しは斯うなのだ。彼は伯林児だが明白《はっきり》した発音をして呉れるので、話はよく解った。

「お国《くに》では、いや東洋では結婚の相手の選択を両親に委せて置くそうですね、本人の気に入らなければ随分、不自由でしょうにね。然し自由結婚のアメリカが離婚率はずっと多いんだから不思議なものです。」

「私達の方では、あまり男女一緒になる機会がありません。そんな境遇におかれれば勿論、自由結婚になるでしょうよ。何しろ何千年前からの教え『男女七歳にして席を全《おな》じゅうする勿れ』を学校でお弁当に食べているですもの、機会なぞ出来ません。」

「機会とね、然し機会はこちらでは作んですよ。それだって大した事じゃない、男も女も結婚したがっているんですからね」

「ええ、私達の方にも、雨が取り持つ縁なぞっていうのもあるにはありますが——」

「雨！　雨！　笑談じゃありません。雨量の少い此処はじゃ結婚難地ですか。一年の三分の二は雨降りだというハンブルグへ若い人達は押しかけますか。あはは、あはは、あっ、これは、失礼、

所が違うと習慣も大きな差がありますな。此処では石っころだって機会になりますよ。結婚難はお天気続きでなく、最っと外に原因がありますよ。原因ですか、さあ、御婦人の前では、いや斯うしましょう。僕がいまのフラウと結婚する前に、ア、ベ、ツェ、デ、エ、エフの女友達を試験台にしました。どうして彼の女が合格しなかったかということを御話しすれば、自然お解りになるでしょう。

勿論、何んな風に機会を作ったかという事もお話しするようになりましょう。」

彼がギムナジュウムの頃、（日本の中学校と高等学校の一緒になった学校とでもいおうか）十六の年、ドイツの一般家庭の風習に従って、礼儀作法を教える学校へ通わされた。まあ云えば日本のお稽古のようなもので、学校から帰ると一時間とか二時間、毎日通うのだ。

男の子なら、婦人に対する礼、例えば婦人がハンカチを落す、拾って差し出す形、又は婦人に外套をお着せ申す作法、祝儀に招待された時に花束を贈る言葉。女の子なら、貴婦人らしい歩き方、お茶のすすめ方、頂戴のし方、讃め方。等々。それから両方共に社交ダンスを習う。我がヘヤバート・シュミット氏の言葉に従えば「お互いに嫌われないような身振しぐさを習う所さ」

彼もそう云う親の心遣いから作法学校に通わされたが、その時、いつも彼のダンスの相手とか花嫁の相手とかになる女の子がそのア、呼び名をオッティといった。彼の女とは斯うしたわけから知り合ったので作った機会からではなかった。誰でものように美しい将来を約束し、日曜日は郊外やらテニスコートへと誘い合った。

誰でものように、この二人の美しい将来は彼等にも来なかった。彼が大学に入った春、少《しば》らく入学試験準備で彼の女とも会わないでいたが今度、試験もパスしたのでその嬉びを伝えようと電話をかけたが、何かしら変なので、彼の女の家へ出向いた。彼は長い交際にも拘わらず、一度も彼の女の家庭を訪ずねた事が無った。と云うのは、余りそれを彼の女が好まなかったらしいので、彼のデリケートさから遠慮していた。然し彼は二十前であったから凡そ二十前の青年のように「ラブ　イズ　ベスト」で相手の家庭のことなぞ気にも止めなかった。

その時訪ずねたのが最初であった。行って見ると最う表札が変っている。彼は隣の人にオッティの移転先きを聞いた。所がその答は実に彼に取って不幸だった。

オッティの母は売笑婦で、せめて子供だけを満足に教育しようと、上の学校にも通わせ礼儀見習もさせていたが、十日程まえに、警察に上げられ——情夫の犯罪に関係があったとかで——当分、放還の見込みもないので、子供を、田舎の老母にあずけた。とまでは解ったが、その田舎が何処なのかは聞けなかった。待っても遂に一枚の葉書さえ無く、遂に彼の女とは絶れてしまった。

かなり心が傷められたが、二十の傷《きず》が何時まで残ろう。その夏彼は一緒に大学で勉強している、名を第二のべ（べ女史として置う、筆者は名を忘れた）と深く交際するようになった。いよいよ明日にでも白状するかなというまで彼の心が熟して来た日の午後、経済の演習で、生徒が研究を発表し、八方から啄かれる、汗をしぼられるという時間だ、その日は丁度、べ女史の番で、彼は聊か同情を持って、謹聴していた。べ女史はなかなかの研究家でもあり雄弁家でもあって、全く彼の感心を奪ってしまった。

所が不埒な学生もあるものでベ女史に対してしきりと愚問を提出した、再三の答辞に遂《つ》いにベ女史は激して失った。

その時だ、またも彼の不幸が来たのは。ベ女史はどちらかと云えば優形の脊の高い、髪は金色で、ロイドの目金は、彼の女を智的に引立てた。所が、その激して答弁する時。

「むやみと右の手を振ったよ その右の手、握拳《にぎりこぶし》だ、いやガッチリしているというものか、ドカリしているというか、大きいこと、太いこと、拳闘家の握拳みたいなんだ。僕はゾーッとしたね、

まさか夫婦喧嘩の時を予想してでも無ったろうが、只感覚何んだね」

その後、彼は上手に彼の女から遠のいた。

次ぎにツェの場合だが、之は機会を作ったのだ。大学もあと一年という新学期だ、五番のオムニブスに乗るんだが、何時も大した御婦人にもお目にかからない。登校時間の乗物は極って野暮だ。が、或る日、多分雨の降ってる日だったと思う、彼の前に何時の間にか座っている婦人、一寸色が黒いが、その目の素晴しい事、手を調べるとお嬢さんだ。よしこれだ。

「失礼ですがお嬢様、時計は何時で御座いましょう」

「九時に十分前ですよ」

「やっしまった。後れたかな、あ、有難う御座いました。大学までは最う二十分は充分かかりますからね、お嬢様はまだずっとお乗りですか」

「ええ、けど大学より手前ですわ、ベルタイムですから」

「へえ、随分早くからお店に出られるんですね」

「いいえ、今日は特別です、当番で。」

「ああ、そうですか、いやになりますね、雨降り続きで。お天気には郊外の方へでも出掛けられますか。日曜日には僕、いつも散歩に出ます。失礼でなかったら、次ぎの日曜、ポツダムへでも、おつき合下さいませんか」

「嬉んで、御伴します。十一時頃にして下さい。ポツダム駅でお待ちしましょうか」

こんな工合で知合になり三四度の日曜日を彼の女との郊外散歩に費した。全く費したというほど殺風景なものだった。

彼の女の行儀の悪いことには辟易した。彼の女は電車の中でも、歩くにも、草に座っていて、話し乍らに食べている、菓物の種は処かまわず吐き出す、涶する、チョコレートで汚れた口をろくに拭わない。「之じゃ之の口じゃ、ラブシーンは生れませんや」

彼は一ケ月ばかりでさよならをした。その時、礼儀学校の存在価値を彼は痛感した。デのこと、ギァダー・カッチュという婦人だ。之は婦人の方から機会を与えて呉れた。初秋の公園、透き通った風景といった中を、秋の外套と帽子で彼は気持ちよく散歩していると、ベンチに、之も秋の外套の薄毛皮に赤い帽子の婦人が人待ち顔に腰かけている。その謙ましやかな座り方。目の動き、実に上品である。

手袋のない手は爪先きを染めて化粧されている。彼が三度ほど前を往復してそれとなく観察している中に、母親らしいのが来て連れ立って歩き出した。家をつき止めてやろうと跡をつけた。それは長い長い道だった、彼にはどうして二人がタクシーでも呼ばないのかと不思議だった。身なりから云えば、自家用さえ持っている位いだのに。

スタットパルクからノーレンドルフに来た時、つけられているのを気付いたらしい母親はふとハンカチを落した。そこは高架線の目金の一つで、然も余り人の通らない方であったから当然、彼のために落してくれたものなのだ。彼は身についた礼法で拾って差し出した。

「おお有難う、お若い紳士、失礼でなかったら其処らで御茶でも御一緒に」

彼の女が夫を探しているという事は母親のこの態度で明かだ。

それから彼等は互いの家庭を往復した。

彼の女の家庭も善ければ、彼の女の態度も実に立派であった。相当の教養もありして、彼は十分満足し結婚する決心した。然し学校を出てから申込みをする事にして彼の女とのみ将来を誓った。その冬休みに、ギャアダーの家族は温泉に出かけ、家には恋のために留ったギァダーと奉公人だけだった。彼は大胆と好奇心や心を許した安心さから彼の女の所に泊った。二度目の夜中である。彼の女の頭の重さで痛んでた腕が急に軽くなったと思うと、白い長い寝間着を引いて、あんだ髪を下げたまま（彼の女は旧式な家庭に育ち、珍らしく髪を切らずにいた）スー、スーと歩き出した。「ギァダー、ギァダー」と彼が呼んでも耳に入らぬらしく、隣りの間にゆき廊下に出たらしかったが、「どうも僕は夜は憶病なんでね」という彼は、薄気味悪いのでそのまま蒲団を被っていた。一時間位の後で、彼の女は年寄りの下女に連れられて隣の部屋に帰えりベットに寝かされたようであった。

彼の女はたしかに夢遊病者なのだ。だから人の多勢泊り込むホテルになぞ出かけないのだ。恋のためじゃなく病気のために温泉に出かけないのだ。その後、ふとした事から、彼の女が二度も既に結婚してその病気のため別れた事を耳にした。

彼はどうしても夢遊病者と結婚する決心がつかず、遂に、逃げ出して、ハンブルグの大学に移った。彼は大学を出ても、ハンブルグの夏の海に少々興味もあり、多少の神経衰弱もあったので父に許しを得て、留ることにした。

いよいよ夏だ、昼は海へ夜はダンス場にと通った。

その頃、海浜で、灯のカフェーで、クラブで、人の集る所では噂さになる令嬢があった。名をヘンリッターといって、父はハンブルグ一のデパートメント（三越のような）の持ち主であった。彼の女の評判は其処からではなく、彼の女自身の手にあった。彼の女の手は、先年の全ドイツ婦人の美しい手の懸賞に一等当選したのだ。

男も女も、その一等当選の手と握手の光栄を得ようと、彼の女に近づいた。然し何時も仁王さまのような母親か入道然とした父親が一緒なので皆、志を遂げなかった。

処が彼、我がヘヤバートは彼の女をエの女として数え得る幸福を得た。

ヘンリッターは毎夜、決ってダンスホールのあるカフェー、ビクトリアに出かけた。彼の女はどうしてか踊うとはせず、テーブルに父か或る時は母と並んで、魅力のある手をきらつかせ、ワインのコップを取ったり、レモナーデを吸ったりした。彼が四度目にそのカフェーで彼の女と同じ空気を吸った夜、ヘンリッターはつとダンスホールのドアを開けた。彼はすかさず跡を追った。

長椅子にかけて踊りの輪を見ている彼の女の顔にふと、或る気配を感じたので彼はヘンリッターに次ぎの踊りを申し込んだ。

勿論、承諾を得た。彼の素早い動作に、若い紳士達は啞然としていた。その間抜けさに彼は得意を感じ夢中で二番目の踊りも申込んだ。彼はその踊りを踊り乍ら一寸気にかかるものがあった。

ドイツの風習として、二度続けて踊るという事はその婦人と結婚してもいい意志を相手に告げ、公衆に発表することになるのであった。気にかかる一方、又、こんな評判な娘と結婚してあの間抜共を最う一度あっといわせるのも面白いとも思った。

踊りを終ると果して彼の女の父親は彼をテーブルに招待してワインをすすめた。彼は名刺を出して自分を紹介すると父親は彼の父の噂を知っていることを長々と述べて明日の昼食に再び招待した。彼、ヘヤバートの父は伯林に住む右翼派の代議士であった。

作ったような作らないような機会でヘンリッターと知合になったが、彼は一度彼の女を試めしてから結婚しようと考えた。彼の女も又夢遊病者でないとは限らないから。然し家庭はなかなか厳重で、試験の時がなかった。待てば海路の日和はドイツにもある。或る時、ヘンリッターが伯林のオペラを見たいと云い出した。何の出しものか忘れたが、彼に取ってはいい機会だったので、彼の女の両親に自ら護衛の役を申出た。彼の女と彼と年寄の女中と三人で伯林へと出かけた。伯林こそは彼の古巣だから事は容易に運んだ。オペラに行く途中、女中にはぐれて二人はホテルに泊った。その後、彼等は屢々伯林のオペラに出かけることになった。

彼は彼の女が夢遊病者でない事は確めたけど彼の女と結婚しようとはしなかった。彼の女の手は誠に美しい。けど彼の女は病身なのだ。夫は妻の手ばかり撫でているわけにはゆかない。

そこで彼はあまりダンスをしない若い娘は病身に違いないという新知識を得て他の花嫁を探すことにした。

ダンス場漁りを始めた。舞台はやはり伯林にかぎる。伯林のセントラールホテルのダンス場に通い出した。直ぐ一人見付った。何時もフランス人と一緒に来ては踊る娘だったが結婚していないらしい。然し指輪だけで確めたんでは、此処に来る若い婦人達は時に結婚の指輪を抜いて来ることもあるから一寸不安だ。

そのフランス人が、かの女を目で呼んだ。彼の隣りに座っていた彼の女は丁度その時、化粧鏡を取り出そうとして目を伏せたので、気付かなかった。彼は

「奥様、御主人様が呼んでられるようですよ」

「ええ、私？　あら奥様だなんて。私、フロイラインよ。呼んでるって、有難う」

よし之で確かだ。第二の手段は踊りだ。フランス人が隣室へ行っている間に彼の女と踊った。それから彼等は別なダンス場へ出かけた。フランス人に代って彼は彼の女のパトロンになった。彼の女は女学校を出てから女優志願でダンスを特別に稽古した程あって実に巧みであった。体の線の美しい事、弾力のある全身は彼にすぐ結婚の決心をさせた。

大鏡に写った彼の女の湯上りの全身は

「いまでも目にちらつきますよ。何んといえばいいか。全身、えくぼだらけというか。

膝《ひざ》と爪先や肘がポツンと桃色で。そのくせ、ピチピチと肉はしまっているんですよ」と彼が賞め上げた体だ。

然しやはり彼は彼の女とも結婚はしなかった。彼の女はパトロンによって生活する程貧乏で、おしゃれで、彼が当時、務めたばかりの保険会社員としての月給では彼の女との夫婦生活は不可能だ。

ドイツでは結婚には花嫁が家具一切を新夫婦生活のために持参することになっているのに、彼の女には勿論、そんな準備はなかった。

彼は自分の生活の保証のつかないような結婚はしなかった。彼はいままでの幾倍かの決心を持ってこの女との結婚を断念した。之がエフの女である。

「そして遂う遂ういまのフラウと半年ほどの交際の後に結婚しました。機会は彼の女が作ったんです。彼の女は同じ会社のタイプライターで、父親はフリードリッヒストラーセに大きな貴金属商店を持っています。

こちらでは両親がいくら富んでいても、小供達はそれぞれに働くんです。所で機会は、或る日会社が退けて、出口に向うとすると出口から走り込んで、私にぶつかった女が彼の女です。失礼とか何んとかいって一緒に帰りました。それからのプロセスは今までと大同小異です。日曜日の郊外散歩、芝居見物。それから例の試験も済ませて、家庭の事情も調べ、結婚しました。

長い将来の生活を共にする妻ですから、吟味の上にも吟味します。人になぞ委せては置けませんね。機会だって御話したように造作ありません」

# 初恋

僕のは、少し古い話でね。諸君ののように「其後の収穫」という訳に行かない点は断っておく。同時に諸君ののように創作談でもない。いやほんとだよ。実は取っておきの僕の初恋で、曾つて一度も口外されない点で新しいのだが、丁度僕が受験者だった年のことだから、時は十年前。夏。所は郷里の漁村A。

五分間の恋というが、僕のはあれで二時間くらいだったかな。何しろ、三時間に満たない間の果敢ない恋だった。しかもそれが僕の初恋なのだ。それが、行きずりの恋《おも》いつきで五分間的に忘れてしまった、というのと少し違って、妙な具合だった。

さて僕は、受験準備中の一夏をAで過した。住いは「別宅」と称する村長氏の未来の隠居所で、赤松の林の中の閑静なはなれだった。吉三婆さん——漁夫吉三郎爺さんの配偶の略称なんだ——という少々聾のが、通いで食事の世話をしてくれる。雨戸は年中開けっ放しで毫の心配なし。本屋の村長氏が時々やって来て、一受験生を一かどの学者扱いにして、築港計画、海水浴場の設備、青年会の指導方針等々を論ずる。というような泰平な世界だった。

昔からの純漁村で、ちょっと変った風習がある。例えば、若者が十六七になると、元服をして――先ず漁夫の元服だ――名を変える。義公が俄かに与吉になったり、吉次が為造になったりするんだ。そして、元服祝いの酒を汲んだ新与吉、新為造は、「宿を取る」と称して、寝泊りの宿を他家に取る。もっとも一定の宿だ。そして細君を迎えるまで「宿を取る」。

次に盆踊りだが、非常に盛んなものだった。旧暦盂蘭盆だから折柄の月夜だ。月光のもとで、若い衆と娘は勿論、親爺も婆さんも円舞に加わる。

此処に与吉君や為造君などの未婚者に取って非常な面目は盆踊り三日間の、長襦袢と手拭いで成るところの扮装なのだが、その長襦袢というのが、恋人の所有にかかるもので、赤い花模様か何かをダラリと着流して、手拭いを覆面兼粋に被って、大いに色男然と踊るんだ。

惨めなのは右の扮装を為し得ない若衆で、つまり恋人がないのだ。恋人以外の襦袢でも間に合わして色男振った奴は、後で非難される……そうだ。

さて色男を一人紹介するが、若い漁夫兼松君。吉三婆さんの孫で、僕の親友。二十歳前後。「宿を取る」組の一人。

なかなかのダンディーで、僕も後刻大いに啓発されたが、頭はその頃流行のアンチャン刈りにして、左の額ぎわで三分程アッサリと分けて、あとは程よく油を塗っている。曇り日には僕を魚釣りにつれ出す。撒き餌の糠玉の調合がうまい。月夜には尺八を吹く。民さんという村中切っての美声に弟子入りして、浄瑠璃を初めている。娘っ子達には黙って置かれない。

右の兼松君がある朝やって来て、――盆の十五日、踊りの最後の日だ。今夜踊らないかと言う。あたりを憚りながらの小さい声だ。というのは僕の妹が二三日前から海水浴に来ているのだ。

「さあ――」僕は考えた。実のところ、前二晩踊り見物に行ったのだが、結果、村のダンディー諸君と同じ扮装でもして――等と、多少心が動揺しているところだった。実際あんな図を見ていると、ちょっと見物側のつまらなさがある。傘の鈴が鳴る。音頭が縷々として続く。それを受けて踊り手が一斉に囃し言葉を投げる。ダンディー諸氏の襦袢姿に浴衣が続いて、緩やかな波のような円舞だ。而うして月光だ。尠なからぬ魅力がある。事実浴客の中にも、注意深い覆面で円舞に加わっているのがあるんだ。

「今夜きりですぜ。明日からは俺達ももとの漁夫だ。長襦袢も好い奴がありますぜ」

というような次第で、僕はその夜踊ることになった。扮装一式は夕方に兼松君が持参してくれることになった。受験準備も放擲で夕方が待たれる。

夕方になる。宵から好い月夜だ。夕飯を終ると匆々書斎に引揚げて兼松君を待つ。窓の方に足を投げて、臥ながら松林の月光を眺めている中に、遠い浜で集め太鼓を打ち出す。期待の快味があった。

漸く兼松君の跫音が聞える。と思うと、既にダンディー兼松の上半身が月光を浴びて窓枠の上に現れた。前二晩馴染みの襦袢に、手拭いを眉深くおろして、なごりは鼻孔の下に捻じ込まれている。あっぱれの忍び姿だった。

兼松君は臥そべっている僕に向って長襦袢をフワリと投げておいて、窓枠を乗り越えて上って来た、「さ、遅いくらいですぜ」

で、僕は浴衣を脱いで長襦袢に着替えたが、袷だからなかなか暑い。持主の嬢に気の毒だったが、着てるうちに汗ぐっしょりになってしまった。

兼松君はふところから附属品を出した。太いしぼり紐を要領よく締めて、結び目を前にダラリと垂れ、手拭いの加減もうまくやって呉れた。

先輩兼松君のお蔭で、僕も一かどの色男になった。二人でこっそり窓から出た。白足袋に、紅白ないまぜの太緒の草履で林中の砂を踏んで行く。暑いにも拘らず足は軽い。

兼松君は襦袢の下に緋縮緬の蹴出しを着けている。そいつの褄を気前よくまくり上げて、大股に歩を運びながら、「ちょいと兄貴の息つぎ処に、わしが音頭も聞かしゃんせ」などと呟く。僕も兼松仕込みの安来節をやる。浜にはもうかなり大きい円で踊りが始まっていた。中央の櫓の上に美声の民さんを初めとして、音頭の連中の影が五つ六つある。手拭いで鉢巻きをした一人の若者が、烏賊とりランプの灯に音頭本をくっつけて、一心に説いている文句は近松の世話ものか何かで、ちょっとしめやかな味がある。

兼松君はいきなり円にとび込んだ。円の際で僕は思わずタジタジとなって、残された。兼松君は裾さばきよく踊りながら、緩やかな円の移動に流されて行く。

しばらく見学のことにして、僕は円からすこし離れた。いろんな踊り手が眼の前を通る。漁夫姿まるだしの刺衣《さしこ》で押通している父つぁん、長襦袢に帯を結んだ凝ったの、あねさま被りで若返った婆さん、派手浴衣に菅笠の娘、殊に今夜は避暑の連中が多いようだ。海水帽を手拭いでしばりつけた学生。洋服の少女。黒眼鏡の紳士。顔を包んだ黒い面紗の余りを帯の下まで垂れておさげに見せかけたお嬢さん。カーニバル祭の盛況だった。

避暑の連中はやはり身につかない所がある。学生は体操でお嬢さんはダンスの軽快さだ。その連中の手振りを見ている中に、僕にも踊る自信が湧いて来た。その中、一周して来た兼松君が千鳥足でやって来て、僕の袖を引っぱった。二人で円中に雪崩れ込む。

兼松君にくっついて、暗中摸索の手振りでやって見る。二十分くらいも掛ってやっと型だけは会得したが、気がつくと隣りの兼松君は、その又隣りの若い娘としきりに話しながら楽々と踊っている。小柄な娘だ。僕の此方隣りは、囃し言葉の度に声だけは馬鹿にきれいな女房だ。その隣りが鈴傘のダンディー氏――これは踊らないで、両手に捧げた傘をリズミカルに振る。

そんな次第で左の耳から容赦なく侵入して来る鈴の音が、右の耳の兼松君と娘の囁きを消してしまう。何となく興味索然で、それでも二周くらい踊ったかな。もっとも踊ってる中にだんだん上達して来て、囃し言葉の投げ方も解って来る。

さて兼松君二人の囁きは当人達に任せておいて、僕は円を離れた。疲れて汗だくだ。船の蔭に用意してある桶の水を柄杓で飲んで、しばらく休息のことにする。砂に腰を据えて、船にもたれて見ていると、兼松君は相変らず睦しそうだ。

こんど周って来たのを見ると、兼松君の対手が変っている。こんどは大柄のしぼりに、幅の狭い帯をだらしなく締めて、手拭いの両端をくわえた熊のような女だ。時々人に押された風をして兼松君の肩に倒れ懸る。兼松君はそれを快く受けて更に次の女房に送る。円は次第に膨脹して、音頭も手拍子も酣だ。――僕は再び円に還った。

こんどは兼松君の隣人ではない。しかし両隣りともあまり有難いのではなかった。

前が今僕と同時に這入って来たボヘミアンネクタイで——邪魔もの奴！　僕と秋草の浴衣との間を遮ってしまったのだ。後が時々音頭に合わして塩辛声を張り上げる父つぁんだった。肩越しに酒臭い熱気が来る。浮ばれないと思っている中に声変りで、民さんが櫓の上に立ち上った。

代りましたる音頭の何とかは——と徐ろにやりだすと円の運動がピタッととまって、踊り手は円の内側に向直った。そして手を拍つ身構えをして、鎮まり返ってしまった。真打の民さんに対する特別敬意らしい。民さんは二分間ほど音頭の序文をやる。序文が済むと踊り手は一斉に「ヨイヤ」と拍手で迎えて、本調子が始まった。

民さんの音頭はさすがに特殊だった。荘重な美声で、静かに縷々と説く。踊りは急に緊張した。

さて僕の隣人だが、後は急に塩辛声を収めて、大きい掌で平面的な鈍い音を立てて、神妙に踊りだした。前は至極静かで、立体的だった。囃し言葉も投げないで、只静かに踊っている。

踊っている中に僕はだんだん前の隣人に興味を覚えて来た、どうも様子がおかしいのだ。最初に気づいたのは手拍子の時だったが、細くてしなやかな指だった。次に、腕の動きがしなやかだ。黒のアルパカに白ズボンで、全然男装なのだが……まあ待ち給え。

で、足に眼を落すと、白の小さい運動靴が、一歩毎に軽く韻律的に踏まれる。同時に、肩も、腕も、指も、全身が同じリズムに統一されているんだ。僕は全身の注意を傾けて観察しだした。ゆっくり開いた折襟の胸から白いワイシャツが覗いて、その上を真黒なボヘミアンネクタイが柔かく占めている。顔は鳥打帽の庇が深く垂れて眼から下は三角に折った手巾で覆われていた。衿足の生際は手巾の結び目で注意深く隠されているが、鳥打の後頭部に頭髪の塊らしいものが潜んでいる。僕は次第に幸福だった。

いろんな場面を幻想しながら円に流されている中に、後の父つぁんはいなくなって、蓮葉な囃し言葉が代っていた。例の熊だ。畜生！　髪油の匂いをムンムンさせながら僕の肩に倒れ懸るんだ。前は相変らず囃し一つ投げないで静かに踊っている。上衣の襟と手巾の結び目に狭められた僅かの頸すじが非常に美しい。が僕もただ踊るだけだ。同じ状態を持続して流されている中に、民さんの音頭が止んだ。熊は僕の肩に最後のひどい一撃を残して人込みに消えた。僕はボヘミアンネクタイの跡を追った。彼女は人込みの中を軽く潜って、さっさと歩いて行くのだ。

二分で僕達は群衆を離れた。渚に沿って二人きりだ。うしろでは再び音頭が始まった。いや、兼松君の手腕も経験もないから、ただ跡をついて行くだけだ。向うはすこし前屈みに渚をひろいながら踊りから遠ざかって行く。帰ってしまうのだな、と思うと味気なかった。アルパカの背に月光を浴びて鳥打が少し俯向いている。月光の中の女の後姿は美しいものだ。殊に初恋だ。何処までもついて行ったよ。

その中に彼女は渚を離れて、砂丘を上って行く。それから緩やかな襞の底に降りて、また次の高みに上って行く。

松林に這入った。彼女はひょろ長い赤松の幹を身軽に避けながら、軽快な足どりで歩いた。そして、彼女が立止ったのは、村長氏の別宅、即ち僕の住いの入口だった。彼女は静かにくぐり戸を引いて這入って行った。僕は林間に棒立ちになった。僕の初恋はその場で凍ってしまったのだ。

部屋の中に明りがさした。ボヘミアンネクタイがマッチを擦ったのだ。それから火をランプに移した。ボヘミアンネクタイの上半身が窓障子に映った。鳥打帽を脱いだ手巾を取った。それは間違いもなく僕の妹の横顔だった。

……いや決して美人ではなかった。ただ月光と長襦袢が僕に夢を売りつけたのだ。

# 山村氏の鼻

「山村氏の鼻」といえば、氏の美貌と共に氏の友人間の名物の一つであった。山村氏を知るほどの友人で「山村氏の鼻」を知らないものはない、と言っても、さして過言ではないであろう。

山村氏は一昨年か駒場を出た若い農学士で、△△会社の新進技師である。山村氏は額の秀でた、蒼白く澄んだ、深刻で神経質な表情を持った美しい顔のまんなかに、高雅な羅馬鼻《ローマンノーズ》を持っていた。それは氏の背の高い瀟洒な洋服姿や、美しい容貌と共に、人々に美感を与えるに十分な鼻であった。しかし、山村氏の鼻を有名にさせたのは、その鼻の高雅な外貌ではなくて、実にその鼻の持つ偉大な嗅覚であった。

山村氏は一たいに神経質で、五官が人一ばい鋭く刺戟を受け易く出来ていたが、中で殊に鋭敏なのは、氏の高雅な羅馬鼻《ローマンノーズ》の持つ嗅覚であった。それで学生時代から山村氏の言葉として友人間に残っているのは、大抵嗅覚に関係のある言葉であった。

A教授のきな臭い講義。

B君の馬糞的音声。

C君のレモン的風采。

鮒のお春さん。等々。

この「鮒のお春さん」に就いては、一場の抒景が必要である。

初夏の夜、山村氏は四五人の友人と道玄坂のある珈琲店《コーヒーてん》に行った。学生時代のことである。その店の位置や名前は此処に必要はないが、四人の女給仕の中でお春さんが一番人気があった。というのは、お春さんは背が高くて、小太りに太っていて、肩つきが好くて、少々エキゾティックな顔をしている。等の原因かららしい。おまけに、お春さんは時に依って頭髪《あたま》の結び方に極端な変化を見せた。思い切り縮らせて額に捲毛を垂らしている事もあれば、みずみずした桃割れの事もあり、其他、時に依っていろいろ変化させて、一度として同じ髪を結っていた事がない。という評判だった。だから、お春さんの少々エキゾティックな顔は常に新鮮である。という評判だった。

「山村、林檎の香のように新鮮じゃないか」

と何時かグループの村井氏が山村氏の口吻を真似て言ったことがあった。その時、山村氏は黙って苦笑したのみであった。この苦笑の意味は後に説明しよう。

ついでながら右の村井氏は特にお春さんをひいきにしていて、いつか夏休みに帰省した時、郷里の名産の珊瑚のペン軸を小包みにしてお春さんに贈った。お春さんはそのペンでやさしいお礼の手紙を村井氏に送った。という評判であった。しかし、お春さんは、赤い珊瑚のペン軸で好意を示した村井氏より、山村氏の美貌に好意を寄せているらしい。という評判であった。

さて、初夏のある夜、山村氏は村井氏外三四の友人と道玄坂のお春さんのいる店に行った。一行はお春さんの受持の卓子《テーブル》に就いて、夜更けまで飲んだ。その夜、お春さんは複雑に縮らした頭を下髪《おさげ》にしていた。そして水色地に同色で、何か藻のような模様のあるような、また無いようでもある、こみ入った着物を着ていた。それでいて林檎の香の新鮮さは一しおだった。

お春さんは時に依って頭髪《あたま》の変るように、時に依って感じの変る女だった。れんげの花のようにあどけない時、たんぽぽの穂のように軽い時、槲のように重い時、枯草のようにしおらしい時、耕作牛のように頑固な時。――以上はグループ中での詩人村井氏が、ロマンチックにも農科的表現でその折々のお春さんを形容した言葉の一部であるが、この初夏の晩のお春さんは、人魚のような装いの下に、樅の若木のようにつんとしていた。この晩のお春さんは、お春さんの事を何とか思っていて、お春さんの方では一向何とも思っていない村井氏と、お春さんが心を寄せているにも拘らず、先方では一向超然としている山村氏と、二人に対して、二様の意味で、樅の若木のようにつんとして見せる必要を感じたのかも知れない。(事実山村氏は曾てお春さんに対して特別な好意を見せた事はなかった)

で、この晩のお春さんは、山村氏達の卓子《テーブル》にはものを運んで来るだけで、そのほかは別な卓子《テーブル》に就きっきりだった。その別な卓子《テーブル》には、四十ぐらいに見える、あまり風采の上らない、和服の、山村氏達には顔馴染のない一人の紳士が、頓《とん》と人生の面白くなさそうな顔つきで洋酒を舐めていた。お春さんはしきりにその男に何か小声で話しかけている。

その晩、皆が酔って店を出るまで、お春さんはついに樅の若木だった。「鮒のお春さん」が創造されたのはその帰りのことである。

坂上から右に折れて下宿の方に帰りながら、かなり酔った村井氏はしきりに「人魚」を繰返した。

「あの女は人魚じゃないぜ。――鮒さ」と山村氏が言った。「軀《からだ》が泥臭いじゃないか。もっとも××白粉《おしろい》の匂いだが」と山村氏は和製の白粉の名を挙げた。つまり××白粉の泥臭がお春さんから山村氏を超然とさせ、村井氏の「林檎の香の新鮮さ」を苦笑させたのである。それから間もなく鮒のお春さんはその珈琲店から姿を消した。山村に片思いの結果、頓と人生の面白くなさそうな顔つきで洋酒を舐《な》めていた男と何とかしたのだろう。詩人村井氏はそんな事を言っていたが、それは想像に過ぎなかった。

さて以上のような嗅覚の所有者山村氏は、今では農学士で、△△会社の新進技師であったが、まだ独身で、渋谷の学生時代からの下宿にいて、毎日丸の内に通っていた。

下宿はかなり大きい家《うち》で、女中が三人、それに女主人《おかみ》の娘の珠ちゃんもちょいちょい手つだっていた。もっとも女中の一人のお兼さんは女主人《おかみ》の姪で、半年ほど前から何処かの田舎から手伝いに来ているのであったが、外貌や待遇は他の二人、お豊さんやおしげさんとあまり変らなかった。

娘の珠ちゃんは女学校を出て琴の稽古などにやられていたが、そんな事より家の手伝いの方がずっと楽しそうだった。殊に山村氏の部屋の掃除をしたり、お膳を運んで行ったりする事を楽しんでいるようにお兼さんには見えた。

お兼さんはお豊さんやおしげさんと同じ仕事をして、同じ部屋に寝て、女中と変りのない生活をしていたが、時々は、女学校を出た珠ちゃんが自分の従妹であるということを思い出した。珠ちゃんはお兼さんより二つ下の十九で、色が白くて、美しくて、お化粧や髪の結い方がうまくて、すべてのことを女学生らしく気軽に、しかも、自信ありげに振舞っていた。

珠ちゃんはお兼さんと自分が従姉妹同志である事を、お兼さんが思い出すほどにも思い出さない様だったが、それでも時々従姉妹らしい親しみを見せて、お兼さんにある話を聞かせた。珠ちゃんの話というのはいつも山村さんの事で、話す時の珠ちゃんはいつも人のいない所で小声に話して聞かせる。例えば、いつか二人が偶然一緒に風呂に入った時、珠ちゃんは鼻をクンクンと鳴らして、

「お兼さん、あんた、この匂い解って？　ほら、この好《い》い匂い。山村さんの石鹸よ」

と言った。

また朝の台所に二人でいた時、

「お兼さん、山村さんのおみよつけは瀬戸のにきまっているのよ。あの方お椀のは召上らないの」と注意した。

珠ちゃんからいろいろの事を聞く中に、田舎者のお兼さんにもだんだん山村氏の鼻が解って来た。同時にお兼さんは、山村さんの事と云えば話す値打のない事までわざわざ話す珠ちゃんに、人知れず反感を持つようになった。同時にお兼さんには廊下ですれ違う山村氏の美しい顔が眩しくなって来た。

ある日、珠ちゃんは廊下を通りかかったお兼さんをわざわざ部屋に呼び入れて、いろんな化粧品の並んだ鏡台の前に坐らせて、袂でハタハタと自分の脇を煽いで見せて、それから小さい声で言った。

「山村さんて妙な方ね。人がこの香水を使ってると接吻するのよ。昨夜《ゆうべ》も、洗面所の

暗がりで、いきなり……ほんとに妙な方」それから珠ちゃんはしばらく無言で眼を伏せて、更に声を落した。「……でも、山村さん涼しい匂いよ、口が」

珠ちゃんはなおいろいろ山村さんの話をして、最後に香水のつけ方を説明した。「香水は肌襦袢《じゅばん》の脇につけるものよ、あまり強くなく、その人の体の匂いと一緒になって、とても好《い》いのよ」

この日の珠ちゃんの話はいつもより烈しい反感をお兼さんに持たせた。お兼さんは自分の心もちを覆うために始終間の悪そうな笑顔で聞いていた。が珠ちゃんはお兼さんの表情には一向無頓着で、赤い繻子張りの函から取出した立派な香水の瓶をいじったり鼻に当てがったりしていた。

その日からお兼さんは一つの強い願望の所有者だった。たった一つでも好い、山村さんの接吻を珠ちゃんから盗みたい。——二三日の間、お兼さんの頭の中を漠然とした方法が幾通りとなく去来した。その間も珠ちゃんは相変らずお兼さんを物蔭に呼んで「山村さんがね」を聞かせた。

就寝前——十時前後に洗面所に下りて来て顔と手を心ゆくまで洗うのは、神経質な山村氏の習慣であった。それから、洗面所には天井裏に五燭の電気が下っているにも拘らず、如何《どう》した訳か（多分山村氏特有の神経的事情からであろう）山村氏は夜の洗顔に灯をつけないことにしていた。

お兼さんはそれ等の山村氏の習慣と、山村氏の鼻とに基いて、接吻を盗む方法を頭の中に確然と立てた。今はただ機会を待つだけだった。

お兼さんは案外早く機会を掴むことが出来た。珠ちゃんが何とかいう音楽会を聴きに、日本青年会館に行く夜が来たのである。珠ちゃんは夕方になると眼のさめるほど着飾って、近所のお嬢さんと出かけた。猶、珠ちゃんはお兼さんに取って嗅ぎ覚えのある例の好《い》い匂いを廊下のあちこちに残して行った。帰りは十一時にもなるということだった。

「お兼さん、何故今晩はお白粉をつけないの?」一緒に風呂に入っているお豊さんが聞いた。

「面倒くさいから」とお兼さんは答えたが、なまなか変な自分のお白粉などで山村さんの鼻を乱すことを恐れたのであった。

……十時少し前に、お兼さんは洗面所の奥の隅っこに佇んでいた。今珠ちゃんの部屋で手さぐりに肌襦袢の胸につけて来た香水が、洗面器一ぱい並んだ棚の下の暗がりで、お兼さん自身を脅かすほど匂っている。

香水の匂いは時間の経つに従って、お兼さんの接吻を盗みたい欲望を消した。そして、お兼さんがついに洗面所から出てしまおうと思って最初の身動きをした時、入口の硝子戸ががらりと開《あ》いた。間違いなく背の高い山村氏の影である。

　山村氏は静かに戸を閉めて、匂いの方に近づいた。いきなり女の肩を抱いて、口に近い頬に接吻した。その時である。お兼さんは思わず「あっ」と叫んでしまった。「何て、厭《いや》な匂い、厭な口」そして、お兼さんは気ちがいのように山村氏から逃れて、真暗な隣の風呂場に駈け込んでしまった。

　山村氏は洗面所の暗がりに棒立ちになっていた。そして自己に対する二重の怒に震えていた。一つは、今まで絶対の信を置いて来た自分の嗅覚が、過ちもある中に山村氏がふだん名前も知らなかった女中を珠ちゃんと誤ったこと。今一つは、かほどまでに神経質な山村氏自身が、今夜に限って仁丹を嚙み忘れた口で女に接吻したこと。と云うのは、山村氏は胃弱のために異常な口臭を持っているので、女に接吻するのは必ず仁丹を嚙んだ後に限る、という秘密な戒律を持っていたのである。

# 詩人の靴

丘の下に卵色の西洋館があって、その二階に若い詩人の津田三郎が住んでいた。と言えば少しは爽かに聞えるかも知れないけれど、実はうす暗い屋根裏である。天井が三角で、たった一つの小さい窓が生憎西向きなので、決して夏向きの部屋とは言えなかった。津田三郎はまた生憎と背の高い男なので、窓に行く時は天井板から頭を保護するために肩を屈めなければならなかった。そのくせ三郎は時々窓に行く必要に迫られた。何故かと言うと彼の頭と心臓が彼の目のさめている限り絶えず繊細に緻密に動いているに反して、彼の体は非常に無精に出来ていた。殊に外出とか散歩とか歩行に関することに対しては、彼は恐怖に近い嫌悪を持っていたので、そのために彼は時々窓から外界を眺める必要があった。つまり三郎が窮屈な思いで肩を屈めてまで時々窓に行くのは常人の散歩の代用であった。

西向きの窓から首を出した左側は、幾条《すじ》かの径《こみち》を持った原っぱで、原っぱが緩い傾斜で上ったところに杉林があって、杉林のさきがお寺の屋根である。右側はこの頃建てられた四五軒の住宅で、井戸があり、蒲団を乾した手すりがあり、花を植えた狭い庭があり、子供が泣き、若い奥さんが縁で良人《おっと》の洋服にブラシュをかけていることがあり、つまり少しばかり世の中の匂いがした。

それで、窓から首を出した津田三郎は、眼で原っぱや杉林を散歩することにしていた。この特殊な散歩によって薄暗い屋根裏の思索に疲れた三郎の頭と心臓は鮮《あた》らしい空気に触れ、体は常人が散歩しただけの運動を得ることが出来た。幸い彼の体はそんな風に作られていたのである。それから三郎は世の中とか人間とかいうものに少しばかりの恐怖とたくさんの嫌悪とを持っていたが、窓の右側に見える四五軒の住宅は、かねて三郎の頭の中に在る世の中ほど強い悪臭は放たなかった。加えて三郎の高い小さい窓は、下のものを浄化して見せる魔力を持っていたので、三郎は高い窓から眼で程よい世の中の匂いを嗅ぎ、時には良人《おっと》の洋服にブラシュをかけている若い奥さんの手に、見とれることもあるくらいだった。

部屋の真中に少しばかりの青物を積んだ、あばたでしかめ面の、脚つきの怪しい机と、それに相応した椅子があって、一隅に毎夜三郎が寝る時、悲しそうな啜《すす》り泣きをする寝台があった。部屋の広さはそれだけの家具を入れるに十分で、決してそれ以上ではなかった。机から寝台まで二歩、窓まで三歩半の距離だった。この寝台は言わば部屋つきで、この洋館の借り主兼三郎の部屋の貸し主である洋画家佐々木氏が、氏自身も思い出せない以前に屋根裏に放り上げたものである。

何故若い詩人の津田三郎が苔のようにこの屋根裏に住んでいるか。それはただ彼が貧乏だったからである。とは云え、二月の夜の寒さと、八月の日中の息苦しさとを除けば、この部屋は何から何まで三郎の性情に適っていた。太陽の光線の嫌いな彼のために薄暗く出来ているし、人間嫌いな彼のために佐々木氏夫妻やその子供達と遮断される位置にあるし、体を動かす事の嫌いな彼のために二歩行けば寝台、三歩半行けば眼の散歩の出来る窓があるし、その他、机のあばたも寝台の啜り泣きも彼に親しみを寄せていた。つまり三郎に取ってはこの屋根裏が象牙の塔であった。そして、三郎は、この象牙の塔の中で時には象徴詩人であり、時には駄駄詩人《ダダイスト》であり、時には表現詩人であった。これはつまり彼が決して星菫派とか自然派とかいうものに属していなかったということである。それ等は彼に取って恐怖以上であった。

さて夏が来て、三郎の象牙の塔を牢獄のように息苦しくしてしまった。三郎は止むを得ず窓と反対側の鼠色のドアを開けておかなければならなかった。彼に取っては佐々木氏の声は豚の風邪ひきのようで、佐々木夫人の声は飴屋の笛の痙攣としか聞えなかったので、彼は四季を通じてドアを密閉しておきたかったにも拘らず、なお午後から夕方まで部屋の中が西日の洪水になるので、三郎は風呂敷をピンで止めて窓帷《まどかけ》の代用にしなければならなかった。生憎三郎のたった一つの風呂敷は茶色が灰色に褪せたもので、部屋を一しお暗くした。薄暗い処の好きな彼にも暗過ぎた。

こんな風で、午後になると三郎は螺旋形の溜息（これは三郎の詩句を借りたものである。多分癇癪と悲哀の象徴であろう）を吐いて、憂鬱に陥った。人間嫌いで歩くことの嫌いな彼は、眠ることに依って日中の呪われた時間を殺すより他の方法を持たなかった。それで彼は常人の昼と夜とが半分ぐらい喰い違った日々を送って、漸く螺旋形の溜息と憂鬱から逃れることが出来た。

ある朝（常人の昼頃）三郎はある物音に脅かされて寝台の上に飛び起きた。同時に胸が鉛色になってしまった。象牙の塔を地獄の底に突き落すような地突《じづ》きの音である。

こんなに近く人間に住まれるのか。

三郎は恐る恐る窓に行って覗いた。窓下の光景は予想通りだった。それから三郎に取って三年間に値いした三週間のあいだ、象牙の塔は鉋の音や鼻唄に埋められ、三郎は懶《ものう》い日中の眠りを奪われ、唯一の生甲斐である夜の思索と詩作をも奪われてしまった。

三週間の後、三郎の鼻のさきに人間の住むべき家が出来てしまった。しかも晴れがましい廻り縁の一方が此方に向った二階つきである。更に十日の後、三郎は隣人を持たされてしまった。窓の右側に程よい距離に在った四五軒の住宅も隣人の二階に隠されてしまったので、ブラシュを使っている奥さんの手に見とれることも出来なくなった。

隣人の二階に誰か住んでいる気配がある。しかし、それは三郎の螺旋形の溜息を深めるに役立ち、机の方向転換に役立った。三郎は鼠色のドアに向い隣人に背を向ける位置に坐って、調子の狂ってしまった象牙の塔に少しでも昔日の俤《おもかげ》を呼ぼうとした。

隣人を持って三日目の夕方のことである。午後からずっと苔の眠りを続けていた三郎が耳の側《そば》の口笛で起された。

口笛は軽快な舞踏曲である。隣人の二階から。——壁に向って寝ていた三郎が寝返りをした拍子に寝台が啜《すす》り上げた。ああ、何と湿っぽい泣声だ。

三郎は肩を屈めて窓に行き、風呂敷の窓帷《かけ》から覗いた。椅子にかけているらしい片足の尖《さき》が簾《すだれ》の端から口笛に合わせて出たり隠れたりしている。灯はまだついていない。薄いスカアトの端に限られたクロオズアップの足尖だけが宙に浮いて、軽い顫律的な運動を続けている。肉薄のくせに寸の大きい、伸びた足である。

三郎は再び寝台に来て、ごろりと横になった。あの足と六尺も離れない処に何と惨めな窓帷がぶら下っていることか。

其後の三郎の心臓の推移についてはさして多くの言葉を要しない。つまるところ、あの足の存在は、なべて人間嫌いな三郎に少くも一人だけは例外の出来たことの証明になった。そして三郎は二階の隣人の寝鎮ったある夜更けに、恥知らずな風呂敷の窓帷《むし》を捲り取って、寝台の下に投げ入れた。お蔭で翌日《あくるひ》からまた西日《にしび》の洪水だったが、灰色の奴にぶら下られていた時より心が少し軽くなった。

更にある夕方、西日で白紙にされた頭を井戸で冷して屋根裏に上って来た三郎は、床の上に落ちた一枚の見慣れない紙を踏んだ。蜜柑色の便箋である。ペンで次の文句が書いてあった。「水曜。間違えないで下さい、今日です。午後七時。この森」で切れて、後は精密な地図である。

星菫派の恐怖者である三郎にもこの紙片の意味するところはすぐ解った。同時に心臓から起った戦慄が手さきまで来て、左手に摑んでいた濡手拭を落した。あまり甘味《うまみ》のない線の太い、そのくせ十分しなやかな——つまりあの足と同じ感じの字である。他の誰がこの強い美しさを持った字を書くのだ。三郎は玄関にとび下りて時間を見た。平生から三郎が何処か佐々木氏に似ていると思っている梟の柱時計が定刻十五分前を示していた。森までは急げば七分しか掛らない。と三郎は地図の距離によって見当をつけた。八分間に仕度をすれば好《い》い。隣人の二階は既にひっそりして、灯もついていなかった。

幸い三郎はすこし古びたアルパカの上衣と白ズボンを持っていた。靴もキッドの赤いのがある。しかし、それは四季を通じて彼のただ一足の靴で、おまけに底がばくばくしだしたので、今修繕に行ってるところだった。靴屋は指定の森の丁度反対側で、往復三十五分の地点にあった。

靴下をはき終った三郎は、嵐と急迫《シュツルムウントドランク》（これは三郎が独逸文学史から拾った言葉で日頃はその音楽的効果を非常に愛している言葉である）の状態で部屋の中をぐるぐる歩き廻った。その時、彼は佐々木氏の靴を思いついた。いつも必ず一足は玄関に揃えて出してある佐々木氏の靴を。

時間は四分しか残っていない。三郎は佐々木夫人の心づくしの現われたきれいな白靴にいきなり足を持って行った。しかし甲の膨れた寸の短い佐々木氏の足に適した靴は、三郎の大きい足を拒んだ。急迫の三郎は下駄箱の上に端然と置かれた獅子のにぎりのある靴べらを摑んだ。いつも寝起きらしい不機嫌な渋面を作っているので三郎が好意を寄せている獅子である。靴はじわっと妙な音を立てて三郎の足に張りついた。

一分の隙もなく足に張りついた靴は、却って三郎の足を軽くした。彼はこれほど軽快に、これほどの歓喜をもって歩行したことはなかった。彼はじき指定の場所に着いた。

森の中は三郎の性情に適した薄暗さに暮れていた。中程まで入って隣人の影を探した。ひっそりしている。時間を遅らしたに違いない。何て間抜けだ！　三郎は足下に有りあわせた木の幹を三つ四つ靴で蹴りつけた。その時、眼の前に二つの影が立ち上った。二間と離れない処に。外線の太い、骨組の伸びた、そのくせしなやかな肩（他のどの女がこれ程辛《から》い美しさを持った肩を持っているだろう）が今一つの肩と並んで、

「何」と言った。

「気の所為《せい》ですよ」と今一つの肩が言った。

「だって、あなたにも聞えたんでしょう」

「二人とも気の所為《せい》ですよ」

「さうね。（間《ま》）でも手紙が間に合ってほんとに好かったわ。今日は駄目かと思っていたのに」

「速達が間に合わないって事はない」

「何しろ――」と言いさして隣人は口笛を吹きだした。それを合図に二つの肩が並んで森を出た。

　帰途の三郎は足に咬みついた靴を呪った。佐々木氏の靴は彼の脳天までも締めつけた。

　夜露に濡れた靴を土間に叩きつけて屋根裏に上った。寝台がひどい悲鳴をあげた。あいびきの誘いは夏の夜風の戯れに過ぎなかった。――三郎は寝台からとび下りて呪

われた服装をもぎ取った。夕方に隣人の書卓の下に落ち散った蜜柑色の書潰しの一枚を三郎の窓に入れて見た悪戯《いたずら》ものの夜風が、こんどは彼の痩せた猫背を吹いた。三郎は再び寝台に体を投げた。

「如何《どう》したんだ、この靴は」玄関で佐々木氏がどなった。

「あーらまあ」佐々木夫人の声は一しお飴屋の笛の痙攣だった。しばらくして「あなた、シルレルよ、これは。シルレルはね、この頃とても利巧になって自分で玄関を開けますの。でもよく持って帰ったわ。やはりシルレルだわ」

シルレルというのは夫人の愛犬で、一ケ月毎に改名させられる犬だった。佐々木夫人は文学が好きで、殊に外国文学が好きで、殊に戯曲全集を愛読していた。夫人の崇拝作家は一ケ月毎に変った。戯曲全集が月刊だからである。そして夫人は月々に崇拝する作家の名をそのまま愛犬に付けることにしていた。だから愛犬はチェホフ、ゲエテなどの過去名を持ち、イプセン、ストリンドベルクなどの未来名を約束されていた。

「シルレルより早く代りが欲しいな」佐々木氏は銀座にソオダ水を飲みに行く定刻なので、少し不機嫌に靴を催促した。

長い時間の後、三郎は不意にとび起きて寝台の下から風呂敷の玉を拾った。窓を閉めて窓帷《まどかけ》をぶら下げた。それから机に行って書物の間から「真珠は沈んでいる」――心ある人はその標題が何を象徴しているかを考えさせられる三郎の肉筆の詩集である

——を取り出した。窓下を軽い靴の音が通って、隣人の門が開いた。二階で口笛の舞踏曲。三郎は「真珠は沈んでいる」を投げ出した。舞踏曲と寝台の涕泣《ていきゅう》のコオラス。——作者はこれで幕を閉じる。津田三郎を幕の後に休ましてやりたくなったし、彼の机の下に散った採集されない水底の真珠を一顆《ひとつぶ》ずつ拾わなければならないし、それに作者の心も少し湿っぽくなって来たから。

# 匂い

――嗜好帳の二三ペエジ

これは匂いで、林檎そのものではありません。匂いは林檎が舌を縛るほど鼻を縛りません。だから私の舌の上の林檎より、鼻孔のあたりを散歩している林檎の方が好きです。

ゲエテ閣下。

お靴の紐を結ばせていただきます。メフィストの健康のために。ファウスト博士の霊魂巡礼は、私の国日本の意味づけの好きな学者方に、生涯を挙げて研究しなければならない豊富な材料を提供しますが、しかし、地上より天上へ、おきまりの到達点で出発点です。過去の宝玉で未来の宝玉です。宝玉は函にしまっておいても変色しません。博士のためにならら、私は途上でお逢いした閣下に鄭重な会釈をして通りすぎましょう。私に閣下のお靴の紐を結ばせるのは彼奴です、メフィスト。昨夜散歩していましたら、橋の袂で酸っぱい風に鼻を襲われました。「ほ、御散策で」誰にでも愛想よく、誰にでも無愛想な奴め。「まあせいぜい好い御散策をなさるんですな、わたくしの尻尾でも、捕まえるような。失礼」

彼奴はありもしない帽子の縁に手をかけて持ちもしない会釈をし肩を曲げて行ってしまいました。気がつくと私は茫然と橋の袂に立って、彼奴の足跡の香気に嗅ぎ入っていました。いま半歩で川に落っこちるところでした。

チェホフ小父さん。

私は小父さんの唇がまだ影を背負わなかった頃の微笑が好きです。額の縦皺の中にちゃんと苦悶と理想を畳み込んでいるトルストイ伯爵から

「何ごとじゃ、会釈もなく人生に哄笑をばら撒いて。じゃによって地上の人類が……」

とお叱りを受けそうなあの微笑が。

粗製のビイル樽が熊の皮を着込んで、火薬で心臓をふくらましています。

愛情が部屋の壁と喪服と二重に身を包んで亡夫の写真に貞操の誓いを捧げています。

何と似合いのお二人でしょう。そこで粗製のビイル樽と愛情の決闘です。そしてピストルの次が接吻です。そしてピストルと接吻は日本紙一枚の親しさです。長距離の好きな伯爵が額の皺をよけい深めそうな稲妻の変化です。何と素晴らしい微笑でしょう。ピストルと接吻の稲妻のあいだに、粗製のビイル樽氏と愛情夫人の姿がこんなにはっきり見えるとは。小父さんは人間を稲妻のポケットの中にそっと入れてお置きになりました。報告好きな伯爵様のように、

「わしは此処に置いたぞ、この人間を」と言わないで、あなたは昼寝している坊やの枕もとにビスケットを置いてやるお母さんです。寝ぼけた坊やはビスケットを跨いで行ってしまいそうです。またはこのビスケットが動物園ビスケットで、犬や熊や白鳥の形をしているので笑いだしそうです。小父さんの微笑と角度の違った笑いを。

いったいこの国の坊やたちは、伯爵様其他の催眠術にかけられて以来伯爵様の額の皺をそっくり自分の額にも掘りつけなければならないと考えています。地球というものは永久に額の皺だと考えていないとも限りません。しかし寝ぼけた坊やです。小父さんの笑いは小父さんの笑いです。

ホオゼ！

絹ズロオス！　レエスつき。

親愛なるシュテルンハイムさん。私の窓下の斜面のようになだらかな芳香です、表現派の狭搾衣を鎧わないシュテルンハイムさん。

女の癖にして女のホオゼや絹ズロオスの芳香に酔う。だから、（とにきび氏が申します）変態性の雅名が丁度なんだ。

しかし舞台の上に翻るホオゼ！　しかも夫君の月給で月々をちんまりと暮している可愛い細君のホオゼ。お汁粉とチョコレート玉の好きな奥さんに柳眉を顰められても、年中変態性の上着を着せる女の肩を探し廻っているにきび氏に「それ見ろ、いよいよあいつの第一人称は『僕』なんだぜ」と会心の笑を洩らされても、私はあなたのホオゼに敬礼いたします。

何しろ私はどろどろなお粥の国に生れ合わしたものですから。そして（多分此処が変態なのか）頭の隅っこにでも、せめて菱形くらいな詩を欲しいものですから。

シュニッツレル親爺さん。（何てアナトオルさんに済まない呼び方でしょう）

お鼻の上ではアナトオルさんの気だるい手つきの玩具の取っかえっこ。

お部屋の一隅には妙な形の鳥籠、中味は緑の鸚鵡。

そしてお耳にはウィインのワルツ。

しかし、親爺さん、あなたそのものは。

「まあ、あ」

日本の女アナトオルが、アナトオルさんの都風な玩具やつれのした肩つきに見惚れて、私の胸に熱い吐息を一つぶち込みました。眼をうっとりとさせて。

「こんな、こんなパラダイスが」――おついでがありましたらアナトオルさんに伝えておいて下さい。

私の貧血症の心臓が彼女の吐息に打たれて痛あく（日本の女アナトオルはこんな不経済な言葉を使いますので、ちょっと真似てみました）なった時です、私があなた御自身をお部屋の中に見ましたのは。親爺さんは、アナトオルと鸚鵡とウィインのワルツの中に身動きされました。

どうしたことか、あなたはくしゃみを一つ。お鼻の上の憂鬱なアナトオルさんが転げ落ちてしまったものです。女アナトオルにちょっと見せとうございました。しかしそのひまのない中にあなたの頬の縦皺（トルストイ伯のとすこし違ったのをあなたも持っていらっしゃいますので）がだんだん深くなって行ったと思ったら、あなたは急に表情の方向転換でけだるい顔になり、椅子から立ち上って、「ううん」と伸びをなさいました。私があなたの内かくしから落ちた得体の知れない包みを拾ったのはその時です。

幾重にも包んでありましたが、床に落ちた時小さい音はしました。

メス一挺。

針一本。

三分の一だけ中味の這入った胡椒の罐。

中味はそれだけでした。私は包みをはがすのに永い間かかっていました。

「お商売道具を、まあ」と私は呟きました。「何て不注意なお医者様だろう」

けれど、何処かで見たことのあるような中味なのです。私は考えました。そうだ、海のお向うのバアナ、あのやかましやの爺さんが年中額にぶらさげていたんだっけ。ただ罐のあき場を塡める三分の二の胡椒粉がないだけです。

それにしても、何故この包みが意気なアナトオルさんのお父さんの内かくしに。

――私がきょとんとしてあなたの方を見た時、親爺さん、あなたはいつの間にかまた書卓に向ってペンを取っていらっしゃいました。あなたの後向きの肩が、

「さあ、とんと覚えがないがな」と言ったのか、言わなかったのか私は妙な気がして頭を一つ振りました。ふっとしたら、籠の鸚鵡が喋舌ったのかと思います。場処育ちだけに、どんな空気にでも備える鼻を持ち、だから洒落も、表現派も、音楽も、お隣

の革命も、ちゃんと心得ている鸚鵡ですから。それで御子息には済まないと思いながら私はあなたの呼び方を決めてしまいました。

# 捧ぐる言葉

――嗜好帳の二三ペエジ

カイゼル

あなたの出納係さんの霊魂巡礼を私は幾度も虫眼鏡で見ました。何と滅茶滅茶な霊魂巡礼。それから眼鏡なしにしました。その眼鏡は何世紀の出来か、どうやら端厳なものにしか合わないようでしたから。

霊魂巡礼という尊い旅は昔から地上より天上へ高翔するお手本通りな道順を取るものと決め込んでいましたら、まずあなたの穴だらけなペンで（お許し下さい、事実私に取っては穴だらけなペンだったのです）ひどくどやしつけられてしまいました。

知識で頭だけ重くなった果、悪魔にお側役をつとめさせて出発した博士様、自我と愛慾のきずなに引かれて「奥さん」を道づれに出発した渋面の「よその人」もある中に。知識、愛慾、自我、それと聞けば昔からあらゆる人が頭を下げる出発点です。そして到着点は輝く天上です、そこにもって来て出納係さんの巡礼。

偶然。ちょっとした機会。出納係さんの出発点はそれにすぎません。信用の深い銀行員だった彼の前に伊太利の奥さんの腕輪のはまった手がちらと置かれただけ。たったそれだけのことです。それも手管なんかちっとも心得ない地道な奥さんが、金の抵当の腕輪を外すための。

出納係さんの道づれはメフィストでも「奥さん」でもなく、銀行から掴み出した六万馬克の金です。伊太利の奥さんは彼について来ません。そして、奥さんを買い損った彼は、その金で何も買うことが出来ません。不幸な色男!

妻や母や娘たちのいる彼の家庭。

自動車六日競争。

踊り場。

救世軍の教会堂。

それ等の足の留め場で彼は何も買うことが出来ません。そして彼の到着した処は、「そこでどこへ行く」と彼自身に言わせた死です。

偶然に始まり、ゆくさきのない死に終る霊魂巡礼。

出納係さんの巡礼が泥棒の後の贖罪か。それとも六万馬克の金で後の未知の世界の麻酔剤を買うためか。それともその両方かとあなたは知らん顔でいて、ちょいちょい謎をかけないこともありません。しかし野暮な！　私もあなたの謎に知らん顔することは好きです。そんな詮議だてより、出納係さんのいらっしゃる道々を伴いて行った方が気が利いていて面白くもありますから。出納係さんは次から次と面白いところへ行きますし、ロマンチックなくせに（第一彼は絵の研究までしようという大きな息子を持った伊太利の地道な奥さんを、モンテ・カルロから来た女と考えたじゃありませんか）ものごとに歯切れの好い観察を下しますし、六日競争を沸騰させるし、教会堂で金をばら撒いて懺悔台から下りたばかりの会衆に激烈な金の奪い合いはさせるし、といった風です。そして最後に「見よこの人を」

ゲオルク・カイゼル！　彼の最後の唸りはほんとです。女の腕に見惚れて泥棒をし、永い旅で何も得られず、そしておしまいの天国もない人間こそ、この唸りを何かに向って打っつける資格があるのです。ファウスト博士様の端厳な御昇天より、彼の短い唸りの方が痛い。墓穴の下の彼の死骸に牛蒡が生えたってそれが何でしょう。

佐藤春夫氏

あなたの螺旋形の頭と多角形な心臓を嘖めていましたら、こんな詩のようなものが出来てしまいました。夜のことでした。

象牙の塔と地の上を往きつ戻りつ、
薔薇に恋するかと思えばひとりさんまをくらう。
ロオドバイロンの煙にお京が消え、その明後日は女誡扇綺譚。
縷説《るせつ》の舌が長いと思ったらいきなり諧謔のつばきが飛んだ。
感傷と嘲感傷、
お伽ばなしと愛慾篇、
遠い幻想と近い恋情。
東洋人の胸に仏蘭西風な鼻をつけ、
蒼白い夢かと見れば血の色のうつつ。

妙な一夜が時々私の屋根裏を訪れます。すると私の頭は私の部屋と同じになり（それとも私の頭の中にいつも王位を占めている耳鳴りが、私の部屋を作り変えてしまうのかも知れません）あなたの二つの世界が代る代る消えつ浮びつします。螺旋形の頭のと、多角形な心臓のと。あなたは気分創りですから（二つの世界をこめて）、で、こんな詩のようなものも作ってみたくなったのかも知れません。ともかく私をへぼ詩人にしたのは次のような夜だったと思います。

私は夢を築くことの上手な老建築家と話していました。あの物静かなお爺さんをつかまえて彼の事業を讃美していたのです。お爺さんはあの通りな人間ですから、話は私の一人舞台のようでした。途中で私はちょっと脇を向いてお茶で咽喉をうるおし、話を続けようと向き直った時、老建築家の代りにひどく不景気な影の薄い顔にぶつかりました。清吉氏です。

清吉氏の顔は、老建築家の事業の美しさで膨らみ切った私の心臓を忽ち哀傷で塡めてしまいました。影の薄いくせに他の心臓の中味を急転させる妙な作用を持った男です。それで、清吉氏が佗しすぎれば私も佗しすぎると云う風で、二人はすっかり話し込んでしまいました。（いったい私には老建築家や清吉氏に限らず、あなたの世界の人間とならいくら話していても飽きない癖があります。その時私はお喋舌りになります。真直なお喋舌りや、三角形のや。螺旋形のもすこしは出来ます）話し込んでる中に、清吉氏の不景気な眉のあたりが私に秋風に吹かれたしょっぱいさんまや、都会の憂鬱を思い出させ、座はしめっぽくなる一方でした。その時耳の側で、退屈読本の奴がいきなり大欠伸をし、欠伸の済まない中に清吉氏と私のあいだのしめっぽい空気を洒落とばしてしまいました。貉の話とか、お嬢さんがヒステリイを起した話とか、ダダイスト何とか——といった風に一ダアスばかりも並べて。

「悪党め、話の中途に割り込んで来た癖に」私は内証で思いました。読本めが内証でなければ思わせない悪がり方をしているので仕方がなかったのです。そして私はやはり内証で清吉氏の方を見ました。

何時立ったのか、侘しがりの清吉氏は影さえ見えませんでした。その代りに読本が二人分の席を取って、苦笑とも嘲笑とも片づかない表情で、清吉氏を探し廻っている私のうろうろとした眼の行方をちゃんと知っていました。

「ダダ、――ご存じですか、あいつを」

「あなたのような人間のことです。御馳走さまですね」清吉氏を何処にやったのか、私は腹だちまぎれに言い放ちました。

「え。何か御馳走しましたか、わたくしが」

「その空っとぼけからして御馳走さまですよ。と申し上げるまでもございませんが、私は清吉氏が好きでしたね」

「ははあ。初耳に承わります。そんな御事情でしたら御立腹はもっともですが、あいつがいなくなったのは何もわたくしの所為ではありません。お疑いなら立ってお目にかけても好いくらいです。ほらわたくしは魔法つかいでも何でもありません。とんと風のような奴で、それが失恋したてと来ているから、一つ処にじっとしていられないのですよ。電車で日課旅行をやったり、髭を立てたり落したり。困ったものです。

――あいつはわたくしの、まあ、従弟のようなものですが、そんな訳で、どうも、あまり、わたくしとは、肌が合うとは言えませんでね」

時間は自分一人のものだという調子で清吉氏を悪く言っている読本の顔に、私はせめて一つくらい風穴を出来れば彼の強い鼻柱にと思って、まじまじと彼の顔を睨みつけてる中に、私の心臓は妙な状態になって来ました。何と惚れっぽい私でしょう。何処か彼を好きになってしまったのです。しかし、これは私の惚れっぽさの罪ばかりではありません。最初の原因は彼の眉のあたりに在ったのです。従弟のようなものだと言うだけあって、この悪がりの退屈読本と佗しがりの清吉氏と、眉のあたりが似ていました。風穴どころでなくなって見て行く中に、似てるのは眉のあたりのみか、顔も、肩つきも、体の線も、それから多分（と私は思いだしたのです）心臓の中味も、脳の襞の具合も――

「嘘つきめ、兄弟のくせに」と思った時は、読本はもう私の中に清吉氏と同じ位置を占めていました。

「ダダ」私は急き込んで言いました。「お粥の国への爆弾です。ゾラ氏の孫弟子共の行列の中へ――」

「危いです」読本は私の言葉の中途で苦笑交りに注意しました。「興奮なすっちゃ」

「でなかったら飛行機です、その国から逃げだす」

「は、は、は。御勇猛ですな」

　何と複雑な笑いを持った奴でしょう。何もかもちゃんとしまい込んだ。一冊の著述くらいは要りそうな。

　私は黙り込んでしまいました。彼の複雑な笑いが私を失語症に陥らせたのです。地球の断面にぽつりと出来たダダの黒子が爆弾か、それとも飛行機か。それは失語症に陥ってその夜の私の知ったことではありません。それで私は失語状態に陥ったまま退屈読本の前から机に移り、一行毎に二つの世界を持った、そして結論のない詩を書きました。

　しかし、
　これが私の一ばん好きな、一ばん美しい夜の一つの見本です。

# 木犀

木曜。今日はチャアリイが衆楽キネマの幕から消えてしまう日である。私は彼に別れを告げに出掛けなければならない。

夕方の六時になって火葬場の煙突が秋の大空に煙を吐き初めると、私は部屋にじっと坐っていられなくなつた。私は三日前の夜からチャアリイを恋しているのだ。

今日は煙が左に向って静かに流れている。爽かな北風で頭は澄んでいるが、私の心臓は淋しい。三日前の夕方N氏を上野駅に送って以来。

チャアリイの肩は私の心臓と同じに淋しい。彼の帽子も淋しい。彼の杖も淋しい。彼の笑いも淋しい。髭。ズボン。藁沓。彼の全身が淋しいのだ。

チャアリイの全身の淋しさが、N氏と別れた上野の帰りの私の心臓に熱を捲き起した。家の近くまで来てふと思いついて這入った場末の哀しい衆楽キネマで、月おくれのゴオルドラッシュをやっていた。擦り切れた古い写真の中でぶるぶると踊るチャアリイのポテトオが私の胸に迷っていた涙を素直にほぐしてくれた。そしてN氏の影の代りにチャアリイが私の心臓を啞を捕えた。その夜から私は毎晩彼に逢いに出掛けた。私は屋根裏の借部屋で啞であっても、または一本の苔であっても差支えないような日日を送っている。今日も朝からまだ一度も声を使わない。私はチャアリイと喋舌って来たいのだ。

N氏と逢ったのは殆んど十年ぶりだった。私たちは昔互いの学生時代に少しの間友達であった。昔からすこし懶そうな、いくらか曇った顔をした彼だったが、久久に逢った彼はその調子がすこし濃くなっただけで、そう変ってもいなかった。北の方の牧場で牛と一緒に暮していると氏は言ったが、そう聞けば彼は何処か牛に似ていた。屋根裏の私が苔に似ている程に。彼はまたヒステリイ女の奥さんに逃げだされて一人になったと言ったが、今の彼にうらぶれた匂いがすこしばかり沁みてるようでもあり、いないようでもあった。彼の目立った特徴といえば、彼の肺臓が驚くほどエアシップの煙を好んでいる点だけだった。

私はホテルの八階のN氏の室に一時間ばかり坐っていた。別に話も栄えず、N氏はエアシップの煙を恐しくたくさん肺に通し、私はその三分の一位の朝日を喫った。黙り勝ちな時間が気づまりでなく過ぎた。私のセルの膝にあるかなり大きい煙草の焼穴も平和な気もちで眺めていられた。N氏は多分出先きから帰ったままであろう、背広に襟飾をきちんと結んでいた。らっきょ型の影の薄い顔と痩せた体に調和した鼠色の襟飾だった。

私はヒステリイ女のN夫人は勿論、N氏がその奥さんと結婚したことも、奥さんに逃げ出されたことも知らなかったが、黙り勝ちなその日の話の中でN氏が一ばん多く語ったのはやはり奥さんのことだった。「——つまり牛なんかと一緒に暮していることがフラウには我慢ならなかったんですね、牛の中には僕をも込めて。何しろ女ってものは限りなく慾ばりだから」

「それで、どうなすったんですの」私は礼儀として一言訊いた。

「熊のように頑健な、しかも桃色好きな奴と二人で行っちゃったんです。しかしその方がフラウには好いのです。」

一週間の出張期間を終って明日帰るという日の夜、N氏は突然私の部屋を訪ねた。海老茶色の襟飾がすこし花婿臭く、氏のらっきょ型の顔に不似合いだった。氏は何となく落ちついていなかった。その反射で私も氏の襟飾を滑稽がる余裕をなくした。

N氏は不機嫌な顔でたてつづけに番茶を飲み、丁度私の机の上に載っていた塩豌豆をしばらく噛んでいた後、私に牛のいる牧場に行かないかと言った。

「いったい僕はあの頃この申込みをすべきだったんです。当時そんな気もしたんだが、あなたがあまり人間に背中を向けていたものだから」

しかし私は屋根裏から動き出す気がちっともしなかった。私は手持無沙汰に部屋の中を見廻した。海老茶の襟飾よりも灰色の壁にほこりを被ってぶら下ったナイトキャップが私を感傷的にした。


汽車の窓から顔を出したN氏はもとの鼠色の襟飾をつけていた。総てホテルの八階で逢った通りの彼に還っていた。

汽車が発って帰途についた私の心臓は餓えて淋しかった。行ってしまったN氏を追っているのだ。電車を降りて家の近くまで来た時私は衆楽キネマの存在を思いだした。

映写中の暗い土間で私は誰かの足をひどく踏みつけた。

「痛て、畜生」と憎々しく言った声がそのまま哄笑に変った。雪の中を彷徨しているチャアリイの後姿に向って投げられたのである。

吹雪の中のチャアリイの肩は古写真の雨にぼかされてぶるぶると震えていた。私は塗りかえペンキと便所の匂いに包まれてチャアリイの肩を探さなければならなかった。彼の肩ばかりではない。月おくれのゴオルドラッシュ全体が雨に降られて身震いしているのだ。そしてチャアリイはといえば全世界に笑いを撒こうとして却って淋しさばかり撒いていた。

しかし小舎の見物は、法被も、鳥打帽も、お婆さんも孫も、娘も、みんなチャアリイの望み通り絶えず笑った。変態感情に陥っているのはやはり私の心臓だけだ。

恋人に待ちぼうけを喰ったチャアリイがポテトオダンスを踊りだした時、法被も鳥打帽もお婆さんも孫も娘も笑いの渦で一つになった。孫の坊やは塩煎餅を投げだして手を叩き、椅子の下のラムネの瓶まで歓声を揚げた。私の心臓はさめざめと泣きだした。

木曜のポテトオダンスが終って小舎を出た私は行き場を失った。しかしともかく薄暗い横町を拾って屋根裏へ帰るより他に行き場もない。

「上野の帰りにあなたに逢わなかったら、今日の木曜の夜がこんなに淋しくもなかったでしょうに」

私は伴れのチャアリイに向ってこぼした。彼は嚢を背負い藁沓をはいて、孤独な彷徨者の姿のまま私と並んで歩いていた。短い髭が氷で綴られてなお短く見えた。

「N氏は牛の処へ帰ってしまったし、あなたは今夜きりあの小舎から行ってしまうし、明日から、私は、何を……」

チャアリイは例の手つきで帽子を上げて静かな敬意を一つ呉れた。私は四日間のポテトオダンスの涙と水洟の沁みついた手巾を出して洟をかんだ。チャアリイは今一度帽子を上げた。

厳しい邸宅の前で私たちの体は静かな木犀の香に包まれた。香の奥で世にも幸福なお嬢さんのピアノが「トロイカ」を呟いていた。私の心臓は沈黙の敬意ばかり呉れているチャアリイに向って素裸になった。

「チャアリイ、私は牛に似たN氏の影を追っかけています、申込みをしりぞけられて牛の処へ帰って行った彼を。だからあなたを愛しているのです」

「あまのじゃくめ」チャアリイは杖で木犀の香を殴りつけた。「何だって俺とジョオジアのようにハッピイエンディングにしないのだ。だから俺は地球の皮という場処が嫌いなんだ」

「私だって地球の皮という場所が嫌いだからN氏の牧場より屋根裏の方が好かったのです。あなた方のハッピイエンディングだって地球の皮をはなれた幕の中じゃありませんか」

「じゃさっさと屋根裏にお帰りなさい」

チャアリイは杖で私の部屋の方を指し、それからくるりと踵を返して淋しいトロイカの呟きを杖で小刻みに切りながら歩きだした。

チャアリイにまかれた私は牡丹餅のようなお君さんのいる汚い喫茶店に這入った。いつも客を待ちあぐんでいるお君ちゃんは二度ばかりで私の顔馴染になってくれた。今日もぽつねんと前掛に両手を入れていたお君ちゃんは、私の朝日にマッチをつけてくれた。

「ああ、チャップリンが覗いてるわ、ふところから。悪いしとね」お君ちゃんは私のふところから衆楽キネマのプログラムを引っぱり出した。「チャップリンお好きなの」

「大好き」

「妙なしとね」お君ちゃんは私の手にした珈琲がこぼれる位大声で笑った。

「どうして」

「だって、だって色男でもない喜劇役者に大好き、なんて言うんですもの。誰だって色男でなくちゃ、大好きになんかなれやしないわ。あたしだってヴァレンチノが死んでから活動嫌いになっちゃったわ」

三十銭は明日の電報料に取っておかなければならない。私は残りの四十銭を卓子に並べて店を出た。

階段に端書が来ていた。「木犀の香りの中を抜け」――N氏が拙い詩を一ぱい書きつけた端書だった。氏も木犀の中を通って牛の処へ帰って行ったらしい。

さて私は明日郷里の母に電報を打たなければならない。私は金をありたけN氏の詩の上にはたき出した。お君ちゃんの店で残した十銭玉三つの他に銅貨が四つあるだけだ。お母さん、私のような娘をお持ちになったことはあなたの生涯中の駄作です。チャップリンに恋をして二杯の苦い珈琲で耳鳴りを呼び、そしてまた金の御無心です。しかし明日電報が舞い込んでも病気だと思わないで下さい。いつもの貧乏です、私が毎夜作る紙反古はお金になりません。私は枯れかかった貧乏な苔です。

# 漫漕

妙な奴と乗り合わせたものである。舟の中には彼と二人きりで、船頭らしい影も見えない。ちょっと物柔らかな、放心に好い春の夜で、水面にも舟の中にも靄のようなものが立ちこめていた。それで私は初めつい私一人の舟の気で、靄の望むままに放心しかかっていた。

いま一人乗り手のあることを気付かせてくれたのは、突然舳の方で爆発した一つの酸っぱい嚔《くしゃみ》だった。嚔は舳のあたりに漂っている靄に孔をあけ、孔の尖端が艫にいる私の鼻先に届いた。私は靄の隙間の細い筒の向うに、おぼろげながら対手の顔を見ることが出来た。

「何と妙な顔だろう」

彼の顔は狭い空気の筒の向うに半分睡っている。今酸っぱい嚔を爆発させたことも、殊にそれでいま一人の乗り手を驚ろかしたことも一向に知らないらしい。

　私はそれを好いことにしてゆっくり彼の様子を調べた。うっとりと半分睡っている彼の顔はあたりの靄に似ていて、同時にさっきの酸っぱい噯に似ていた。

「どっちなのだ、いったい」

　私の片付け癖が働きかかった時、問題の彼の顔が淡い乳色にぼやけて来た。噯で追払われていた靄が空気の筒を埋めかかったのである。私は頭を一つ振って、鼻の先の靄を払った。

「まあ、どうしましょう」靄が鼻声で仲間に言った。「まるで行き場がないわ」

「噯で吹飛ばされたり、頭や手で追払われたり、散散ね」

「そうよ。これじゃ私たちの居場処も無くなる一方だわ」

「ともかく逃げましょうよ。おお怖い」

　第二の靄の最後の悲鳴は、丁度私が二度目に頭を振った時、私の左の耳の側で起った。

　私は不用意にも彼女のか弱い軀を左の耳で打ったらしい。

「失――」と私が靄に詫びかかった時、舳から懈《けだ》るそうな欠伸《あくび》が起った。

　しかし、舳の奴は懶い欠伸で私の靄に対する鄭重と少しばかりの未練を嗤《わら》ったらしい。

「また、こんどは欠伸よ、あいつの」

「早く、早くいきましょうよ、欠伸の息の掛からない中に。あいつの欠伸は噯よりずっと酸っぱいのよ。まるで毒瓦斯よ」

靄は行ってしまった。

船頭のない舟は彼と私の間に靄の混じない空気を載せたまますこしずつ川上に進んだ。

「素敵な晩ですな」彼は欠伸の続きらしい鼻音で言った。こう魂の底まで蕩かすような。「時にどちらへ」

彼のすることは何から何まで妙な調子だった。言葉や動作の表情は何処までも靄に似せかけておいて、中味は最初の噯と同じに酸っぱい。

「ふとしたら——」私の胸はひそかにあいつの名前を綴りだした。M・E・P・H・I・S——「あいつかも知れない」

あいつの名前はいつも胡散臭い。私はいくらかはっきりした頭で彼の方を見直した。あいつに違いない。

寛いだ形で舳に靠れ掛った彼は、いかにも美味そうに春の夜の空気を吸っていた。見せかけ上手め。いびつな肺臓に取って春の夜の空気がどんだけ美味いのだ。癇癪の起った時けだるい顔をし、嘲笑を鄭重に進呈する表情屋め。

しかし私は彼への返事につい本音を吐いてしまった。「北の方へ」

「ははあ」彼はさも本音の語調で、音声まで八音高く、私のに似せている。「と申しますと、その――」

「小旅行です。そんな大したのじゃ」私はまた知らず知らず音声を彼の低さに下げようとしたらしく、妙なバスが出てしまった。

「ははあ。で、その、つまり夫婦喧嘩の上手なあの御仁の処へ」

「無論です」

「夫婦喧嘩という奴は、私共の常識によりますと頓と犬も喰わないということになっていますが、あの御仁の夫婦喧嘩に何か別した香味でもあって、お腹の足しにでもなろうというような――」

私は烈しく頭を振った。そして口を開こうとしたが、二秒だけ彼に遅れた。

「なるほど、お頭《つむ》の足しに。すると夫婦喧嘩も脳の襞《ひだ》を深めるということになりそうだぞ。いや、北方の焼餅屋もとんだ余沢の所有者にされたものです」

彼は黙笑を一つして、それから唇の尖で鼻唄のようなものを呟き始めた。

債鬼　債鬼

貸と借

貸と借

何処まで行っても貸と借。

　ダマスクスへも貸と借。

彼の呟きはそんな言葉らしい。

彼は呟きながら左手の指を代る代る変な形に動かして舟の腰板を叩いていた。今まで気がつかないでいたが、彼は始終その運動を続けていたらしい。指の下には何か仕掛けが匿されていて、この舟の船頭は彼の指が勤めているらしかった。

私はメフィストの指の運動に感謝したが、彼の鼻唄は気に喰わなかった。

「夫婦喧嘩そのものが何も脳の襞の足しになるとは申し上げません。そんなものは却って脳の襞を引きのばすだけです。私の見たいのはあなたのおっしゃる『貸と借』の盛り方です」

「ははあ、すると匙加減ですな。あなたを北方に惹いたのは。結構です。あの焼餅屋はちょっと見られる匙を持っているようですから。では着きました。あの御仁に私からもよろしくと言って頂きます。いずれまた」

　舟は止っていた。メフィストは最後の言葉と同時に私の衿首をつまみ上げて靄の気のちっともない寒々とした岸に放った。

# 新嫉妬価値

耳鳴りが今夜は部屋に蟄居することをひどく嫌って、さっさとオオヴァを引っかけ始めた。何処に行くのか私には見当がつかないけれど、しかし蹤いて行く他に仕方がない。何しろ彼と私は一つ肉体の中に一緒に棲んでいるのだから。ロシアではもう一世紀近くも昔に鼻が街の広場を散歩したんだ。耳鳴りの漫歩に蹤いて行くのもきょう日の人間に取ってはそう無駄なことではないかも知れない。と私は耳鳴りに聞えないつもりで私かに思った。

「そうさ。歌舞伎とシュライ・ドラマが一つ小舎で演られるんだ。伊達のルパシカと実用のおかっぱとが手を組んでるんだ。俺とお前だって、だから一つの軀の中に狭っ苦しく雑居してるんだ。二つのものを同時に見たり聞いたり嗅いだり、おまけに拙い詩の合作までやらされるんだ。官吏の月給が活字の上で何割とか削られ、五日の間にまた活字の上で元に還るんだ。いつだっけな、あんなことのあったのは。まあいつでも好いが、とにかくそんな頃の人間に漫歩の他の仕事があったら言ってみろ」

「別に意見もないけれど」私はぐずぐずと靴下をはきながら「お次の靴下を一足欲しいな、強いて意見を言うなら。今思いついたんだけど」

「何だい、それは」

「古い靴下。煙草の灰がたった一粒落ちたんで前にもファッション・マアクが一列出来ちゃった、古い。決してお次のじゃない」

「丁度御分際だ。俺たちの合作がお次のを買うだけな市場価値を持ったらお慰みだよ。すこし位風通しが好くたって我慢しろ。ついでに右のにも煙草の灰を一粒落して、右左お揃いにしたら好いな。しかし今夜は急ぐんだ、明日が漫歩報告の締切日なんだから」

私は仕方なく片足には前後にファッション・マアクのある靴下をはいて耳鳴りに従った。

駅の地下道で、耳鳴りは何か固いような柔かいようなもので背を触られた。長い間の蟄居で彼は人込みを潜る術を忘れ掛っているには違いないが、しかし妙な触りだったので彼は振り向こうとした。が、まだ頭の向き切らない中に、彼の視野に一本の棒切れの尖が這入って来た。続いてそれを掻い込んだ腕。棒の後方の端。——部分的なクロオズアップが終って棒の全部が前を行きだした時、耳鳴りは漸く棒についてぼんやりした知識を得た。質や用途は後で考えるとして、ともかくこれは杖の類に入るべき物らしい。そして街での手の持物が総てそうであるように、この杖の用途の八十五プロツェントは多分装飾だ。

杖は二人づれの、女の方の左腕に掻い込まれている。女の左腕は杖と同時に黒光りを放つオオヴァの複雑な襞を抱いている。そしてこの二人づれはお互いの話だけを知って、地下道も人込みも知らない。——すこし小さくなったクロオズアップで、耳鳴りはこれだけの光景を見ることが出来た。同時に彼はすこしだけ苦心したら、二人の話を三分の一くらい聞くことが出来るかも知れないという興味を起した。「話は穴のあいてる程面白いんだ。他から聞くことより、自分で穴を綴る方が」耳鳴りは大急ぎで私に耳打ちした。

二人づれは人込みを忘れてるだけに非常に足が速い。——此処で耳鳴りは杖のほんとの用途を発見した。この杖は普通の持物と反対に八十五プロ以上の実用用途を持っていたことを。それは人込みの中を速く歩く武器なのだ。女の腕に楽々と横たわった杖は、前に塞っている背中に固いのか柔かいのか解らない触覚を与える。妙な触覚で前の背中は無意識に道を譲る。背中が杖の存在を知った時は、杖はもう彼の前にいて次の背中に働きかけている。

　耳鳴りは杖の切り開いてくる路を人込みの苦労なしに、そして彼等に遅れないで蹤いて行くことが出来た。

「でも案外つまらない。淡すぎる。そう思わない」

「僕はまたつまりすぎた。濃すぎる。今晩だって、ぜひ、行きたい、ってことも、ないんです。——いや、行かないじゃない。ただ、脳貧血を起したらあなたの迷惑だから。不安なのはその点だけなんです」

「違う。何て変な考え方。不安なのはあなた御自身の感覚じゃないの。しかし厄介ね、ジョセフィン・ベエカアの踊りで脳貧血が起るんじゃ。ねえ大丈夫。すこしでも変だったら今の中お帰りになった方が好いわ。何しろ私はベエカアのいる限り毎晩見るんだから」

「僕だってベエカアが日本にいる限りあなたの側にいなければならないんです」そんな会話だった。

　女は対手に口を利く代りに、丁度前にあり合わせた背中に烈しい杖の一撃を与え、爪先で階段を蹴って人込みに消えた。

　彼等がまた一組になって武蔵野館の舞台に肉身のジョセフィン・ベエカア踊りを見たかどうかは人込みに消されて解らなかったが、駅の入口まで上って来る間に耳鳴りは考えた。今地球の皮では女同志のことに男がやきもちを焼くんだな。X嬢と（多分嬢だろうな）土人踊りの名手の間をY氏が焼く。とすると、アダム以来のすばらしい嫉妬価値の転換だ。性ではなくて芸術が嫉妬価値を獲たんだ。ちょっと面白いな。今頃は何処か女の画家の家庭でフジタの絵が痴話喧嘩を創り、ジョン・ギルバアトの脚で六十一の親父が十四の娘にやけている。マルクスは全資本家のやきもちの焦点だ。いや、今ちょっと面倒だから、マルクスも仮りに芸術の中に入れておくんだ。整理は後回しだ。「おい」と耳鳴りは私に呼びかけた。「フロイドがだんだん忙しくなるんだぜ、こうやきもちが交錯しちゃ」

# 途上にて

パラダイスロストの横町で市電を降り、さて、これから四五分かかって省線の停車場へ行かなければなりません。距離からいえば一分半でたくさんなところを、夜の散歩者たちが勝手なところで夜店に立ちどまりながら、歩道いっぱいの幅で流れていますから。

今夜は、閉館のベルをきいて図書館の帰りです。

夜の散歩者たちに揉まれながら、パラダイスロストの通りの昔ばなしをひとつ思い浮べました。

ある、それも今夜のように爽かな秋の夜のこと、友だちは私の右の肩によっかかり、私は彼女の重みで鋪道の底にめりこみそうな思いをし、二人は散歩者の流れのなかを揉まれ、流されていました。私の右の肩は、彼女の両手と顔だけでなく、みだれて重い彼女の心を、いってしまえば失恋の苦味を載せかけられていたことになります。

二人は、ナヂモヴァのサロメをみた帰りでした。

やがて、私は、右の肩に寒いしめりを感じました。（いま、ふっと、右の肩が寒くなりました。サロメの悲恋にことよせて流した彼女の泪が幾年か後のいま、袷の肩をとおして残ってる気がしたのです。季節も、あたりのけしきも、今夜はまったくあの夜とそっくりです。日は覚えてないけれど、ふとしたら同じ日ではないかと思います――）私は思わず肩をあげました。友だちは私の肩をはなれ、手巾ではなをかみ、顔と指を拭きました。そのはずみに、彼女は流れのなかに頑固に立ちどまり、ぎらぎらと底びかりしてる眼をひとところに据えました。私もしかたなく立ちどまり、いくらかびくびくしながら彼女の視野におつきあいしました。若いパン屋のおかみさんが、可愛い前歯で電気を照りかえしていたのです。幾人かのお客の後肩がみんな前歯の照りかえしに包まれ、おかみさんの唇がときどき照りかえしを遮り、彼女の夫が折を詰めていました。

今の日本にだって、チェホフ型の可愛い女がいないことはありません。そして、総てのものごとが泪のたねにしかならないその夜の友だちにとって、パン屋のおかみさんの顔は、この上もなく好ましいものだったのでしょう、友だちはおかみさんの頬に向って歩きだしました。

女の顔の感じというものも、違えば違うものだ――肩のしめりと一緒にぼんやりそんなことを考えながら、私は、友だちのなめうしろから二つの顔をながめていました。友だちは一度失恋でやせた瞼がサロメの泪で腫れぼったくなった眼で、硝子のなかのパンを探しまわっていました。

諦めきれない失恋のしたてには、人は、自分の心へのしかえしに地味なものを求めるものとみえ、そのころ友だちは地味なもの地味なものと追っていたようです。彼女がおかみさんに包んでもらったのは、黒パンと、白っぽい粉をふいた蝸牛のようなパンでした。それからうす暗い横町にそれ、かなりはいった小さい暗い八百屋で、辛子を二合買いました。

「バタ、まだあった」と友だちがききました。

「あった、すこし。黒パンをたべるくらいは」

「塩は」

「どっさり。漬物できるくらいある」

黒パンに辛子や塩をふりかけたふうな食物は、ふだん彼女にあまり喜ばれていませんでした。彼女は、私の耳鳴りは辛子のせいだといって、蓋物にしまっていた私の辛子をどぶに捨てたこともあったのです。

うす暗い横町を通りに引返しながら、友だちにいいました。

「私ね、もともと辛子好きよ。チョコレエト玉なんかすきじゃない。太陽でもないやつを太陽とまちがって道よりしただけよ。半年だけ。私もうあなたの辛子をどぶに捨てない。私も辛子をたべて生きるの」

暗い家ばかしつづいた思わぬところに、あかるい本屋が一軒ありました。マルクスエンゲルス全集の立看板の脚の側で、友だちは二つの包みを私にあずけ、はなをかみ、店にはいりました。私は看板の下に立って、大きい字を一字ずつ上から下へ見てゆき、こんどは下から上へ見てゆきました。出てきた友だちは、なにか全集ものの内容見本らしいのを細く巻いてもっていました。私はふと芥川のかも知れないと思いました。この想像は、私の根もないあて推量ではなかったのです。友だちは、かねて芥川龍之介の書いたものを、心臓に乏しいという理由からあまり好んでいませんでした。いつか私が芥川のかいた一つの立小便が澄んだ色をもっているといったとき、彼女は蓋物の辛子以上の悪趣味だといって怒ったことがあったくらいです。そして彼女はもはやさっき辛子を二合買い、その袋を私は持っているのです。そして諦めきれていない失恋者は、やはり読物にも自己反逆を試みるものではないかと思います。

さて今夜は図書館の帰りです。パラダイスロストのごった返した散歩者の肩のあいだにも濃い空気の滲みているこんな夜には、街もひとつの美しさを教えてくれます。

夜店の灯もほこり臭くないし、「冬物シャツ、サルマタ、大投売り」の台の下では、こおろぎが啼いているかも知れません。私はまず此方側の流れを突っきり、向側の流れに揉まれながらパン屋のおかみさんの消息を知りたいと思います。久しぶりあなたに長い手紙を書こうと思い立ち、丁度帰りのみちすがらでもあるのに、あなたの好きだったあのおかみさんの消息を欠くのは、ものたりない気がします。

私の腕には、図書館帰りの包みのほかに（今日のノオトはからっぽです）図書館下の広場、名代きんつばの包みがあります。さっきまで焼きたての温味が腕に伝わり、あの店特有の油のにおいが包紙をとおして匂っていました。明日の朝ははやく起きて送りだそうと思っています。

図書館では、終日蜃気楼のことを読んできました。だらしのない一日です。このあいだ階下の家にあかんぼが生まれ、ときどき図書館にでも避難しなければならなくなりました。たしか何とか閑という人の（如是閑氏でも薔薇閑氏でもなかったことだけは覚えています）著書の中だったと思います。国も年代も覚えて来なかったけれど、カラバンのなかにいた一人の少年が、沙漠のなかで変な死にかたをしていた一篇がありました。著者は、この一冊にざっと眼をとおしたところでは、秋成や八雲の好みをひいた人かと思いますけれど、今日は耳が駄目だったので、はっきりしたことは何ひとつ覚えて来なかったのです。今日のノオトはからっぽです。ともかくその少年は、まだ発育の途にある肩と、発育してしまった足とを持っていたことになります。男は肩よりさきに足が大人になるというあなたの旧い発見を証明する年ごろ――読んでいるうちに私もそれにしてしまっていたので、著者を潰すことになるかも知れませんけれど、そうしておきましょう。

それで、私たちにとって非常に美しい少年の足は、彼の村の、一人の娘に想われたのです。色の黒い、年中頭の髪を重がっている娘で、彼女はひと月ごとに胸巾の幅をひろくしなければならない年ごろで、胸板が厚くなればなるだけ彼女の心は重くなる。男の方では、しかしまあ知らなかった訳になるのです。というのは、彼には別にこいびとがあって、彼は、何処か遠くに生きている未知の美しい娘に待たれていることと信じているのです。その待っている娘というのは、村の娘のように胸板が厚くないし、彼の跡を追わないし、だからいつも神様ほど澄んだ顔をして窓に坐っているだけ。――こんなこいびとを待っていたのです。

このこいびとと少年とのあいびきは、いつも人里をはなれた丘で行われることになっていました。灌木の繁みにかこまれた草のうえにながながと寝そべり、空に向けた眼をつぶると、彼の眼瞼の内側に女があらわれるのです。彼は女の窓下にかくれて口笛を吹き、女が眼をくれるのを待つ。しかしこの娘は一度だって口笛の方に眼をくれたためしがない。それがよけい男の心を囚える。それで、村の娘の方の情は、彼にとっては無いのとおなじこと。

村の娘は、しかし、男が丘で寝ころんで眼をつぶる癖を知っていたのです。しかし彼の眼瞼のなかに恋がたきの潜んでいるのは知る術もないので、それで、あるとき娘は、草の上にながながと伸びている美しい足に忍びよったのです。男は、灌木の穂にふち取られた底深い空に向って死んでいるかと思われるくらい。しかし閉じられた眼瞼だけは、絶えまなく細くふるえている、それを感じる近くに娘は寄っているのです。息はきこえないで、胸はたいらなままで、眼瞼のふるえだけ。このとき、娘は、なぜか男に嫉妬を感じたのです、草の上に、立ってるときよりもよけい美しく、よけい長く伸びた脚をかるく重ね、静かに臥ている男自身に対して。それで娘は夢中で踵のひとつを両手に摑んでしまったのです。男の眼瞼はしずかに震えているだけ。嫉妬を煽られた女は、夢中で、胸に、踵を抱く。男は眼を閉じたまま、抱かれた足を生温かい胸から草の上へひっこめる。女は膝の前にのこったもうひとつの足にとびつき、その足も眼を閉じたままひっこめられてしまう。

男がはじめて眼を開いたのは、彼の胸の上に、重い、もやもやと温かいものが、どさりと被さってきたときです。

女の上半身が、じき眼のしたで、顔をそむけたいくらい多い頭髪に包まれて男の胸をつかみ、彼の全身は蒸れた髪の匂いに包まれていました。——男は胸の上に上半身を必死にもぎはなし、波打っている女の五体を草の上に捨て、だまって灌木の繁みを出て行く。――ここに二つの重要なことは、男はまだ肩の発育しきらない年ごろ。もう一つは、彼が繁みのそとにでたとき、横をむいて（うしろでは、女の五体が草に喰い入っているのです）草の上につばを吐きすてたこと。

それから男は、眼瞼のなかのこいびとにめぐり逢うために、商人の一行に加わることになるのですけれど、隊商の一行は、四日のあいだ茫茫とした沙漠のなかを行き、その翌朝、若い彼が天幕のそとで屍体になっているのを発見したのです。最初にみつけたのは、一行中の一人の老人でした。若者は砂の上に膝をつき、両手をある高さにさしあげたまま屍骸になっていたのです。どこにも外傷の跡はなく。

「あれだな」老人は呟く。「しかし、早すぎる」

著者によれば、この沙漠地方には、医学的に説明のつかない一種の風土病――とも呼べないような病気があるのです。旅行者のある種の心が彼の体内に抑留されたままある度を超えると（この状態は、この沙漠地方に入ってから二週間後という統計だけは取れているそうです）その肉体を夢遊病のような状態におく一方、彼のある種の心によって結晶されたひとつの独立した対象を生む。この女は、発生的にいえば旅行者のある種の心の所産だけれど、しかも彼にとっては、れっきと独立した一人の女であろうということです。

さて砂の上に膝をついて屍体となっていた若者の死は、発見した老人の考えでは、この病気とより思えないけれど、しかし、それにしてはいろんな疑問があるのです。この病気で斃れるのは壮年の男に限られ、この地方の旅行を二週間以上つづけた後でなければならない。夜、天幕のなかで抑留を絶たれたある種の心が、その男のからだを夢遊病のようなありさまで天幕のそとにつれだし、其処にはあの女がいて、ここに一夜があるわけです。そして翌朝、彼は蒼黄ろい屍軀となって砂のうえに斃れている。砂によこたわった屍軀は、ぼろっきれひとつかみ。草臥れた落葉の吹きよせ。そんな死にざまで、一夜のうちに、昨日までの壮年者の五体がかさかさに枯れているのです。この枯れかたに、この地方特殊の風土病らしい疑問をかけられないこともないと著者は想像していました。昨日までの壮年者の五体を、一夜のうちに蒼黄ろく落葉のように枯らしてしまうのは、なにか、この沙漠地方の風土のかげんではないかと。けれど、もうひとつ考えを翔けさせれば（これも著者の考えを）天幕のそとの女というのは、旅行者のあの心が生んだ蜃気楼ではなく、なにかこの地方特殊のいきものを想像できなくもないといって、何とか閑氏は、ごく小さい声で想像していました――けもの、こうもり、くも、とかげ、ひる。そしてこれらのいきものは、そのからだになにかの芳香でも持ち、その芳香は、旅行壮年者のうちのある種の心の抑留者の鼻にだけひびいてくる性質のものではないか――。

若者の死は、ともかく一行中の疑問でした。沙漠へ入ってからの日数。彼の年齢。そして死のポオズ――彼は普通の斃死者とちがって砂のうえに膝をつき、両手をさしあげ、丁度祈禱の姿態で死んでいるのです。そして蒼ざめてはいるけれど落葉のようにしなびてはいない。

若者の眼瞼のなかの界を知っている著者は、彼の死を、壮年旅行者のようなデザイアでなく（著者は、若者が丘の繁みで村の娘をもぎはなし、繁みをでてからつばを吐いたことも知っているのです）一種の清しいマゾヒズムのような情念の、影のように冷淡な女に対する思慕の、だからひとつの信仰ともいえる想いの生んだ蜃気楼として釈いていたようです。沙漠へ入って四日目の夜、彼は、ひごろの眼瞼のなかのこいびとを天幕のそとにみたわけで、そこにはいつもの窓があったのですが、女はいつものとおり決して口笛に振りかえってくれない。口笛を吹き、吹き、そのあいだの若者の心の波は、著者何とか閑氏の中世紀趣味のペンでなければ書けないから（私のペンはよほどしりごみしています）端折ることにしましょう。そして若者は、ついに、祈禱のような哀求を窓にむかってしたのです。これで彼の死の姿態は釈けるわけですが、考えてみれば私は、肝心の彼の死の原因を覚えて来なかったようです。すがしいマゾヒズムとか、報いられない思慕というものは、それが窮まれば人間の呼吸をとめるものでしょうか。それを私は知りません。

しまいに著者はちょっとおもしろい浪漫心理感を書いていました。この方ははっきり覚えていると思います。それは、死の原因となる心理が、死の姿態にはたらきかける力のようなもので、この著者によれば、デザイアは人間を枯葉のように斃死させ、それの混らない純粋な思慕は祈禱のかたちの死を与えるそうです。

よほど前にもお断りしたように、今日のノオトはからっぽですし、今日は耳鳴りもかなりしていたために、私はよほどこの著者を曲げてしまったと思います。これは著者にもあなたにもお詫びしなければなりませんけれど、しかし今夜は、こんな浪漫心理感なぞをのべていた何とか閑氏をでくのぼうだといってしまうには早いような気のする夜です。そんな夜です。北海道ではこおろぎがぐっとすくないとか、いないとかきいたように思いますが、東京では、やはり、パラダイスロストの通りの空気をもこおろぎは吸っているように思います。

いま、パン屋の前にちょっと立ちどまっていました。おかみさんは、以前とすこしも変らぬ笑靨《えくぼ》にうもれて商売をしています。私が何かの詭計にかけられているくらいあの夜とそっくりです。何か消息に書けるほど、すこしの変化を望まないわけではなかったのに、そのあかんぼもまだいないようですし、まったくあの夜とそっくりです。あなたのすきだった笑靨の深さもたぶんあの夜のままでしょう。新らしい消息はなにもありません。ともかくチェホフの女がいまでも一人は東京に住んでいます。そして私はあらためて黒パンと辛子を買わなければならないことがらにも逢いません。

三つ四つさきの肩に見覚えがあるようです。右と左がななめに歪み、痩せて紺がすりに包まれた肩です。頭は鳥打帽子に包まれています。ぼんやりと見覚えの跡をたどっていたら、顔がふり向きました。中世紀氏でした。

「……………」氏は二つ三つの肩をやりすごすあいだ何か言ったようです。

それで、中世紀氏と私は並んで歩くことになりました。

「お出しなさい、一つ」氏は上のきんつばの方の包みをとりました。

「僕は、いつかあなたがたに逢えると思ってたんです」歩きながら氏がいいました。

「でも、どうなすったんです、一人で」

一人は田舎に帰り、一人は屋根裏に越したことを私は話しました。中世紀氏の足は、いくつもの肩が私たちの会話をきざみながら追い越してゆくくらいのろいのです。しかし私はべつにあせってもいません。氏とはあまり話もないかわり、のろのろ歩いていることにあせりもないのです。氏の顔や話しかたでは、氏はやはり昔ながらの中世紀の羊です。鳥打帽子の下でたぶんぼおぼおと伸びているあたまが、幅の細い、神経の寄った顔をよけい神経質にみせ、言葉につきると細い鼻ばしらが口の上で歪み、心の問題にかぎられた話題がぼんやりした真実さを対手に感じさせ、みんな以前の氏と変らないようです。制帽の代りに鳥打帽があるだけのちがいです。その鳥打の縞がらはすこし悪党がかっています。（あらいべんけい格子です）

中世紀氏の顔にこんな帽子ののっかっている図にあなたは何かの調和を見つけることができますか考えてみて下さい。私にとってはまるで美学の型破りです。氏がなぜこんな帽子をかぶっているのか私にはさっぱりわかりません。

考えてみれば、氏と逢うのはほとんど二年ぶりです。私はいま、二年前に氏と別れた最後の夜のことを覚えています。寒い一昨年の冬に、中世紀氏はふとしたはずみから、ナジモヴァの椿姫をみてもいい札を二枚持っていました。あなたは丁度咽喉をいためて家にのこり、椿姫をみた帰りの私の毛糸のくびまきに息が凍りつき、マントを着ない中世紀氏の肩がひとしおななめに歪んでいました。――今夜はあの夜以来の邂逅です。

「あの女優は、何とかいいましたね。そうですか、ナジモヴァ夫人ですか。ナジモヴァ夫人は、どうも、僕にはにがてです」館を出るなり、中世紀氏は頭をひとつ振って言ったのです。「なぜあんなに肩をくねらせるのですか。あの肩がくねりだすと、僕はしぜん横をむいてしまいたくなるんです」

中世紀氏のこんな思想に対して、私はなんと答えたらよかったのですか。私も耳の寒い頭をひとつ振り、くびまきに耳を埋めてしまった次第です。中世紀氏と私とは、仮令ナジモヴァについて半日のあいだ話しあっても、その話は半日のあいだ並行線で終ったことでしょう。

中世紀氏はすこし鼻つまりの声で、その日の二枚の切符の由来を話してくれました。

「今日の札は、もともと、昨夜僕の友だちが彼の友だちを待ちあわして、二人でみるはずだったんですけどね、その友だちの方が風邪をひいて来なかったんです。僕の友だちは、ちゃんと札を二枚買って、館の入口あたりで待っていたんですが、その友だちの来かたがあまりおそいので、僕の友だちがそのフロインディンの家へ行ってみたら、ずいぶん熱をだして臥ていたさうです。それで僕の友だちは、昨夜の札を二枚、今日学校で僕にくれたんです。僕の友だちは僕に、椿姫は非常に人間を感動させるからぜひ見ろといったんですが、しかし僕は今夜の映画見物を幸福だとは思いません。あの女優は、まるで——」

中世紀氏はそんな話の中途でせきをしてしまいました。それからはなをかんで、太息をひとつして——こんな動作は、すべて氏がはじめて妖婦型の女優をみた歎きと、マントを着ていないこととに原因するのだと私は思いました。それで私は、家の近くまで送ってもらった氏と別れるとき、氏の肩に私のくびまきをすすめてみたのです。

「あべこべにしてなすったら」

私の毛糸のくびまきは、男がかけても女がかけてもさしさわりのない色をもっていました。しかしナジモヴァを好んでいるようなヴァガボンドの（中世紀氏にとって私たちが儚いヴァガボンドでないと、三人のうち誰が言えるのです）息の凍りついた毛糸のくびまきをすすめることは、かなり遠慮ではあったのです。

「僕はやはりマントを着ないことにしています。おやすみなさい」

そして中世紀氏は歪んだ肩のままで帰って行きました。それではじめて私は思いだしたのです。中世紀氏は卒業後の稽古のためにマントを着ないでいたことを。氏は卒業したらマントを幾枚かさねても追っつかない、何処か遠い、さむざむとした田舎へ行って、そんな田舎を選んで、伝道をかねてお医者様になろうとしていたところでした。——今夜はあの夜以来です。そして今夜はまだ私の毛糸のくびまきの要る季節でもないのに、中世紀氏の肩はあの夜とちがわないくらい寒そうです。そして氏の服装ぶりにつけても、私は歩きながら、一つの絶交状を思いだしています。

「僕は知るかぎりの女の人たちのうちで、あなたがたをいちばん好きでした。今でも誰よりあなたがたを好きです。しかし、僕たち三人の交友はこのごろ僕の周囲でいろいろやかましい上に、僕は遠からず結婚することになりました。僕の経験によりますと周囲などというものは、男と女との交友などまったく認めないもののようです。僕の結婚しようとする女を、僕は周囲の一人に数えなければなりません。人間とは、当事者以外はみんなくだらない周囲です。僕の結婚しようとする女にしても、僕たち三人の交友の当事者ではありません。この女は僕にとって別な存在です。それでしかないのです。それで僕は、この女が僕たち三人の交友にとって周囲の一人である以上は、あなたがたとの交友を彼女に譲らなければならないと思います。あなたがたの御平安を祈ります」

時間からいえば氏はとっくに学校を出てお医者様になり、奥さんを持っていなければならないのに、見たところ、氏の年中寒そうな、歪んだ肩を包んでいるのは、奥さんにたたまれた跡をもたない紺がすりです。それから氏は私ひとりに向っても、以前の呼びかたで「あなたがた」と呼びがちです。総てがあなたの知っていらっしゃる中世紀氏とはちがわないようです。二十五歳以後の二年間というものは、ひどい恋でもしたとか、ひいては結婚したとか、そんなことでもなければそう人間を変ってみせる力をもたないのかも知れません。

漸く散歩者と夜店のなかを出て、停車場前の広場にきました。入口の方へ行こうとする私に中世紀氏がいいました。

「いやでなかったら歩きませんか。あまり遠くない道を知ってるんです」

省線の二停車場半。いいつれがあれば歩くにいい道のりです。そして今夜の私に、中世紀氏がいいつれでないとどうして言えるでしょう。この一週間私は部屋のなかでまったくひとりでした。階下のあかんぼの声にせめられながら運動不足をも重ねていますし、そしてこのごろ舌の戦ぎもときどきは必要だと思っているところです。人の顔をみたい時には銭湯に出かけ、会話の代りには歌をうたう一週間を送りました。

「僕はいつかきっとあなたがたに逢えると思っていましたよ。お話したいこともありますしね」

うす暗い町のところどころに木屑の匂うあたりになって、中世紀氏は話しはじめました。

「僕は父のところを出たんです。なにもかも変りましたよ。僕はいま電気つき七円の部屋で、朝はパンを嚥みこんで（お茶ぬきで水です）ピアノの稽古に通っているんです。夕飯はピアノの先生の近くの食堂でたべ、夜は部屋の机の上で指練習をしたり、讃美歌のソプラノ、アルト、テノオル、バスをべつべつに稽古したり、パスカルを読んだりしています。夕飯は十二銭でうんざりするくらいありますよ。あなたがたは、いまでもやはり讃美歌の曲のいいのばかり抜きだしてうたっていますか。僕は歌詞です。歌詞です。歌詞のいいのはソプラノだって案外すらすらと出るのです」

氏は熱心にそんなことをいいました。木屑の香はこんな話題をそう時代錯誤と思わせない力をもっています。

「でも、学校の方は、もうお済みになったんですか」

「僕が」氏は心外そうにききかえしました。「僕が、医者の修業をですか」

「ええ、お医様になって、寒い——」

「僕は医者にもならなかったし、結婚もしませんでしたよ。そんなことはみんな周囲の暗示なんです。あなたがたに絶交状をかいたのも。過去の僕を動かしたものは、ことごとく暗示の力です。生涯の方針についてさえ、僕は父の暗示にかけられたのです。莫迦です。今じゃ僕は、過去の僕を一から十まで嗤ってやれますよ。父は自分の職業をそっくり僕に継がせるために、診察室も、病家も、俥も、血だらけの患者も、匙も、ピンセットも、消毒液も、ガアゼも、ホルモン剤も、そっくり僕にくれるために、医科に行け！　といったんです。それだけです。僕と医科とのつながりはそれだけです。

　結婚のことだってそのとおりです。ストオヴの側で、父が、お前は現にあのお嬢さんを愛しているじゃないか。愛してもいないものが、お嬢さんの持ってきた花を一週間も、しなびてしまうまでも部屋に飾っておくことができるか。何だって結婚しないのだ！　と叫んだのです。僕は思わず椅子からはじき上げられ、まっかに焼けたストオヴに倒れかかるところでした。父は僕を抱きとめて椅子におき薬局からすっぱい水薬をコップにこぼれるほど持ってきてのませました。僕に結婚の意志の湧いたのは、父の手からごくごくと水薬をのみ下していた時です。その時僕はほんとにあるお嬢さんを愛していると思いました。

水薬が胃におちつき、僕が結婚の承諾をすると、父は、怒らないでください、あのお嬢さんと結婚するまでは、あなたがたのところへ遊びに行ってはならないと言いました。その夜あなたがたに書いたのがあの手紙です。僕は、夜十時すぎて、あなたがたの玄関にあの手紙を落しました。あなたがたの部屋は二つともまっくらでした。しかしあの夜の僕にとっては、あなたがたが家中まっくらにしてナジモヴァ夫人をみに行っていても、家にいて讃美歌の曲のいいのをうたっていてもおなじことだったのです。僕はただ玄関にあの手紙を落してくるだけでした。あの夜の僕はあの娘を愛しているだけで、あなたがたの友だちではない気がしたのですから。父の暗示の暴力は、これだけの効果を僕にはたらいたのです。

僕がはじめて暗示からとびあがったのは、学校の病室で、最初の婦人患者の診察の時でした。（――此処で氏は話の速度をぐっと速くしました――）何が醜いといって、医者のしてること以上の醜態暴露はありません。決してありません。僕はあんな――。講義はまだしもです、臨床といったら――。ともかく医術は心を粉粉に砕いてしまうやつです。あんなことを永くつづけていたら、心は何処に行ってしまうのですか。そして、そして結婚は、あれ以上心を粉粉としてしまうやつにちがいありません。人間の思い得る暗示の中で、いちばん大きい暗示です。僕は断言します。

父のかけたすべての暗示が、婦人患者をきっかけに、僕のなかでぼろぼろに剝げてしまいました。僕はそれっきり講堂にも行かないし、父のストオヴの側にも坐りません。病室をとびだした足で電気つき七円の部屋をさがし、その日のうちに移ったんです。

讃美歌が四本の指でひけるようになったら、僕はすぐ田舎へ行きます。北むきに窓のある小さい教会を僕は想ってるんです。ポプラァのほかに樹のない。いまは先生の著述の筆記で生活しています。ちがいます、ピアノの先生じゃありません。ピアノの先生と僕と、どう心のつながりがあるものですか。ピアノの先生は、北むきに窓のある小さい教会に持って行く僕の指のためです。技術だけのつながりです。

もう一人の方の先生は、ほとんど視力をなくしていますし、からだもかなり衰えて、いまでは臥たっきりです。先生は臥たまま、粉粉にされてゆく人間の心に呼びかけるのです。どうしても筆記者がいるんです。先生の著述ができあがり、旅費ができたら、僕は田舎へ行きます。父ははじめのころ、ときどき僕の部屋へ暗示をかけに来ましたが、毎日あんなことをしている父の顔をみると僕はよけい机の上の指練習に急きこんでしまうので、今ではほとんど来なくなりました」

あと二分で私の屋根裏につく地点です。木屑の香から遠のき、原っぱの傾斜を下りながら私の部屋のみえる地点にくると、私の心はいくらか神様に関する話題から離れかかってきました。それで私はついきいてしまったのです。

「でも、神様はほんとに暗示の外に——」

「たくさんです」中世紀氏は私の問いを蹴とばしました。「それが暗示というものです。あなたがたこそ暗示にかけられているんです。だから讃美歌を曲でうたうのです。明日の指練習が残っていますから、さよなら」

氏はひとしお肩を歪め、丁度左側に待っていた径に折れて行ってしまいました。

足の下でこおろぎがあまりたくさん啼いていたので、私は中世紀氏を怒らせてしまったことがすこし湿っぽくなりました。暗示の詮議たてなどはいつの世にも無駄なことではありませんか。

部屋に帰りました。いい工合に階下のあかんぼは眠っているようです。ノオトの包みを机の上におき、坐りました。何としたことか、私の机の上には二つの包みが載っています。一つはまちがいもなくさっき中世紀氏が私に腹を立てて還すのを忘れたはずのきんつばの包みです。これは氏がいそいで私の手に突っ還したのを私が気づかなかったものでしょうか。ともかく、すこしおなかもすいたし、たべてみましょう。

二つたべてみました。おいしいです。二つとも図書館下のしかもきたない油の匂いがします。ともかくこれから小包に作って、明日は早く起きて出してみましょう。秋とはいえ東京では昼間はまだ窓をあけはなして風をとおしておかなければならない季節です。四日かかって北海道へゆくあいだに味が変ってしまわないでしょうか。季節からいったら北海道へ送るのはまたのことにして、今日のきんつばはやはり私の部屋で番茶をわかし、中世紀氏のはなしのつづきでも聞きながらたべた方がよかったかも知れません。会話を忘れかかっている私の咽喉のためにもその方がよかったと思います。

でもふとしたら、こんどはあなたが思いがけなくそちらで中世紀氏に邂逅なさる番かも知れないなどと思い、私はきんつばを嚥み下しながら、会堂わきの小さい閑素な居間に、決して嘘を知らない氏の寒い肩を思い描いてしまいました。

詩二篇

# 神々に捧ぐる詩

## チヤアリイ・チヤツプリン

君が肩は
　あきかぜとともに
君が杖は
　あきかぜとともに
君がつけひげは
　あきかぜとともに
君がやまだかは

どたぐつは
　あきかぜとともに在り。
かぜとあゆみ
かぜとかたらふ
君、あきかぜにうまれ
あきかぜに吹かれ吹れて
ひとりわびしく
もの言はぬあきかぜのをとこ

ヰリアム・シヤアプ

君は、
文学史から振りおとされた
とても微かな詩人。

探しても
探しても
君の境涯なんか解んない
すこし探し疲れたんだ。

ナンノコトハナイ
ろんどんノ霧ノナカノ詩人サ。
そこで、
ふるさと、
わびしいまち、
わびしいまちの隅つこでひとやすみ
たばこを二本
探し疲れたあたまを二つ三つ振り、
秋、もくせいの空気を吸ふ。

キリアム
もくせいは君の匂ひ。

地のうへをはるかに超えて
恒星のあゆみに思ひをとどめ
遊星のひとりあそびに見とれる
君はもくせいの匂ひ。

わがまどの
もくせいの香は、
雨ふらば
こほろぎの背に
接吻ひとつ。

雲なくて
あきばれの日は
白いかぜに騎り
細身、黄色ろい鞭をひとつ
みはるかす
太陽系に遊びに出かける。

ハロオ　ミスタ・モクセイ
遥カナ母国ヘノ騎手。
気体ノクセニ
爽カナ彷徨者《ぶらつき》メ
「ミスタ・モクセイ
火星の人たちは
どんな言葉を使つてた」
「フイオナ・マクロオドの詩の言葉さ」
「ハロオ」
「雲　煙　霞　つてやつさ」
「ハアロオ」
「火星の人間はみんな気体詩人さ」
　ヰリアム
おもてに向つてる君の窓は狭いから
窓のなかで

君は、
ひそかなこひをしました。

せいきまつ
英吉利の文箱は
どんな形か知らない。
それは、
やくもたつ出雲の国にすまゐして
東洋人の詩感をたたへ
とはに象牙の塔をさまよつた人
学生版八雲全集にきいてみませう。

英吉利の文箱に艶書ひとつ
　わがおもひひと
　フイオナのきみ
　きみがこゝろの
　蕭々

雨の日の
もくせいと匂ひたまへ。

おなじく返し
おんなつかしきヰリアムさま
いとせまき
わがまどのうち
あきばれの
もくせいの香は
いとしききみがまみと匂ふ。

さはれ、
ヰリアム・シヤアプ
世のひとは
君のよきひとを
どこに求めませう。
フイオナは

君が胸のうち
たましひのとびら奥深く
せうせうと棲むをみなひとり。
君が片身《かたみ》。
君が分心《ドッペルゲンゲル》。
おお、
君は、
なんといふ分裂詩人。

そこでヰリアム
君のたましひの神秘は
史家のふるひにかけられてしまひました

さはれヰリアム
にんげんは
まこと、考へる一本の葦
一本の

痩せた
ものを考へる葦
一本の植物、細いあしのなかに
たましひは宇宙と広い。

広い国たましひが二つにわかれて
片身、ミスタ・シャアプ
心臓に
一枚のドアをへだて
となり棲むミス・マクロオド。

君にこがれ
文学史いくさつ
ほのかな君の影を追ひ、
ミス・フイオナ
私はすこし疲れました
歴史用の顕微鏡を欲しいほど。

短かいあとがき――はじめの歌は曾つてトーキーが世の中に出掛ったころ、チャップリンの持味と苦悩に寄せて発表した散文中の一節です。当時チャップリンは、何でも、映画に声を吐かせるなんて愚かなことだとつぶやいたそうです。郷里の『曠野』のために初めて筆をとる稿の冒頭に、旧作を掲げて恐縮ですが、これには恐縮を越えた大きい理由があります。何かといえば「ゴオルド・ラッシュ」の一作でもって、チャップリンは私の神々の王位を占めてしまいました。

ウィリアム・シャアプ、十九世紀末の英吉利神秘詩人の一人、一八五六年出生、一九〇二年歿となつて居ります。本名の他に女名前のフィオナ・マクロオドという雅名を持っていました。

右のほかに大田垣蓮月尼、マレエヌ・デイトリッヒなど私の神々はなかなか多いのですが、時間も紙数も許しませんから、またの日に。

# III

## 一九三三年（昭和八）九月十三日

（封書　芦津製原稿用紙一枚　ペン書）

高見順宛

先日はお手紙を有難うございました小著（編者注、『第七官界彷徨』のこと）大変愛誦して頂きまして感謝に堪えません　お手紙によって伎癢を新たにしました　生涯に一度くらいは多作多発もしてみたいと思いますが曾って実現しませんでした　郷里埋居も一年近くなります　いずれ帰京の上でお拝眉の機を得たいと存じますが面識のない故の不言はぬきにして作についての批評は忌憚なく聞かして頂きたく存じます　大谷藤子姉のお手紙でお話を折々伺っていますので私は面識のない不便や不幸を感じていません

郷里には頭の洗濯用になる映画もなく索然としています

九月十三日　　尾崎　翠

高見順様

〔高見秋子氏寄贈、日本近代文学館蔵〕

# 一九三九年（昭和十四）十二月二十一日

（葉書　ペン書）
住所なし　署名のみ
北海道旭川市五ノ十左十号　松下文子宛
消印　鳥取14・12・22前8－12

お便り頂きました　お互いに随分黙ってたもんですね　阿母が病気だと何もかも一人だけど却って緊張してシャケ御安着の手紙もすぐ行ったでしょ　一つ殴られるところだったわねまず好かったと
阿母少しでも今の楽な状態で置きたいと思ってその点頑張ってますが　気持は案外元気ですよ　コグチャン連れて来て頂き度い　案外おいしい果物もある　東京へはあれきり行った事ありません　母が始終勝れなかったので

# 一九四〇年（昭和十五）九月二日

（葉書　ペン書）
住所なし　署名のみ
北海道旭川市五ノ十左十号　松下文子宛
消印　鳥取15以下不明

文子様お盆の御供物有難く頂きました　甥と二人で美味しくいただきました　その甥も二三日前鹿児島へ帰り再び閑寂な世界　毎日よく眠っては疲れを戻そうとしてるようです　大分元気も出ました　いちじく枝の撓む程です　梨もポツポツ表れだしたし御来駕いかがですか　愛すべき静かさがありますよ　いちじく九月中でおしまいになります　その中栗御飯も出来ます――何だか文子さんに散々誘われた鸚鵡返しみたいだな　私はもう少し眠ってから立上りますからね

# 一九六四年（昭和三十九）四月十八日

（封書　便箋四枚　ボールペン書）
鳥取市寺町一二六より
京都市左京区下鴨松原町四〇　鴨脚秀明様方　小林喬樹宛
消印　鳥取39・4・19前8—12

御進級でまずまず。姉ちゃんへの手紙に依れば今土曜に完全進学か仮進学がはっきりするとの事、まさかの事はあるまいけど結果すぐ知らせて下さい。今春は朝日新聞も京大の進学の事委しく報道し、落第、仮進級の非常に多かった事報じていました。去年までのように「留年」などというフヤケ学生を甘やかした言葉は影をひそめ「落第」という言葉が久々に登場、私にとっては痛快でもあり（フヤケタ学生をビシビシやっつけ塩をした点が）お手許の京大子がオーケストラ氏であったり、そのマネージャーみたいなもので相当の時間をその方に喰われているなどの状態であってみれば「落第」あながち他人事《ヒトゴト》にあらず、少々気の揉める次第でした。でもまず進級とのお知らせでホッとし、昨日は松本校長先生へごあいさつ、今日は佐々木日産重役氏へあいさつの手紙、仲々に時間とお金を要する仕事でした。私もおばあさんの法事を来月に控え、右の進級祝いのプレゼント、養源寺の法事（養源寺のおじい様おばあ様、敏雄師の兄の法事）女学校時代の友だちの亡夫の法事等春と共に、出費多端で今月はお祝いの小遣も送って上げられない状態です。幸いアルバイトのペーがあるのだからお手紙の通り此度は背広はまずお預けとして、ギリギリ必要な教科書等優先に手許のお金で凌ぎなさい。半独立人に取ってはこれがほんとの方法でもあるのだから、背広など其方で一人で買ったっていいものの買える筈もなし、此方でその方の経験者の薫叔母さんが中心になって作るべきものです。それもお金に無理が行くようだったら無理に今夏でなくてもいいしまア皆で合議して卒業までにゆっくりいいものを作る事です。地質や型も次々と変るものだから、いよいよと御用の真際あたりが一番いいのではないか。

奨学金の事姉ちゃんに電話ででもきいてすぐ返事出してやんなさいは何回か言ったのだが、まだ返事してないと見える。こんな事をはか取らせる美奈子でもないいね、いつの時もこんな際には何も遠廻しに美奈子に頼む事はない。喬樹自身往復ハガキで県に聞き合わせるのが一番早い——今後の御参考に。

「給付金」て例の引揚者へのお金の事？　あれは五月末です。

前後したけど菅原君も入学の様子、女の子さんも芽出度く入学の様子お手柄でした。

では元気でしっかりやって下さい。この学問上の貴族主義者はアタマの空っぽな世界はあまり好きじゃない。時間があったら寺田寅彦だけはしっかり読んでもらいたい。

では健康管理十二分に。そろそろ暑くなる。黄色い汗のついたシャツはブルンと水で洗っておきなさいよ、そのまま突込んどくと星が入って汚ないからね。其中小包を送ります。

翠

四月十八日夜

喬樹様

## 一九六四年（昭和三十九）十月五日

（封書　便箋二枚　ペン書）
鳥取市寺町一二六より
京都市左京区下鴨松原町四〇　鴨脚秀明様方　小林喬樹宛
消印　鳥取39・10・6前8—12

喬樹ちゃん　引つづき元気で試験に堪えていますか。体重またすこしは殖えたかハガキで様子知らせて下さい。小包と思うけど私も頸すじをたがったような状態で何彼を買い集めるのもまだおっくうなので小さなお札一枚同封します。試験期間中の牛乳です。姉ちゃんも忙しく一昨日の土曜から昨日曜にかけて四国の高松へ銀行のリクリエーション、身辺のざわき通しです。石谷さん（医師）にかかって少しは楽になりました。思うのは喬樹の健康の事ばかりです。様子を知らせて下さい。パインの鑵を買って来てるからいずれ小包もと思っています。

秋になったから食も進んでいると思うけどともかく健康通信をお願いしたい。

オリンピックもこう国中引っくり返しのような報道では喬樹の「ウエストサイド」に対する気持ではないけど鼻につくうるさい事だ。

# 一九六五年（昭和四十）九月二十日

（封書　便箋一枚　ペン書）
鳥取市湖山敬生寮松一号より
東京都中野区白鷺町三ノ十九ノ四　松下文子宛
消印　40・9・20前8―12

十八日入寮表記の部屋に決りました
勝手ながら北杜夫の「楡家の人々」お手に入りましたらお願いします
猶昨日寮まで送って来てくれた次妹の夫に頼んで二十世紀一箱御送してくれるように手配
しておきました　所番地寺町になって居りますが　十八日から表記です
机がないので変な字になりましたが御判読お願いします　相変らず頸が痛いのでたたみの
上に頬杖しながら書きました

十九日　　翠

文子様

## 一九六五年（昭和四十）十二月六日

（封書　便箋四枚　鉛筆書）
鳥取市湖山敬生寮より
東京都中野区白鷺町三ノ十九ノ四　松下文子宛
消印　鳥取40・12・7後0―6

「新潮」有難うございました。すっかりごぶさた、新潮頂いてからでももう二三日経ちます。暖房なく（暖房の管と思ったのは老人たちが食堂に行く為の手すりでした）
まだ十二月初旬というのに今朝は一寸ばかり雪が降り、仲々寒いです。十月には赤痢が流行し十人程市立の病院へやられるやら、ばいきんの中に居る心地でしたが私は罹らずに済みました。何方を向いても八十九十の老人の廃人たち、どうせ長く居られる世界でもなし冬を抜く事が出来たら春美の所へでも行こうかと思ったりしています。外出は自由だけどハイヤーで市内まで行けば八〇〇円から一〇〇〇円は取られる仕組になってるし、バスの停留所は遠くて歩けないしね。「当番」というのがあって食堂や病室（九十幾つ八十幾つの老人の入ってる室）の世話も廻って来るので、自分だけ臥て頸を休めてる訳にも行かず。

十二月六日　翠

文子様

要するに病状は家に居た頃と可もなく不可もなし、医師は週二回、看護婦は夕方五時には帰ってしまう「寮」であって病院ではないのだそうです。

送って頂きたい本、北杜夫の「高みの見物」か獅子文六の「バナナ」のどちらかをお願いします。「バナナ」もう文庫本になってる頃かも知れません。調べてないから解らないけど臥てて読むのに文庫本の方が読み易いからあったらその方にして下さい。「バナナ」でなければ「可否道」(コーヒードウ)でもいいです。文六氏のもの「青春怪談」までは集めてるから。

「楡家の人々」、杜夫のこの系列のものはあまり好きじゃない。やはりなぐり書きのユーモア作品の方がどうも私のお気には召すらしい。

夜は九時消灯だけど丁度部屋の廊下の私の枕元に常夜灯がついてるので十時十一時頃まで読んでいます。

この時間が一日中でほんとの自分の時間。

自分の事のみ書きました。私の本送って頂くようお願いしましたが止めて下さい。いつ移動するか解らないので。

春美の弟坊主、富士通信機というのにパスしました。本社川崎なのでどうせ本社のチョンガー寮にでも入り叩き込まれる事と思います。

# 一九六六年（昭和四十一）四月五日

（封書　便箋二枚　ボールペン書）
鳥取市湖山敬生寮より
東京都中野区白鷺町三ノ十九ノ四　松下文子宛
消印　鳥取41・4・6後0－6

御ぶさたしてる内もう花時らしい。

窓外は変らず松ばかり、北風のおいしすぎる空気。

杜夫の本二度とも頂きました。ゆっくり手紙をと思い思い自ら時間厳守の生活をしているので、まとまった時間なきままじだらくな御ぶさた、お許し下さい。

そのくせ杜夫はとびついて読み、この方の暇を作る事は仲々うまいらしい。ダイジェスト、生長の家も拝読。一昨日着いた「高見の見物」ももう済みそうで惜しくて仕様がない。ユーモアもシャレもさる事ながら聯想力に驚いてる所です。

秋の彼岸に此処へ入り、春の彼岸を送って半年経ちました。外出は自由ですが湖山にタクシーで一度行ったきり。頸の痛みは大分快くなり廊下を歩くのも多少楽になったようです。でも無精でなく、外を歩くのはちょっと無理なので（殊に砂地は歩き難く）歩いての外出は出来ないでいます。海が近いから風が烈しく、毎日のように吹きとばされそうな風が吹くのでよけい外へは出られない、足がもろくなっちゃって。

早川も昨秋退院したらしいですが思い切って名古屋へ越すこともせず、風呂場をしつらえてしばらく此方へ居るようにも言っています。皆が宙に浮いたような状態。ハコ（小林春美。美奈子の妹）大阪、弟坊主川崎の富士通信機本社の寮住い（三ケ月職工の仕事で叩き上げられる様子）一応三人を糾合して一つにまとまり度い気もあり。

時間が来たから今日はこれで　四月五日　　　翠

文子様

雅信氏おきまりの御様子何処の麗人ですか。

## 一九六六年（昭和四十一）六月二日

（封書　便箋二枚　鉛筆書）

鳥取市湖山敬生寮より

神奈川県川崎市下野毛八七八　富士通信機下野毛寮四三九号

小林喬樹宛

消印　鳥取41・6・4前8—12

喬樹ちゃん委しいお便り二度も頂きながら此方も時間にしばられた生活なのでついつい御

無沙汰しました。此度の分へ同封してくれた小博文も無事に有難く頂きました。

　サラリーのお初穂だから大切にしまっておくつもりです。有難う。もらってからまた二三日経ってしまいました。ついあたりが騒々しいのとお風呂、食事、掃除、三日目毎の当番、せんたく等で、ルーズにやってられないので便りも失礼してしまう訳です。割に元気で時に鼻風邪を引いたり長く起きてると頸の痛みも少しはあるけど、割合元気な方です。

　前便は（返事も失敬してしまったけど）心からキャッキャッ笑いながら拝読。女の子たちのいない工場で働らかされて御愁傷様と同情申上げ、野郎のみの工場でロダンの彫刻の如く雄々しき喬樹氏の健闘ぶりを想い、食物とその結果の物が倍増したに至っては北杜夫の作品の約五倍ほど笑い——まあ要するに喬樹が健康で働いてくれる事の歓喜らしい、まアそんな心境です。

　東京という所、昔からただ家の洪水と人ごみの山です。以前のそれが又何十倍かになったのだから、山の恋しい気持も無理はないけど勤めのつまらなさは大学を出た人々の初めの共通の心理らしい。苦しいだろうけど我慢して元気でやって下さい。夕飯の時間が来たからいつもの尻切れとんぼで

　六月二日　　　　　　　　　　　　　　　　翠

喬樹様

# 一九六六年（昭和四十一）七月九日

（封書　便箋二枚　ボールペン書）
鳥取市湖山敬生寮より
川崎市下野毛八七八　富士通下野毛寮四三九号
小林喬樹宛
消印　鳥取41・7・10前8―12

喬樹ちゃん、お手紙有難う。御同封の小博文も異状なく頂きました。心づくし有難く「稼ぎ残業」とは随分殺風景な呼び方だが、呼び方はどうであれ、健康で、残業に励んでくれる事、真に有難いことです。一時間何円になるのかこれも知らせてもらいたいね。とまれまずはいい所へ入ったんだから真面目にしっかりやって下さい。

姉ちゃんからも便りがあり、毎々私が喬樹に聞いてやってた例の指環も受取った旨知らせて来ました。姉ちゃんもすっかり元気になってる様子、結婚（のごときもの）についてはいろいろ異見もないではないが、春美や喬樹がこのような結婚はしてくれないよう祈るのみ。

深大寺までピクニックしたんだって？　深大寺は知らないが、みな子の手紙にあるような深大寺辺の風景は、我々の若い頃には渋谷から駒場の農大（昔の）辺にかけてあったものです。所謂武蔵野風景がね。まア何にしても東京って土地の魅力なんかある所じゃない。何しろ東京が埼玉に延び千葉に延びてるんだから、考えただけでムサクルシイ。

私割に元気ですが同室の九十婆さんを見てやらなければならないので相当骨が折れる。何しろ明治初期生れの文盲婆さん対手だからね、頭から「アンタガタワカイモノハ」と言いやアがる。時間だからこれで

土曜夕　翠

喬樹様

## 一九六六年（昭和四十一）九月十二日

（封書　便箋二枚　ボールペン書）

鳥取市湖山敬生寮より

川崎市下野毛八七八　富士通信機下野毛寮四三九

小林喬樹宛

消印　鳥取41・9・12後0―6

喬樹ちゃん先日はお便り有難う。

何彼と忙しく返事すっかり遅くなりましたが、御好意の博文も異状なく頂きました。有難う。環境にも少しは慣れたか知ら。機械機械で仕事もいいかげんドライな事と思います。でも、みんなその身辺なり心境を経て行くんだから気持だけでも元気に保って勤めて下さい。

春美ちゃんから一昨日久しぶりに便りがあり（三ケ月目位い）元気でやってる様子を直接知りました。お正月頃帰省すると言ってよこしてるから、そうしたら佐々木に泊って短い間でもハコと過したいと思って居ります。

早川氏、すこしはいいから（便所へ一人で行けるようになったとか）（中略）

本送ってほしいものはいろいろあるけど、ポツリポツリお願いするとして第一回は北杜夫のマンボウ航海記幽霊∨の二つを希望します。二つ共新潮文庫になってて共に一〇〇円（航海記は薫が売払ってしまったので文庫本で補充したいのです）

九月十二日　　翠

喬樹様

## 一九六六年（昭和四十一）十月七日

（封書　便箋二枚　鉛筆書）

鳥取市湖山敬生寮より

川崎市下野毛八七八　富士通信機下野毛寮四三九

小林喬樹宛

（消印不明）

喬樹ちゃんお手紙有難う。ハーフ博文も異状なく頂きました。よく風邪を引くね。関東の朝は非常に寒く一寸近い霜柱の立つ事もあるからよく気をつけて。

北杜夫の本、私のみた広告には「ゆうれい」も新潮文庫で一〇〇円の部に入ってたけどなければいいです。私変った事なく相変らず八十九十の婆さん対手の手の掛る生活で（腰が直角以上に曲って歩行不自由なのが同室なので）当番もあり休養にはならない日々です。がまあ悪い方でもない。

勤めて半歳経ったが資金の返し始めましたか。しっかり経済計画を立ててやって下さいよ。学生の延長じゃないのだから。

東京へも泊りがけで行った由姉ちゃんから手紙が来ました。姉ちゃんも自分で勤めてるのではなく謂わば主婦の立場で自分の収入というものはないのだから、それに喬樹ちゃんの方はサラリーマンになったのだから前借りなんか姉ちゃんからしないようにしっかりお願いします。

では航海記待っています。ライオン文六と杜夫以外は食指が動かないからね。

十月七日　　　　　　　　翠

喬樹様

## 一九六六年（昭和四十一）十一月四日

（封書　便箋二枚　ボールペン書）

鳥取市湖山敬生寮より

川崎市下野毛八七八　富士通信機下野毛寮四三九

小林喬樹宛

消印　鳥取41・11・5前8－12

喬樹ちゃん手紙有難う。御同封のハーフ博文も異状なく頂きました。有難うよ。

此度は手許に余裕もないのでビタミン剤を買わなければならないようです。

北杜夫の「奇病連盟」は大阪朝日にも載り初めたので、丁度此処へも朝日新聞は入っているし毎日読んでいます。マンボウ途中下車は単行本で読んで手許にあるから要りません。それより獅子文六の「大番」上下（各一六〇円）――新潮文庫を次にはお願いします。

出張の様子乗り物や宿《ヤド》あまり豪勢な事して足を出さないようにして下さい。まだ生れたばかりのサラリーマンなんだからね。旅より登山より学位を取って欲しい位に私としては思っている所ですよ。

頸の痛みは快かったり悪るかったり、久しぶりに例の箱入り電気をかけています。歩く方もつとめて長い廊下を歩き運動をつけるようにはしてるがさて外の砂地を歩こうと思えば少々骨が折れる、といった状態です。

食事は田辺のビタミン剤が私には妙に消化剤のはたらきをすると見えて割に進んでいます。では元気で出張していらっしゃい。やはり「概算」と申すものをもらって発足するの。いろいろ委しい事を名文悪筆で知らして欲しいね、猫氏の初出張ともあれば。

十一月四日　翠

喬樹様

## 一九六七年（昭和四十二）十二月二十五日付

（簡易書簡）
鳥取市湖山敬生寮より
千葉県船橋市前原町二ノ二五七美祥荘七号
小林美奈子宛

みいちゃん、先日はボーナス沢山有難う。こんなにもらっていいか知ら。済まなかった。何しろ風邪の相当ひどいので約十日絶食だったので、未だに手紙を書くのがおっくうで長らく失礼しました。

恢復に向ったとたんに絶食の反動で、此頃たべものがとてもおいしくなり、みいちゃんの送ってくれた小包が今になってお宝のようです。食後部屋に帰ってからハムをムシャムシャたべる。落下生は好物、今になってこれも有難く頂いて居ります。喬樹ちゃんが補聴器を送ってやるとの事で、先日一〇〇〇〇円送りました。かねて準備してたので、秋葉原辺で買ってやるとの事です。

ハン子も正月休みに姉ちゃんの所へ行こうか知らと言ってよこしてたが、どうなりましたか。ちょいちょい便りを下さい。早川も佐々木の近所に新築して移り、私達の家屋敷とも売ってしまったので、私今家なし。何とか家を一軒欲しい所です。こんな寮長く居る所でないからね。思案にくれて居ます。

疲れたから乱文乱筆で、今日はこれで

## 一九六九年（昭和四十四）四月二十八日付

（郵便書簡）

鳥取市立川二丁目四一一　早川方より

川崎市下野毛八七八　富士通下野毛寮

小林喬樹宛

喬樹ちゃん、過日はお手紙有難う。同封のお金もたしかに頂きましたが、目もよくなく、体もよくないので、つい受取りの手紙おくれました、失礼。

本の出版というのは「黒いユーモア」という全集に入ったので、二十人近くの中の一篇です。二、三十年前に書いたものです。稿料期待してたが此度は印税にして七万円足らずしか入りませんでした。それも一割以上税金に取られ手取りは六万だけ。これは貯金に積むから、喬樹ちゃんからの月々の物は欠かさずお願いします。私も自分の家を一軒持ちたくて苦心してる所だからね。いちいち逢って話したい事はあるが、手紙でかく事になりました。早く家が一軒ほしい。そして春みとくらしたい。この作品稿料となれば七十万くらい入るのだが思うように行かないものです。逢って委しく委しく話したい。察して頂きたし。

本は二冊しか来なかったのを一冊は図書館へ。一冊は手許に残したいので、本屋の立よみか何かで済ませて下さい。ケッサクだそうだが一向金にはならない。

ではいつもの定期便待っています。乱筆乱文失礼。

## 一九六九年（昭和四十四）八月二日付

（葉書）

鳥取市立川二丁目四一一　早川方より

千葉県船橋市前原町西二丁目一ノ五美祥荘

楠城美奈子宛

みいちゃん、過日は小包有難う。おくれて済みませんでしたがたしか十八日に異状なく頂き佐々木へも上げた事でした。其他好物取揃え有難く頂いて居ります。手紙の方一日おくれて頂きました。青梅木綿の夜具快心です。やはり洗濯の利く木綿がいいからね。色々忙しい事と思います。落付いたら知らせて下さい。楠城氏もお忙しい御様子。此のユーモリストとユーモアのやりとりもしたいけど時間もないわね。よろしく伝えて下さい。返事おくれた事御許しを

# 座談「炉辺雑話」より

（『女人藝術』一九三〇年二月号での発言抜粋。出席者は尾崎翠のほか、新居格、谷崎精二、三上於菟吉、松本恵子、戸田豊子、戸川静子、八木秋子、熱田優子、小池みどり、繁川絹子、長谷川時雨ら）

——主として女性の側の含羞について問われたのに対し、

「女の方は案外反省せずに実行なさりはしないか知ら？　酒の上とか、特殊の場合は別ですが……。（円太郎バスの女車掌が急停車のため落っこちて、帽子はとび、カバンから金が皆出てしまっても泣顔一つ見せなかった話が谷崎精二から出て）転げても泣かないと云うのは、一種の含羞の、もう一段奥の含羞があるのじゃないですか。」

——エロティシズムについて、新居格が女性はエロティシズムを排撃すると信じるが、と言ったのに対し、

「信じません。頭の中で考えるエロティシズムは、非常に文学を新しくする。実行する云々ということは兎も角として、作品を通して見たエロティシズム、殊に最近のホーゼ表現派、あれなど何かの端々に使われる。此間築地（編者注、築地小劇場）の残留組の『森林』、あれにズロースを半ダースばかり干す。あれなんか現実で見たら、随分いやな世界だろうと思いますが、一ツの枠に嵌めて、作品とか、演劇として見たら、非常に今までの文学に清新な風を吹入れるような気がしました。

少くも私の今の感覚にとってはそうなんです。現実と離れた、枠に嵌めたエロティシズム……」

——何がエロティックかと問われて、

「現実の男性なんかってものより、映画を通して感じます。それを一ツの幕に写した処で……（その場合も）役者は生きた男性だと云うようなことは、全然考えない。幕に写った男性だけ感じて、頭の中でエロティックを感じる事があります。

どこまでも現実と離して、幕の上だけの世界で考えます。私のエロティシズムと云うのは、一種心臓を突かれると云う意味に使って居ます。全然頭の中を通して、而も枠に入った世界を通して来ます。」

――人造人間の恋愛の話が出て、

「人造人間で恋愛すると云うのは、さっき私の申上げた意味のエロティックと云うものが、成立はしませんか？　枠の中の世界――」

――近頃の若い人はドストエフスキーのものなんか読むのをいやがるそうですね、と三上於菟吉が言ったのに対し、

「若い人がドストエフスキーを読まないと云う事を不思議にお思いになりますか？　私には読めません。」

――女性の家庭生活について問われ、

「実際に持って来ると、絶対に何とも云えません。好みが確立していません。之を小説として、作品としてでしたら……」

# 女流詩人・作家座談会

出席者
深尾須磨子　林　芙美子
尾　崎　翠…………
英　美　子　田中清一
深町璃美子　宮崎孝政
碧　静　江　（氏名順序不同）

## 男性詩人を如何に観るか

**宮崎**　最初「男性詩人を如何に観るか」という問題で、皆さんのお話を伺うことになっています。

**深尾**　男性にしても女性にしても共通的ですが、とにかく男性詩人の場合にしても、人間としてポッチリでも詩に関聯して居る人は、非常に快男子が多いことは事実ですね。それだけは吾々は全般に亘って断言していいと思います。存在なるものが非常に朗で……

**宮崎** 快男子？　それはちょっと分りかねますね……

**深尾** プロ、ブルの差別なく詩というものは……そういえば尾崎さんあたりから攻撃が出そうだが、とにかく植物や動物などに関心を持って居る者に悪人がないと同時に、その存在なるものが非常に好もしい存在だと思います。

**碧** 悪人がないということは事実だと思いますね。個々について言えば悪人という程度でなくも一二の鼻持ちならぬ策動家もあるが。

**深尾** 私は近頃男性詩人を観察するという見地から、時々男性詩人にお目にかかって見ますけれども、あらゆる階級を通じて、非常に快男子の多いことは事実です。

**宮崎** 第一回の座談会で、僕達は女流詩人を問題にしましたが、今日はあなた方の方から忌憚のない御意見をお聴きします。

**深尾** それに異議があるかどうかというのですか。

詩壇はこの頃既成詩壇とか、新興詩壇とか、それにまたいろいろな問題があるでしょう。でも結局、未成既成を通じていいものはいい、悪いものは悪いときまって居るので、そういうことは大いに公平に見ていいと思います。白秋氏などを問題にしていえば、日本に居るうちは白秋氏なるものの値打は分らない。ところが日本を離れて、外国へ行ってそうして日本を観察するときに、総ての男性を通じて、その上に白秋氏なるものの存在が現れて来る。そんなことは不思議なことのように思われますけれども、日本を離れて見て始めて分るということは、彼は郷土に立脚した男であると私は考えた。この間ある処で白秋氏にちょっと遭いましたが、白秋氏は決して忌むべき存在ではなくして、非常に朗な詩人であり、非常に若か若かしさがある詩人であって、決して詩聖に祭り上ぐべき存在でないと思う。あんなに文壇的に進出して呉れた男は、吾々は他に知りません。仏蘭西なんかでは、詩人といえば基準に於ても、大抵男性詩人は二冊や三冊の詩集を持っている者が、可なり作家の方に進出して行く。白秋氏も始めは詩人的に出発して創作に於ては、今ではどうか知りませんが、一時はなかなか幅をきかして呉れたということは、いいモデルを吾々に示したと思います。

**尾崎**　詩人の立場から仰しゃると、つまり散文の転向をお考えになるのですか。

**深尾**　それは全然考えます。と云って詩と区別すべきものでもないと思いますが。

**尾崎**　作家側から言うと、有島さんが、晩年に唱えた「詩の逸脱」あれをやって見たいのです。

**深尾**　基準として詩のない作品は全然価値がゼロだと思います。とにかく吾々の理想とするところは已れの散文的境地を開きたいということなのです。けれども畢竟散文も詩も吾々に於ては同じなんです。

**尾崎**　それは同じですね。

**深尾**　コントで詩を書く意味も、ヌーベルで詩を書く意味も意思は通じますけれども、そこに少しでも詩のないときは何等の興味も感じない。そういう意味から作家の問題に付ても、可なり今面白くないことが沢山あります。プロレタリアの境地で優れている中野重治氏などの立場に於ても、一方作家側からは中野氏のものなんか可なり境地が狭いものだ、非常にリズム的で、迫力が薄いなどと言われていますけれども、吾々から見ればあれこそ理想の境地だと思います。

**尾崎**　点描ですね。点描ということは吾々散文作家が、今迄の自然主義時代の一から十まで諄々説明するというような手法ですが、ああいうものに吾々は倦きあきしたのです。それで形は散文でも非常に言葉を惜んで、而もテンポを速くする。そこで詩への逸脱ということを非常に思うのです。有島さんの晩年の心境は非常に首肯るのです。とにかく自然主義的な、ものの考え方とか手法、あれで日本の文学というものが非常に腐ったと思います。平板です。もうすこし新鮮な立体的な文章を欲しいのです。

**深尾**　これ迄の男性詩人に対する男性作家側の批評を総括しますと、とにかく男性詩人の作品は型に嵌り易くて小さいというのです。

**尾崎**　詩は二種の心境ということを非常に重く見るでしょう。心境とか触覚……

**深尾**　今心境に重きを置いた詩は駄目だと思います。

**尾崎**　私はまた改めてそれをとりたいのです。だから深尾さんの今度の改造に出た詩、あれよりかも私は「笛のはしため」の頃をとりたいのです。ご自分ではどうお考えか窺い知りませんけれども……

深尾　私は昔のカビ臭いものは考えてもぞっとするのです。

尾崎　私は日本の自然主義の手法、考え方などからすっきりと一廻転した心境文学、触覚文学、そういうものを提供したいと思います。

深尾　英氏なんか大いに論じらるべきだと思いますが……

尾崎　（英氏に向って）散文の方へ来て居りますか？

英　ポツポツやって居ります。

尾崎　専門家から見た文学の嗜好ということになりますけれども、自然主義時代のような手法で、一から十まで説明するというやりかたでは、吾吾はもう満足出来なくなった。しかも自然主義以来幾廻転を経たと言われる現在の日本文学に、まだまだ自然主義の殻がこびりついているんです。それを救って日本の文学を新鮮にするためにも、日本の作家はもうすこし手法や文章への触覚の発達した詩人にならなければいけないと思う。

深尾　そうは、しかし……

尾崎　そういう意味でですね、その癖沢山はまだ読まないのですけれども、この頃非常に詩というものに興味が動いて来たのです。そうして考えて見ると今私が自分の好みとして心惹かれるものは、ズブの散文作家ではないのです。みないつか詩人の時代があったとか、又は現在詩をやって居るかた、そういうかたに心惹かれるのです。

英　そうと言って、男性作家の作を拝見しますと、女性の書かれるものに比較して、非常に客観的に冷静に書いてあるように思いますけれども、どんなものでしょうか。詩にしても創作物にしてもですね。

**深尾**　心境的なものがないのです。

**英**　一つの事象を書くにしても、一度自分の中で十分清算されて、非常に客観にコンポーズされると思うのです。

**深尾**　それが冷静に過ぎてアンビシャの馬鹿者になって仕舞うのです。男性詩人の作品を総体的に言えば、男性詩人の作品は始めから歴然たるプランを立てて、この一日の記録は朝に何時に起きてご飯を何時に食べて、その間には何をしてという風に、その中に突発的の情熱も何もない。総てが予め立てられたプランに基いた建築のように思われる。それですから尚更小面悪《にく》いと思うのです。

**尾崎**　今日迄歩いて来た吾々の嗜好にとっては、心臓そのままのものよりも、一度頭を通して構成されたもの、そういうものでなければいけなくなった。

**深尾**　合うからかどうか。吾々は心臓の唯中で始終踊って居たいと思うのです。ところでそれがとてももの足りなくなってどうしても何かのプランを立てなくてはいられなくなったのです。しかし吾々はプランを立てると同時に飽迄心臓の中で踊りたいと思う。

**尾崎**　いま頭と心臓ということが非常に問題になるのです。心臓の世界を一度頭に持って来て、頭で濾過した心臓を披瀝するというようなものを欲しいのです。

**深尾**　それは女性詩人に限られた領分だと思うのです。

**尾崎**　作家でもそうですけれどもね。

深尾　男性詩人はとにかく野心の上に立てられた建築だと思うのです。彼等の作品を総体的に言って。

尾崎　一度頭を通すということは男の人が偉いのです。

深尾　偉い点に於てはとても偉いのです。例へばこの頃流行するシュール・レアリズムなるものにしても……。

尾崎　何か纏った運動があるのですか。

深尾　非常にはびこって居ります。そして私達は決してその運動を誰か言うように、気違だなどと律したくはないと思うのです。

英　私達のやって居る「詩の家」の中の、竹中、久保田、潮田、三氏など、その方の主張なのですが、私思いますのにその人達は既に理論は終ったと思います。あとは作品をまつのみです。

尾崎　しかし今のところ作品にはとるべきところが無いのですか。

深尾　イヤ素晴しいものがありますよ。しかしイズムに拘泥し過ぎるということが、あの人達の惜しいところなのですが、余りイズムに拘泥するが故に私達にはもの足りないのです。

英　凡ての理論が完徹された時は、今度は彼等自身が自分を立て直す必要が起きるのです。

深尾　北川氏のものにしてもすばらしいものがあります。彼の人なんか、万一プロレタリアの境地に立っても決して宣伝ビラ的のものを書かないでしょう。

英　あの人は非常に転向されたのではないのですか。

深尾　それでいて、その作品がベランメー式でないのです。竹中久七氏のナポレオン云々というのがありましたね、あれは非常に面白いと思いました。シュール・レアリズム、惜むらくはそこに、私達から言えば、何かの思想的背景を持っていて、あのすばらしい踊をして呉れたら、どんなにありがたいでしょう。

英　シュール・レアリズムは、勿論ファンタスティックですね。リアリズム芸術から云えば、全く遊離的な存在です。

深尾　しかし、それで彼等は満足なのです。満足ですとも。唯だ私達の欲を言えば……他人に欲を強いることになるからよしますけれど、あれで思想的のものを入れたその時こそ、吾々には恐るべきものだと思うのです。

尾崎　そうすると日本の現在のシュール・レアリズムというのは、一種のダダの復活ですか。

深尾　ダダは後えに瞠著して居るのです。

尾崎　空漠ですか。

深尾　空漠というと変ですが……一種夢幻の世界……

英　ですからその点に於て中河与一氏なんか、シュール・レアリズムの上に科学的という名前をつけなければならぬと言っているのです。

尾崎　それでは科学を排除した一種の破壊主義ですか。

英　破壊主義ではないのです。

尾崎　じゃダダイズムが表現派を孕んで居った如くに、何か今後来るものを孕んで居るのですか。

**深尾**　孕みません。恐らく時代の風船玉です。風船玉であるところの彼等は、それで非常に法悦を感じて居るのです。要するに吾々はシュール・レアリズムに対して一言をも言う権利がないのです。少し時代病にかかっている吾々から見ると物足りないのです。惜しいなと思うのです。あれだけの曲芸の中に思想を取入れたときは、吾々は恐るべきものだと思うのです。

**尾崎**　そのシュール・レアリズムの詩としてのリズムですね。そういうものはどうなるのですか。

**深尾**　そういうものはつまりコントで詩を書くもよし、小説で詩を書くもよし……

**尾崎**　長篇作家も散文作家も含まれて居るのですか。

**深尾**　含まれて居ります。

**尾崎**　時代性から言えば高踏的な遊戯ですね。

**英**　そうです。私などの言おうとすることが、シュール・レアリズムに於ては非常に迂遠しなければならぬことになる。例えばある思想を持たせようと思ってもですね。

**尾崎**　遠廻しというと、私その作品を実際には知りませんけれども、一種の逃避を是認して居るから、そうしては彼等の才能が溢れて居るから、その才能のやり場所にして居るのではありませんか。自分達の詩というものを。しかし現代人がほんとにはだかになったら、そういう風にしか出来ないのかも知れません。

英　私なんかも同感だと思います。

尾崎　私なんかの気持では、深尾さんは寧ろジッとしていて戴きたいと思うのです。今度の改造の二つの作品は……

深尾「明るい町」ですか。あれは迚も好評で非常に満足しているのです。仮令一万人の中の一人でも触れて呉れれば満足します。今宣伝ビラ作者にはなろうとは思わないから……

碧　私は男の詩人は余り知りませんが、又広く読みもしないで云うのは僭越ですが、私の触れて居る極く僅のかたを中心に申し上げれば一体に不勉強だと思います。まあ女の詩人だって勿論そうですけれども、もっと勉強して戴きたいと思います。何でも唯だ上っ面のことばかりで深く研究なさらないようで……

プロレタリアの立場に立つ人で詩の上では実にすばらしい闘士でも、ブルジョア以上の堕落した生活をしている人を見うけるが、もっとまじめになって貰い度い。

宮崎（碧氏にむかって）金井新作君なんか勉強していられますかね。

深尾　男性詩人は野心が多過ぎます。詩に精進すると云うことが自分に少しでも馬鹿らしいことであったら、サッサと止して戴きたいと思います。自分は詩人であるということを非常に幸福に思って、飽迄それに終始してどん詰りまでそれにくっ付いていて下すってこそだと思います。早く長篇小説の一つも書いて文壇的になりたいなんて考えている人はさっさと失礼して欲しい。

それに、男性詩人の中には可なり女性詩人に対して不真面目なのが多いと私は思う。

碧　そんなのは勿論問題外の人達ばかりですが、大いにあります。

英　それに、男性詩人が女性詩人を見る眼が大いに不服ですよ。

深尾　詩集の二三巻持って居る者が、始めて小説を語り知るという程度にまで、男性詩人の方から先ず境地を上げるべきだと思います。それが自分達が文壇に認められないというて不平に思うことに、己れの力が足りないから不平が起るので、自分さえ不断にコツコツとやって居れば、そんな不平は一向ないと思う。

碧　つまらない詩を少しばかり書くとあせりにあせって詩集を出すのが大流行ですが、けち臭い野心のためにそんな事をするのは実に馬鹿げきっていやしませんか。

深町　詩集を出すことばかり考えて居ります。

深尾　とにかく詩集が三版も四版も出ていいと思います。普及性それは詩の独自性かも知れません。

碧　今文壇からも殆ど詩というものは……

深尾　長篇小説に普及性があって詩に普及性がないというのはどうでしょう。最も普及性に富んでいるべき詩集なるものが、初版は愚か二百部も売切れないことは、どうかと思う。

碧　それというのは、つまらない詩集ばかり多く作るからではないでしょうかね。

深尾　詩集を出してやって行かれるのは、白秋、雨情、八十の三氏位だと言われるのは、大いにどうかと思うのです。ですからもっと宮崎さんの「鯉」なんか再版になるべきものだと思う。

**尾崎**　その罪は詩人自身にあるのですか。

**深尾**　そうです。詩が虐待されるということは……

**宮崎**　深尾さん、僕の詩集の「鯉」のことなぞ問題になさらなくともよい。

**深尾**　文壇ではこの頃プロレタリア作家が集ると、プロレタリアのいいものは集団の力で押出して仕舞う。それは彼等にしても、よいものでなければ押出す力もないでしょうけれども、あるレベルに達した作品が生れると十人の力で押出して仕舞う。その力が詩人にない。若し男性詩人にその力があったならば……しかし、飽くまでも悪いものは押出して貰いたくないと思います。それがいいものである限り女性詩人のものでも同じわけです。

**碧**　今いろいろな雑誌がありますけれども、詩に対するページをもっと多く取り度いと思います。そして、稿料のことも。

**深尾**　虐待されて居るからです。それで男性詩人も女性詩人も一緒になって、集団的の力で総て押出して仕舞って、大いに普及性を持たせる。つまり、世人の多くは、未だ詩の普及性さえも知っていないのです。それを吾々が知らなければならない。それは吾々の問題だと思います。

**碧**　女性も男性も詩人がもっと団結しなければいけないと思う。今でも女性が何だかハンデキャップがついて癪に障ります。

**深尾**　つけられる方にも罪があります。

**英**　それは始終感じて居ることです。

**尾崎**　しかし今の世の中に詩なんか求めるのは、極く専門家に限って居りませんか。一般的の人は読んで居りません。それで詩が文学の隅っこに押しやられて居る現状は、今詩なんか分る奴が少いからだと思う。

**深尾**　それには詩人の罪もある。しかしとにかく普及性を持たせなければいけません。

**尾崎**　普及性を持たせるということは詩人の力でしょうか。私は読む方の奴が詩なんか分らないのだと思う。

**碧**　形の上だけで詩と散文と区別するのはおかしいと思う。

**深尾**　詩は人生の真理そのものだから尊重する必要がある。だから散文に十円出すなら、詩は三十円も四十円もの価値があると思う。

**英**　雑誌社が詩の稿料をページで算えるのは間違です。しかしそれは雑誌の経営者が詩を解する頭がないから来ることなんです。

（この時、林芙美子氏出席）

**深尾**　普及性のある詩人の中で優れたところは、「戦旗」の三好十郎氏なんか典型だと思います。ことに劇を詩で書く場合に於て実に立派なものです。あの「きずだらけのお秋」などは実に私は敬服しました。あの程度の詩ならば本当にプロレタリア詩であると公言して差支ないと思う。

**尾崎**　シュール・レアリズムからやり直しますか。

**深尾**　林さん、今シュール・レアリズムの問題に付て公平なる見地に立って云ったのですよ。

林　深町さんはどうですか、プロ詩人が黙っていては駄目ですね。

深町　男性詩人の一部に、シュール・レアリズムが大変問題になりましたが、現在の資本主義の没落過程にあっては、こんなものが生れるのも当然であります。

それも表現派や未来派、構成派、新感覚派の類であって一種の形式偏重主義でもあり、此の転換期に於いては世紀末的なところから、幾分か革命な様式が加わったことは認められるけれども、それはブルジョア芸術の延長でなって新興的な意義をもったものではないと云うことは明白でありますし、新しき建設をもったものは矢張りプロレタリア化であると思います。

プロレタリア詩が観念的だとか、単なる怒叫だとか、いいものがないと云われますが、詩人が充分に生活意識の裡に確立的なものが把まれていったならばプロレタリアの解放運動の発展と共に優れたものが現われると思います。

深尾　詩の公平な見地からプロもブルもないと思う。

林　私はあると思う。

深尾　ある時はプロ詩人はブルの尖端に立つことがあると思う。

英　私はそれでいいと思う。私はある詩人から、あなたは非常にいろいろの鐘の音を出す詩人だと言われましたけれども、それでいいのだと思っています。例えば女にしても一個の純粋の母としての立場から詩を書くこともありますし、又いろいろの事件にぶっ突かって闘士のような気持にかられて燃えて燃えて詩を書くこともあります。詩人はそれでいいのだと思うのです。

林　そんな気分にまかせた詩は書きたくありません。私は矢張り自分の詩を生活としたいのです。

深尾　それは勿論です。しかし詩人的素質なんかは、プロ、ブルを通じて決して二つを与えられていないと思う。それだけは私言っていい、だから飯を食べられない半面に、花に酔って居られるのが詩人的素質だと思います。

英　そういう感じようも肯定しますが、しかしプロ派の詩人にあっては、生活が基ですから。プロ派の詩人だといって花を讃美していけないということはないのだし、それから女流のプロ派のかたにあっても、個人的感情で子供の詩を書かれることもあるのです。

林　碧さんはどうお考えです。

碧　男性をやっつけるのでしょう。だから大いにやっつけましょう。

林　私には本当に芸術なんか分らないのでしょうけれども、今仰しゃる薔薇の花が美しい……と思うと同時に、間隙を入れないでそれが呪わしくなります。

宮崎　お話が非常に面白いと思いますが、成るべく元へ戻して「男性詩人を如何に観るか」ということに、もっと話を纏めて頂きたいと思います。

深尾　男性詩人は女性詩人に優ったものではないね。とにかく詩人的素質は今も共に女性詩人の方が生れながら持ち合しているから。

尾崎　ところが女は心臓の洪水に陥って居るのです。

**深尾**　それが警戒を要すべきところです。直ちに感情の囮になり熱情の囮になって仕舞う。

**英**　男性詩人との交際が少いから分りませんけれども、男性詩人は却て愚痴を言います。ぐちを云うのは男も女も同じですよ。それから、エネルギーに於ては男に敵わないと思う。

**宮崎**　野心は女の方が多いと思う。

**林**　女の野心は細かいですよ。

**深尾**　男の詩人の野心も細かいです。女がどの大雑誌に何々の詩を書いて居ると勘定して居る野心家があるのです。迚も物凄いのがある。

**宮崎**　それは詩人なぞという名を付くべきものではありませんね。一種の統計屋ともいうべきでしょう。

**深尾**　ですから男性詩人の中には大いに統計家も存在する。真に算える程しかない人材を尊重したいということになるのです。幸いにして宮崎氏はその算える方に入るのだから「鯉」の二版もやがて出るだろうと申し上げたら、御自分でお取消になって居る。

**宮崎**　おだてていなさることには、賛成出来ませんからね。

**深尾**　プロレタリアの詩人の立場から、所謂既成詩壇での大家連を詩聖に祭り込んだりして居るけれども、あれは意識的にそういうことをする必要はないと思う。あれはあれとして非常にいいものがあると思う。吾々の先輩として学ぶべきところが沢山あると思う。殊にデッサンの意味から言えばあの十年二十年のデッサンだけは吾々が頂戴しなければ仕事が出来ないのです。殊に音楽の方面から言っても白秋氏のものなどは作曲にされて居る。例えば「馬売り」という詩がありますが、それなんかでもほんの些かながら何かしらプロへ好意があります。しかも詩としての一切を備えています。ところがプロレタリアの尖端的な男性詩人の作品を見て貰うと十中の七、八分が宣伝ビラである。そこに同情すべき色々がありますが、といって、詩と称することは出来ないと思うのです。

**深町**　あれはプロレタリア文化の運動の、一分野としてやって居るのでしょう。

**深尾**　一分野ですか。

**林**　だからあれは詩という形式を借りて言っては居るけれども、叫びというのではないでしょうか。芸術とは何ぞや！　お金持ちの書棚を飾るブル詩人の大家から何ものも頂戴する必要はありませんよ。私達は、私達の詩をかかなきゃいけませんよ。私達は花に酔ってもじき、ナニ糞といふ気持ちになるんです。そうなった気持ちがまだまだこれから伸びて行くのだろうと思うのです。

**尾崎**　しかし今プロレタリア詩人であれ何であれ、詩人である以上は、詩と名がつき文学と名がつくものであったならあらゆる人が言葉というものに対する敏感さは、どうしても持たなければならないと思います。

**林**　詩人だってピンからキリまでありますよ。インテリゲンチャのプロ詩人は、いざ知らず、はたらいてる方のプロレタリア詩人に至っては、言葉は研究する余地がないので、つい手近な言葉でナニ糞と言っているんです、それでみんなが百科辞典を引繰返えしたようだと云いますけれども、矢張り読んで見ると強さを感じますね。どっちかというと「薔薇」だの「蜂の巣」といった言葉を千ならべるよか、食べたいと云った方が手近かですよ。強い言葉は気持ちがいいですよ。だからいい言葉を使うということになると、芸術！ということになると、また二つに分れるだろうと思うけれども、プロレタリアの詩というのは矢張り種々雑多で、本当の芸術的のプロレタリアの詩もあれば、それからお手近に女工さんにドンドン節で叫ぶ詩もあるのだと思うのです。

**深尾**　そうした見地から言えばどうか知りません。しかしいやしくも詩という見地に入る以上は……

**林**　詩として受入れられないとおっしゃっても、私はやっぱり私達の詩だといいきりますよ。

**深尾**　それは宣伝ビラで満足すべきものだと思うのです。

**林**　それは旗の代りに、自分が言葉で旗を拵えて、女工さん達に宣伝のポスターだと思ってやってバラまいて居るんです。

**英**　イデオロギーの上に立って、それに符合したものがフォルムを持つものが彼等の詩でしょう。

**宮崎**　次の問題に移って頂きたいと思います。

林　困ります。

## 近代女性の恋愛並に性に対する批判

林　近代女性の恋愛並に性に対する批判は、田中さんなんかに大いに言って貰わなければ困ります。

英　ここに著しいことは、現代の女性が恋愛する時に当って恋愛と生活と母性の三つの定義が、大分この頃判然として来たことです。

林　男性詩人をやっつけるために、女性詩人は優れた作品をうんと見せて、評論方面にも女性詩人の境地を拓かなければならぬと思う。だからあれは厭やだ、これは厭やだと言わないで、散文でも詩でも或は雑文でも何でもいいから女性詩人はあらゆる雑誌に亙って、あらゆるものから搾取する意味で、もっともっと書かなければ駄目です。そうして彼等と同等の収入を得て同等の待遇を受くべきものだと思う。余りに現在の女性詩人はおとなし過ぎます。

尾崎　それには女性詩壇なら女性詩壇の中心になって、所謂批判家というものが必要だと思う。

林　自分の詩ばかり書いて超然としないで、もっと女性詩人の詩を批判し、無論男の詩も批評する人が要る。それは私は常に思うて居ることなのです。

英　何でも書かなければいけません。

林　だから女性詩人は小説も書けないと思われて居るのです。
尾崎　男性詩人の攻撃という以上は……
林　私達はもっと反省してね。
尾崎　とにかく女に批評家がないのです。それが非常に嘆かわしい。
深尾　そういったら男性詩人にも批評家はいませんよ。
林　きざな雑誌を見て居ると、あの詩はどうだ、この詩はどうだと言うています。まあ、あれでもいいのです。
英　男性詩人の綜合批評なんか見ても、くだらないものです。
林　くだらないというよりも、口のうまいことばかり非常に書いていて、男性詩人としての割合に批評に権威がないと思う。
深尾　女性詩人をお茶らかしたり、手段に乗せたりすることは、お慎みを願いたいのです。誰はあの人の弟子だからどうのということは、吾々は大いにとらないところです。吾々は自力一点張で居るのだから、それを冒すようなことは男性詩人としてお慎み下さるようお願いしたい。
深尾　要するに詩人はもっと団結して貰いたいと思う。女性詩人が素晴しいものを書いた時は、男性詩人も団結した力で、詩の道の上から孤児も保護し、あらゆる批判を下す。女性詩人も男性詩人の作品に対して率直な態度で押出す。今そういう団結力が足りないのです。女性
英　ハンデキャップを女性詩人の作品につけるという時代はもう過ぎました。それにはま

だ女性の勉強も足りない真剣味も足りない……

深町　勉強したくても生活や何かのために、する時間がないのです。

英　勉強ということが、ただに書籍を読むことであり、他人の作品に常に関心を持つことであり、より数多く創作することのみではない。

深尾　生活は何よりの勉強です。

三月二十日赤坂・幸楽にて（佃速記所員速記）

# 編者あとがき

中野　翠

この巻におさめられた作品の一つ、例えば『第七官界彷徨』一作でも読んだ人なら、しばらく茫然となり、やがて「尾崎翠っていったいどういう人だったんだろう」という興味を抑えられなくなるに違いない。もう三十年以上昔になるが、私もそうだった。

一九六九年のこと。『現代文学の発見』というシリーズ物の選集《アンソロジー》の第六巻『黒いユーモア』（學藝書林刊）の中に、『第七官界彷徨』が収録されていた。石川淳、内田百閒、坂口安吾など、よく名を知られた錚々《そうそう》たる顔ぶれの中にまったく未知の尾崎翠のこの小説が並んでいたのだ。

今にして思う。それは事件だった。美しい文学史的な事件だった。『黒いユーモア』というアンソロジーの編集委員たちの中で『第七官界彷徨』の収録を推奨したのは文芸評論家の平野謙で、それを後押ししたのは花田清輝だったという。彼らは青年時代に『第七官界彷徨』を読んでいて、心の奥深くに鮮烈な印象として残っていたのだった。

尾崎翠が失意のうちに東京を去り、筆を断ち、文学界からすっかり忘れ去られてすでに三十五年余りの歳月が流れていた。

その二年後、薔薇十字社から作品集『アップルパイの午後』が出版されることになった。皮肉なことに尾崎翠は出版の四カ月前にこの世を去った。七十五歳だった。

＊

アンソロジー『黒いユーモア』と作品集『アップルパイの午後』のあいつぐ出版が、尾崎翠再評価のきっかけを作った。草や蔓におおわれていた秘密の花園の扉を開く鍵になったのだ。

そしてまた三十年余りが経過した。尾崎翠が生み出した作品は不思議な生命力を持っていた。全集が出版され（創樹社、筑摩書房）、文庫版が出版され（ちくま日本文学全集）、舞台で上演され（劇団芸協による『歩行』や自由劇場による『第七官界彷徨』など）、NHKのTVドラマにもなった（翠役は田中裕子が演じた）。『尾崎翠を探して――第七官界彷徨』という映画も公開された。

尾崎翠が東京で「私は枯れかかった貧乏な苔です」と書くほど不遇な生活をしていた頃、人気のあった女性作家、いや女の人に限らない、男性作家のものでも、今や大半は忘れ去られている。その文章ばかりではなくテーマや感受性の質がいかにも古めかしく感じられる例が多い。ところが、尾崎翠の作品は逆に輝きを増すばかりだ。尾崎翠はあまりに早すぎた作家だったのだろうか。

＊

尾崎翠は明治二十九年（一八九六年）に鳥取県の教育者の家庭に生まれている。何と明治、それも十九世紀生まれの人なのだ。

上に三人の兄がいて下に三人の妹がいた。兄たちは三人とも秀才だったが、翠も決していひけを取らなかった。学校の成績はどの教科もよかったが、「とくに数学と理科はいつも満点かそれに近い成績」（筑摩書房版、尾崎翠全集の稲垣眞美氏の解説より）だったという事実に注目したい。型通りの、いわゆる「文学少女」ではなかった。理科系のセンスもすぐれていた。尾崎翠の作品世界では淋しさやせつなさが語られていても、つねに理知の明るさが感じられる。その資質は生来のものだったのだ。

文芸雑誌への投稿からやがて本格的に文学を志すようになり、東京の日本女子大国文科に入学する。一時、三兄・史郎の下宿に同居したことがあり、その時の体験がのちに『第七官界彷徨』の創作につながった。

少女小説や映画評などを書きながら試行錯誤の日々が続いた。上京して十年以上たっていた。頭痛に悩まされるようになり、ミグレニンを多量に服用するようになった。その苦しみの中から『第七官界彷徨』が生まれた。昭和六年、翠は三十五歳になっていた。

それから、翌七年にかけて立て続けに『歩行』『こおろぎ嬢』『地下室アントンの一夜』が発表された。閃光のような、奇跡の二年間。しかし、ミグレニンの幻覚症状はいよいよ激しくなり、その年の九月には鳥取へ帰郷することになる。以後、ほとんど筆をとることはなく、妹の子どもたちの母親代わりをつとめ、ひっそりと一生活者として生きた。病に倒れて入院中に、「このまま死ぬのならむごいものだねえ」と大粒の涙を流したという。

尾崎翠の作品もその生涯も特異で、ある種の人びとの心に深く取り憑く。「尾崎翠だけ読めばいい。これさえあれば生きていける」と思わせる。稲垣眞美さんもその一人だが、この人こそ作家・尾崎翠に関する最も詳細厳密な研究者ではないだろうか。筑摩書房版の全集（上下巻）には、たいへん充実した解説が寄せられている。

なお、この文庫版収録にあたっては、だいぶ迷ったすえに、歴史的かなづかいや旧字体は現代的な表記に改めました。できるだけ多くの人に尾崎翠の作品を楽しんでいただきたいという思いからですが、もともとの古い表記のほうがやっぱり微妙に味わい深いものです。その意味でも、より深い興味を持ったかたはぜひ全集を。

さて、この文章の下巻では『アップルパイの午後』をはじめとする戯曲、映画評、初期の少女小説などを紹介します。

# 初出一覧

I

第七官界彷徨　『文学党員』（一九三一年二月〜三月号）

「第七官界彷徨」の構図その他　『新興芸術研究』（一九三一年六月号）

歩行　『家庭』（一九三一年九月号）

こおろぎ嬢　『火の鳥』（一九三二年七月号）

地下室アントンの一夜　『新科学的』（一九三二年八月号）

II

香りから呼ぶ幻覚　一九二七年二月頃執筆

或る伯林児《べるりんつこ》の話　一九二七年四、五月頃執筆

初恋　『随筆』（一九二七年七月号）

山村氏の鼻　『婦人公論』（一九二八年六月号）

詩人の靴　『婦人公論』（一九二八年八月号）

匂い——嗜好帳の二三ペェジ　『女人芸術』（一九二八年十一月号）

捧ぐる言葉——嗜好帳の二三ペェジ　『女人芸術』（一九二九年一月号）

木犀　『女人芸術』（一九二九年三月号）
漫漕　『詩神』（一九二九年八月号）
新嫉妬価値　『女人芸術』（一九二九年十二月号）
途上にて　『作品』（一九三一年四月号）
詩二篇　神々に捧ぐる詩
チヤアリイ・チヤツプリン　『曠野』（一九三三年十一月号）
キリアム・シヤアプ　〃

Ⅲ

書簡
座談「炉辺雑話」より　『女人芸術』（一九三〇年二月号）
女流詩人・作家座談会　『詩神』（一九三〇年五月号）

## 編集付記

一、この「集成」は一九九八年九―十月に刊行された筑摩書房版『定本尾崎翠全集』を底本としました。

一、表記は原則として新字体・新かなづかいを採用しました。また、必要と思われるルビは原文に従って残しました。

一、読みやすさを考慮し、其（その、それ）、此（この、これ）、併し（しかし）等の指示代名詞、接続詞をはじめいくつかの漢字をひらがなに改めました。

一、今日の人権意識に照らして不当・不適切と思われる、人種・身分・職業・身体障害・精神障害に関する語句や表現については、時代的背景と作品の価値とにかんがみ、そのままとしました。

**尾崎翠集成**（上・下）　尾崎翠　中野翠 編

鮮烈な作品を残し、若き日に音信を絶った謎の作家・尾崎翠。時間と共に新たな輝きを加えてゆくその文学世界を集成する。

**クラクラ日記**　坂口三千代

戦後文壇を華やかに彩った無頼派の雄・坂口安吾との、嵐のような生活を妻の座から愛と悲しみをもって描く回想記。巻末エッセイ＝松本清張

**貧乏サヴァラン**　森茉莉　早川暢子 編

オムレット、ボルドオ風茸料理、野菜の牛酪煮……。食いしん坊茉莉は料理自慢。香り豊かな〝茉莉ことば〟で綴られる垂涎の食エッセイ。文庫オリジナル。

**紅茶と薔薇の日々**　森茉莉　早川茉莉 編

天皇陛下のお菓子に洋食店の味、庭に実る木苺……森鷗外の娘にして無類の食いしん坊、森茉莉が描く懐かしく愛おしい美味の世界。（辛酸なめ子）

**ことばの食卓**　武田百合子　野中ユリ・画

なにげない日常の光景やキャラメル、枇杷など、食べものに関する昔の記憶と思い出を感性豊かな文章で綴ったエッセイ集。（種村季弘）

**遊覧日記**　武田百合子　武田花・写真

行きたい所へ行きたい時に、つれづれに出かけてゆく。一人で。または二人で。あちらこちらを遊覧しながら綴ったエッセイ集。（巖谷國士）

**わたしは驢馬に乗って下着をうりにゆきたい**　鴨居羊子

新聞記者から下着デザイナーへ。斬新で夢のある下着を世に送り出し、下着ブームを巻き起こした女性起業家の悲喜こもごも。（近代ナリコ）

**私はそうは思わない**　佐野洋子

佐野洋子は過激だ。ふつうの人が思うようには思わない。大胆で意表をついたまっすぐな発言をする。だから読後が気持ちいい。（群ようこ）

**神も仏もありませぬ**　佐野洋子

還暦……もう人生おりたかった。でも春のきざしの蕗の薹に感動する自分がいる。意味なく生きても人は幸せなのだ。第3回小林秀雄賞受賞。（長嶋康郎）

**老いの楽しみ**　沢村貞子

八十歳を過ぎ、女優引退を決めた著者が、日々の思いを綴る。齢にさからわず、「なみ」に、気楽に、と過ごす時間に楽しみを見出す。（山崎洋子）

**遠い朝の本たち**　須賀敦子

一人の少女が成長する過程で出会い、愛しんだ文学作品の数々を、記憶に深く残る人びとの想い出とともに描くエッセイ。（末盛千枝子）

**おいしいおはなし**　高峰秀子編

向田邦子、幸田文、山田風太郎……著名人23人の美味な思い出。文学や芸術にも造詣が深かった往年の大女優・高峰秀子が厳選した珠玉のアンソロジー。

**るきさん**　高野文子

のんびりしていてマイペース、だけどどっかヘンテコな、るきさんの日常生活って？　独特な色使いが光るオールカラー。ポケットに一冊どうぞ。

**それなりに生きている**　群ようこ

日当たりの良い場所を目指して仲間を蹴落とすカメ、迷子札をつけているネコ、自己管理している犬。文庫化に際し、二篇を追加して贈る動物エッセイ。

**うつくしく、やさしく、おろかなり**　杉浦日向子

生きることを楽しもうとしていた江戸人たち。彼らの紡ぎ出した文化にとことん惚れ込んだ著者がその思いの丈を綴った最後のラブレター。（松田哲夫）

**ねにもつタイプ**　岸本佐知子

何となく気になることにこだわる、ねにもつ。思索、奇想、妄想はばたく脳内ワールドをリズミカルな名短文でつづる。第23回講談社エッセイ賞受賞。

**回転ドアは、順番に**　穂村弘　東直子

ある春の日に出会い、そして別れるまで。気鋭の歌人ふたりが、見つめ合い呼吸をはかりつつ投げ合う、スリリングな恋愛問答歌。（金原瑞人）

**絶叫委員会**　穂村弘

町には、偶然生まれては消えてゆく無数の詩が溢れている。不合理でナンセンスで真剣だからこそ可笑しい、天使的な言葉たちへの考察。（南伸坊）

**杏のふむふむ**　杏

連続テレビ小説「ごちそうさん」で国民的な女優となった杏が、それまでの人生を、人との出会いをテーマに描いたエッセイ集。（村上春樹）

**月刊佐藤純子**　佐藤ジュンコ

注目のイラストレーター（元書店員）のマンガエッセイが大増量してまさかの文庫化！　仙台の街や友人との日常を描く独特のゆるふわ感はクセになる！

品切れの際はご容赦ください

**命売ります**　三島由紀夫

自殺に失敗し、「命売ります。お好きな目的にお使い下さい」という突飛な広告を出した男のもとに、現われたのは？（種村季弘）

**三島由紀夫レター教室**　三島由紀夫

五人の登場人物が巻き起こす様々な出来事を手紙で綴る。恋の告白・借金の申し込み・見舞状等、一風変ったユニークな文例集。（群ようこ）

**コーヒーと恋愛**　獅子文六

恋愛は甘くてほろ苦い。とある男女が巻き起こす恋模様をコミカルに描く昭和の傑作が、現代の「東京」によみがえる。（曽我部恵一）

**七時間半**　獅子文六

東京—大阪間が七時間半かかっていた昭和30年代、特急「ちどり」を舞台に乗務員とお客たちのドタバタ劇を描く隠れた名作が遂に甦る。（千野帽子）

**悦ちゃん**　獅子文六

ちょっぴりおませな女の子、悦ちゃんがのんびり屋の父親の再婚話をめぐって東京中を奔走するユーモアと愛情に満ちた物語。初期の代表作。（窪美澄）

**笛ふき天女**　岩田幸子

旧藩主の息女に生まれ松方財閥に嫁ぎ、四十歳で作家獅子文六と再婚。夫、文六の想い出と天女のような純真さで爽やかに生きた女性の半生を語る。

**青空娘**　源氏鶏太

主人公の少女、有子が不遇な境遇から幾多の困難にぶつかりながらも健気にそれを乗り越え希望を手にする日本版シンデレラ・ストーリー。（山内マリコ）

**最高殊勲夫人**　源氏鶏太

野々宮杏子と三原三郎は家族から勝手な結婚話を迫られるも協力してそれを回避する。しかし徐々に惹かれ合うお互いの本当の気持ちは……。（千野帽子）

**カレーライスの唄**　阿川弘之

会社が倒産した！　どうしよう。美味しいカレーライスの店を始めよう。若い男女の恋と失業と起業の奮闘記。昭和娯楽小説の傑作。（平松洋子）

**せどり男爵数奇譚**　梶山季之

せどり＝掘り出し物の古書を安く買って高く転売することを業とすること。古書の世界に魅入られた人々を描く傑作ミステリー。（永江朗）

**飛田ホテル**　黒岩重吾

刑期を終えたやくざ者に起きた妻の失踪を追う表題作など、大阪のどん底で交わる男女の情と性。直木賞作家の傑作ミステリ短篇集。（難波利三）

**あるフィルムの背景**　結城昌治　日下三蔵編

普通の人間が起こす歪んだ事件、そこに至る絶望を描き、思いもよらない結末を鮮やかに提示する。昭和ミステリの名手、オリジナル短篇集。

**赤い猫**　仁木悦子　日下三蔵編

爽やかなユーモアと本格推理、そしてほろ苦さを少々。日本推理作家協会賞受賞の表題作ほか〈日本のクリスティー〉の魅力をたっぷり堪能できる傑作選。

**兄のトランク**　宮沢清六

兄・宮沢賢治の生と死をそのかたわらでみつめ、兄の死後も烈しい空襲や散佚から遺稿類を守りぬいてきた実弟が綴る、初のエッセイ集。

**落穂拾い・犬の生活**　小山清

明治の匂いの残る浅草に育ち、純粋無比の作品を遺して短い生涯を終えた小山清。いまなお新しい、清らかな祈りのような作品集。（三上延）

**真鍋博のプラネタリウム**　真鍋博　星新一

名コンビ真鍋博と星新一。二人の最初の作品『おーいでてこーい』他、星作品に描かれた挿絵と小説冒頭をまとめた幻の作品集。（真鍋真）

**熊撃ち**　吉村昭

人を襲う熊、熊をじっと狙う熊撃ち。大自然のなかで、実際に起きた七つの事件を題材に、孤独で忍耐強い熊撃ちの生きざまを描く。

川三部作
**泥の河／螢川／道頓堀川**　宮本輝

太宰賞「泥の河」、芥川賞「螢川」、そして「道頓堀川」と、川を背景に独自の抒情をこめて創出した、宮本文学の原点をなす三部作。

**私小説 from left to right**　水村美苗

12歳で渡米し滞在20年目を迎えた「美苗」。アメリカにも溶け込めず、今の日本にも違和感を覚え……。本邦初の横書きバイリンガル小説。

**ラピスラズリ**　山尾悠子

言葉の海が紡ぎだす、〈冬眠者〉と人形と、春の目覚めの物語。不世出の幻想小説家が20年の沈黙を破り発表した連作長篇。補筆改訂版。（千野帽子）

**沈黙博物館**　小川洋子

「形見じゃ」老婆は言った。死の完結を阻止するために形見が盗まれる。死者が残した断片をめぐるやさしくスリリングな物語。（堀江敏幸）

**星間商事株式会社社史編纂室**　三浦しをん

二九歳「腐女子」川田幸代、社史編纂室所属。恋の行方も友情の行方も五里霧中。仲間と共に「同人誌」を武器に社の秘められた過去に挑む!?（金田淳子）

**つむじ風食堂の夜**　吉田篤弘

それは、笑いのこぼれる夜。――食堂は、十字路の角にぽつんとひとつ灯をともしていた。クラフト・エヴィング商會の物語作家による長篇小説。

**通天閣**　西加奈子

このしょーもない世の中に、救いようのない人生に、ちょっぴり暖かい灯を点す驚きと感動の物語。第24回織田作之助賞大賞受賞作。（津村記久子）

**この話、続けてもいいですか。**　西加奈子

ミッキーこと西加奈子の目を通すと世界はワクワク、ドキドキ輝く。いろんな人、出来事、体験がてんこ盛りの豪華エッセイ集！（中島たい子）

**君は永遠にそいつらより若い**　津村記久子

22歳処女。いや「女の童貞」と呼んでほしい――。日常の底に潜むうっすらとした悪意を独特の筆致で描く。第21回太宰治賞受賞作。（松浦理英子）

**アレグリアとは仕事はできない**　津村記久子

彼女はどうしようもない性悪だった。すぐ休み単純労働をバカにし男性社員に媚を売る。大型コピー機とミノベとの仁義なき戦い！（千野帽子）

**まともな家の子供はいない**　津村記久子

セキコには居場所がなかった。うちには父親がいる。うざい母親、テキトーな妹。まともな家なんてどこにもない！　中3女子、怒りの物語。（岩宮恵子）

**こちらあみ子**　今村夏子

あみ子の純粋な行動が周囲の人々を否応なく変えていく。第26回太宰治賞、第24回三島由紀夫賞受賞作。書き下ろし「チズさん」収録。（町田康／穂村弘）

**さようなら、オレンジ**　岩城けい

オーストラリアに流れ着いた難民サリマ。言葉も不自由な彼女が、新しい生活を切り拓いてゆく。第29回太宰治賞受賞・第150回芥川賞候補作。（小野正嗣）

**冠・婚・葬・祭**　中島京子

人生の節目に、起こったこと、出会ったひと、考えたこと。冠婚葬祭を切り口に、鮮やかな人生模様が描かれる。第143回直木賞作家の代表作。（瀧井朝世）

**とりつくしま**　東直子

死んだ人に「とりつくしま係」が言う。モノになってこの世に戻れますよ。妻は夫のカップに弟子は先生の扇子になった。連作短篇集。（大竹昭子）

**虹色と幸運**　柴崎友香

珠子、かおり、夏美。三〇代になった三人が、人に会い、おしゃべりし、いろいろ思う一年間。移りゆく季節の中で、日常の細部が輝く傑作。（江南亜美子）

**星か獣になる季節**　最果タヒ

推しの地下アイドルが殺人容疑で逮捕!? 僕は同級生のイケメン森下と真相を探るが——。歪んだピュアネスが傷だらけで疾走する新世代の青春小説！

**ピスタチオ**　梨木香歩

棚(たな)がアフリカを訪れたのは本当に偶然だったのか。不思議な出来事の連鎖から、水と生命の壮大な物語「ピスタチオ」が生まれる。（管啓次郎）

**図書館の神様**　瀬尾まいこ

赴任した高校で思いがけず文芸部顧問になってしまった清(きよ)。そこでの出会いが、その後の人生を変えてゆく。鮮やかな青春小説。（山本幸久）

**マイマイ新子**　高樹のぶ子

昭和30年山口県国衙。きょうも新子は妹や友達と元気いっぱい。戦争の傷を負った大人、変わりゆく時代、その懐かしく切ない日々を描く。（片渕須直）

**話虫干**　小路幸也

夏目漱石「こころ」の内容が書き変えられた！ それは話虫の仕業。新人図書館員が話の世界に入り込み、「こころ」をもとの世界に戻そうとするが……。

**包帯クラブ**　天童荒太

傷ついた少年少女達は、戦わないかたちで自分達の大切なものを守ることにした。生きがたいと感じるすべての人に贈る長篇小説。大幅加筆して文庫化。

**うれしい悲鳴をあげてくれ**　いしわたり淳治

作詞家、音楽プロデューサーとして活躍する著者の小説&エッセイ集。彼が「言葉」を紡ぐと誰もが楽しめる「物語」が生まれる。（鈴木おさむ）

品切れの際はご容赦ください

ちくま文庫


尾《お》崎《さき》翠《みどり》集成《しゆうせい》上《じよう》

二〇〇二年十月九日　第一刷発行
二〇一九年九月十日　第七刷発行

著　者　尾崎翠（おさき・みどり）
編　者　中野翠（なかの・みどり）
発行者　喜入冬子
発行所　株式会社　筑摩書房
東京都台東区蔵前二―五―三　〒一一一―八七五五
電話番号　〇三―五六八七―二六〇一（代表）

装幀者　安野光雅
印刷所　株式会社精興社
製本所　株式会社積信堂



乱丁・落丁本の場合は、送料小社負担でお取り替えいたします。

本書をコピー、スキャニング等の方法により無許諾で複製することは、法令に規定された場合を除いて禁止されています。請負業者等の第三者によるデジタル化は一切認められていませんので、ご注意ください。

© M. HAYAKAWA 他 2002 Printed in Japan


ISBN978-4-480-03791-6 C0193